2022 年“新时代中国法治文学精选”丛书

中国社会主义文艺学会法治文艺专业委员会 编

虚拟诱惑

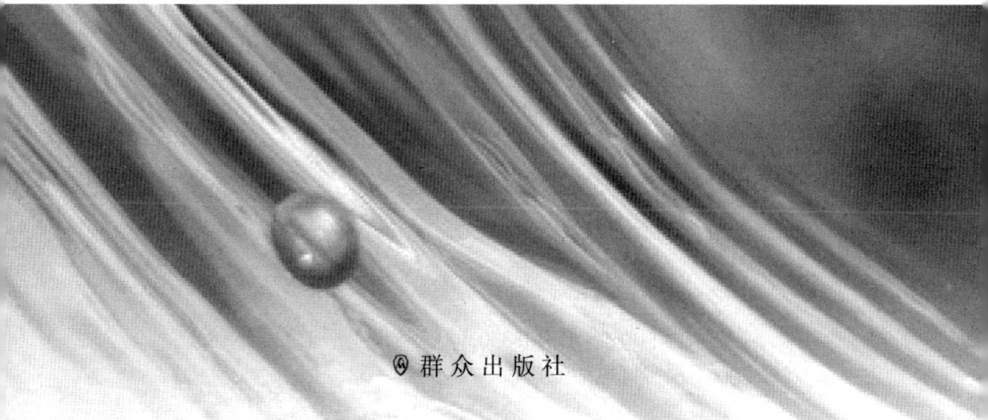

群众出版社

图书在版编目（CIP）数据

虚拟诱惑／中国社会主义文艺学会法治文艺专业委员会编．—北京：群众出版社，2023.5

（2022年“新时代中国法治文学精选”丛书）

ISBN 978-7-5014-6279-7

Ⅰ.①虚… Ⅱ.①中… Ⅲ.①侦探小说—中国—当代 Ⅳ.①I247.5

中国国家版本馆CIP数据核字（2023）第055592号

虚拟诱惑

中国社会主义文艺学会法治文艺专业委员会　编

出版发行：群众出版社
地　　址：北京市丰台区方庄芳星园三区15号楼
邮政编码：100078
经　　销：新华书店
印　　刷：天津盛辉印刷有限公司

版　　次：2023年5月第1版
印　　次：2023年5月第1次
印　　张：10.375
开　　本：880毫米×1230毫米　1/32
字　　数：233千字

书　　号：ISBN 978-7-5014-6279-7
定　　价：49.00元

网　　址：www.qzcbs.com
电子邮箱：qzcbs@sohu.com

营销中心电话：010-83903991
读者服务部电话（门市）：010-83903257
警官读者俱乐部电话（网购、邮购）：010-83901775
文艺分社电话：010-83901330　　010-83903973

2022年“新时代中国法治文学精选”丛书编委会

前言

为贯彻习近平新时代中国特色社会主义思想，弘扬社会主义核心价值观，讲好中国法治故事，以法治文学的力量，服务于社会主义现代化国家建设，经中国社会主义文艺学会批准，中国社会主义文艺学会法治文艺专业委员会决定自2021年起开展“新时代中国法治文学精选”丛书征稿编选工作。中宣部原副部长、原文化部部长贺敬之同志担任编委会总顾问。2021年入选的优秀作品，已收入群众出版社2021年“新时代中国法治文学精选”丛书出版发行。其中，收入长篇小说2部（《山重水复》《弹壳》）、中短篇小说集1部（《疑似命案》）、报告文学集1部（《微尘鉴罪》）。这是一年一度的法治文学精选的征稿编选工作，对于推动中国法治小说、报告文学原创作品的发展，促进法治文学人才脱颖而出，有着十分重要的积极作用。

2022年“新时代中国法治文学精选”丛书的征稿编选工作现已圆满结束。此次征稿，自2022年1月27日至7月31日，共收到作品73部（篇）。其中，长篇小说13部，中篇小说25篇，短篇小说17篇，报告文学18部（篇）。经中国社会主义文艺学会法治文艺专业委员会专家认真审读，最终确定25部（篇）作品入选2022年“新时代中国法治文学精选”丛书。凡入选作品的作者，均由中国社会主义文艺学会法治文艺专业委员会颁发“特约作家”证书，并在中国社会主义文艺学会网站公布。

2022年“新时代中国法治文学精选”丛书由群众出版社出版发行，共8部，收录了长篇小说6部，中短篇小说集1部，报告文学集1部；同时附录所有入选作品名单。

中国社会主义文艺学会法治文艺专业委员会
2023年3月30日

虚拟诱惑

李双其

目录

楔子

孟希悄悄地乐着，心里很甜，庆幸那天在“珍心交友”平台交上了泊舟这个朋友。从那以后，孟希心里的阴霾便渐渐散去了。如今，云开雾散，她心中满是甜蜜，那个死鬼给她留下的创伤已不再疼痛。

“泊舟啊，你真是治病的良药！你真是安抚心灵的大师！”孟希轻轻地念叨着。

年初，孟希终于下定决心与那个死鬼离婚。尽管死鬼把房产留给了孟希，还给了孟希一笔不菲的离婚费，但孟希感受到的只有哀痛。

“那个死鬼风流成性，长期在外拈花惹草，把我孟希置于何地？我孟希也曾是校花一朵啊！尽管那只不过是一所不起眼儿的大学，但那儿的帅哥也有一大把。想当初，多少英俊小生愿意为我洒热血啊！可我就是‘眼瞎’，看上了那个死鬼。”孟希越想越委屈。

想一想，孟希看上那个死鬼，也不全是因为“眼瞎”。上大学时，死鬼在一大群人中也是出众的。他姓方，家里很有钱，出手大方，便有了“方总”这个外号。

现在，死鬼仍然是富人一个，只是头有点儿秃，肚子有点儿凸。当然，他还是风流成性。和孟希一起生活了十多年，有了女儿，他还是到处拈花惹草。尽管传言已经传了很久，但孟希却总是睁一只眼、闭一只眼，不予理会。直到有一天，孟希在不经意间去了一趟死鬼的公司，看到了死鬼与年轻女子私会的场景。这样一来，孟希就不得不针锋相对了。

风流也就罢了，死鬼还变得十分粗俗，对孟希漠不关心，满口谎言。特别让人难以忍受的是，死鬼变得很粗暴。一旦喝了酒，他就会对孟希大打出手。孟希彻底失望了，下定决心要与他离婚。

不过，孟希还是有一些自信的。她认为自己还不算老，会有人爱的。

泊舟，亲爱的泊舟！强过死鬼千万倍的泊舟爱上了她！这不，泊舟的微信又来了。真是不早不晚，孟希想他的时候，微信就来了：“宝贝，早餐吃了吗？真恨不得立刻飞到宝贝身旁，看着宝贝甜甜地喝口奶……只是，可惜了。为了咱们的未来，哥还得拼呢……亲，宝贝！”

泊舟用的表情是那么贴心，孟希觉得一切都十分美好。她渴望着早日见到泊舟！

只是，泊舟不和孟希视频，让孟希略感失望。泊舟说，他曾经有过一个女朋友。有一次，他和女朋友视频时，女朋友正在开车。结果，她撞上了……满头的鲜血。从此，泊舟不再视频……

泊舟真是坦诚！他那忧郁而低沉的声调，让孟希的心中泛起了一丝怜惜。从那以后，她便不再要求与泊舟视频了。她耐心地等待着，盼望着见到泊舟的那一天。

泊舟说：“实实在在见面的那一天，才真的是惊喜！好期盼！”

和死鬼生下的女儿归了死鬼。孟希是独生女，父母身在异地。

她偶尔回老家探亲，受到的只有埋怨，听到的只有哀叹。父母担心她的生活，更担心她的未来。

孟希不太愿意去找工作，她不想见泊舟以外的任何人。对孟希来说，工作已经离她很遥远了。大学毕业后，她在一家企业工作，干了些内勤和文秘的活儿。她知道，那只是暂时的，婚后“方总”会养活她的。

后来，她真的和“方总”结婚了。正如孟希所愿，“方总”让孟希辞去工作，当了家庭主妇。孟希很愿意待在家里，做做家务，摆弄摆弄花草，追追剧，与朋友聊聊天。高兴时，她还可以在电脑上写些什么。有了孩子之后，尽管有保姆帮忙，孟希仍然很忙碌。

有一阵子，孟希是幸福的。但是，好景不长。女儿出生后不久，“方总”在家的时间越来越少了。与孟希交谈时，他明显很不耐烦。后来，他回家的次数更少了，关于他的风流韵事不绝于耳。

“方总”给孟希提供了优越的生活条件，在市中心的优质小区置办了200多平方米的住房，还有每个月一万多元的零花钱……

孟希只想那样过下去，哪怕有这样那样的传言。她甚至在想，死鬼怎么样都行，只要对她好就可以。

可是，死鬼太明目张胆了，变得粗俗不堪，而且十分粗暴！

还好，死鬼还算有点儿良心，把位于南山区的房产给了孟希，还给了她200多万元的离婚费。尽管那房产不是很值钱，但是毕竟能让她有个栖身之所。有了那笔离婚费，她就暂时不急着上班了。

等着吧，泊舟一定会给她带来新的幸福！

这不，幸福真的来了！照片里的泊舟比死鬼帅多了！尽管泊舟在境外，但他很快就会回来。他打理着自己的公司，尽管公司不大。他有责任感，有自己的事业，是个好人。他还懂得投资，在财经方面颇有建树。相信在不久的将来，他会成为成功的企业家、投资家。更重要的是，泊舟通情达理，很温柔，对孟希体贴入微。

孟希沉浸在泊舟给她带来的幸福里，无法自拔。总有一天，她会与泊舟同时出现在死鬼和其他朋友面前，让死鬼给她带来的难堪与不幸灰飞烟灭。

孟希看了看泊舟的头像，轻轻地用下巴碰了碰。

她给泊舟发了一条微信：“在干吗呢?”对方秒回“想你，想念你”，后面还加上了一个“小太阳”。

“也是。”孟希回复。末了，她还加了“爱心”的表情。

“亲，想你的时候，却还是要做事。唉，不能一心一意啊!”后面连续加了“心碎”和“龇牙”的表情。

“我喜欢你这样!”她加了“酷”的表情。

“生活所迫啊!”他加了“嘴唇”的表情。

“调皮!”她加了“玫瑰”的表情。

“亲一个!”他加了“咖啡”的表情。

“嗨！喝咖啡了?”她加了“疑问”的表情。

“还真是有咖啡喝!”他加了“嘘”的表情。

“小妹送来的？漂亮吗?”她加了“难过”的表情。

“漂亮。可是，哥不想看她们!”他加了“坏笑”的表情。

“为啥?”她加了“菜刀”的表情。

“跟你比，她们都是丑八怪。”他加了“调皮”的表情。

“皮!”她加了“白眼”的表情。

“不过，今天的运气还真不错!”他加了“悠闲”的表情。

“桃花运?”她加了“乱舞”的表情。

“你也皮！正经的投资!”他加了“发抖”的表情。

“好机会也不分享?”她加了“心碎”的表情。

“亲，投资都是有风险的。咱们也不缺那钱！不过，我是例外。”

“为什么?”

“那是哥的小职业。”

“投资成功了，总是会有成就感的。”

“还真是！哥发现，最近‘CDW 投资平台’有个漏洞。这事要是不与你分享，就不讲义气了。”

“说来听听!”

“好吧。‘CDW’是个境外博彩投资平台，最近有个漏洞。在那儿玩玩游戏、投投资，收益还是蛮高的。”

“这样啊!”

“哥试了一下。应该是出现了漏洞，不然赢面不会那么大，收益也不会那么高。大概是设置出了纰漏！哥也是今天才发现的!”

“那你就指导我玩儿一玩儿吧!”

“好吧，哥把链接发给你。”

孟希收到了泊舟发来的域名：http：//www. cdw. com. cn/。

紧接着，泊舟交代：“亲，只能玩儿一玩儿啊!”

“怎么操作啊?”

“宝宝，不急，哥这就把操作方法告诉你。”

“我等着。”她加了个“跳跳”的表情。

“点击左上角的博彩框，进入之后，输入用户名和密码。亲爱的，你自己注册吧!”泊舟一如既往地把操作方法详细地告诉了孟希，还发了操作流程图。

在泊舟的指点之下，孟希很快就进去了。

泊舟再次警告道：“亲，这只是游戏，玩儿一玩儿而已。咱们不缺钱!”末了，他加了个“飞吻”的表情。

“今天我正闲着，可以玩儿一下吗?”

“亲爱的，没想到，你是这么可爱的一个急性子！试吧，现在就试吧！还是那句话——玩儿一玩儿而已。”

“亲爱的，第一把，我投了 200 元，赢了 20 元呢!”

接着，孟希又试了一把，投了 500 元，赢了 40 元。于是，她把筹码增加到了 1000 元，赢了 60 元。

孟希来了兴致，不停地投，不停地赢，把泊舟的警告当成了耳边风。

这一天，孟希玩儿了好久好久，一直玩儿到“CDW 投资平台”关闭为止。

很晚的时候，她告诉泊舟，她玩儿了很久，赢了一万两千多元。

泊舟回复：“不听话的皮皮!”末了，还加了个“调皮”的表情。

过了一分钟，来了一条语音信息：“亲，快乐就好！好梦，晚安!”

好低沉、好有磁性的声音啊!

那一夜，孟希辗转反侧，难以入眠。在她的脑海中，突然出现了一个场景：她挣了成百上千万……在一个夕阳西下的傍晚，她拎着一大袋子现金，把死鬼给她的离婚费甩给了死鬼。看着满地的钱币，死鬼愣住了。孟希挽着泊舟的手臂，踏过了那些钱币……

孟希决定，第二天再玩儿。她知道，那个漏洞是泊舟发现的，不可能存在太久，所以必须好好地玩儿一下。

第二天，孟希没有把这件事告诉泊舟，轻车熟路地进入了“CDW”。卡里的200多万元钱没有存成定期，可以随便支取。她又试了几次，发现注下得越大，获利就越多。返款很及时，十分安全。于是，她把220万元钱都投了进去。此时，这个投资博彩的平台似乎有些异常。账面上显示，孟希赢了36万元钱，可是资金并没有到账，就连本金都没有返回。

孟希愣了一下，却不好意思问泊舟。于是，她直接给客服打了个电话。过了一会儿，她收到了语音留言：“欢迎致电世界领先的投资平台‘CDW’。投资咨询请按‘1’，投诉服务请按‘2’。”孟希按了“2”。语音回复：“客服忙，请耐心等待或文字留言。”孟希进入留言区，留下了文字：“资金没有返回我的账户，怎么回事?”很快就有了回复：“您的操作过于频繁，引起了管理员的注意。通过关注您的账户，管理员发现了平台的漏洞。这还要谢谢您！不过，在平台出现漏洞期间，您的操作过于频繁，我们怀疑该漏洞与您的操作有关。所以，我们决定将您的资金予以冻结。当然，这只是例行的手续，查清缘由之后即可返还本金和赢利部分的资金。您可以缴纳本金的20%作为押金，这样就可以先返还本金和赢利的资金了。待查清缘由之后，再返还押金。”

孟希有些为难，因为她把钱都押进去了，已经没有钱了。到哪儿去弄周转的钱呢？抵押房子的话，资金来得太慢。变卖包包、首饰呢，还不至于吧！这时，她自然而然地想到了泊舟。尽管有些不好意思，但她还是把在投资过程中遇到的问题告诉了泊舟。

孟希的来电，泊舟总是快速地接听。听了孟希的陈述，泊舟夸孟希有胆量、有气魄，居然投了那么多资金。然后，他说，正如客服所说，那样的冻结就是例行的手续。平台的漏洞与孟希无关，查清缘由之后就会返还资金。不过，泊舟建议，还是交一点儿押金，先把本金和赢利的资金解冻。

孟希没有向泊舟借钱，她从来都没有向泊舟开过口。孟希想，只不过是周转一下，实在是不应该麻烦泊舟。开口借钱，有损颜面。万一泊舟手头儿紧，一下子拿不出44万元钱，岂不是有点儿尴尬！

孟希在脑海里搜索着，向谁开口比较好呢？她想来想去，就只有“方总”了。

没想到，孟希刚一开口，“方总”就二话不说，给孟希转过去了44万元钱。

孟希即刻操作，按照客服的留言把44万元钱转给了“CDW投资平台”。孟希留了个心眼儿，把操作的过程录了下来。

44万元钱转出去之后，“CDW投资平台”并没有把220万元的本金和36万元的赢利打到孟希的账户上。孟希询问客服，客服留言：“正在办理中。”

于是，孟希便与泊舟联系。这一次，泊舟并没有快速地反应。此时，孟希有些着急和担心了。她向泊舟发起语音通话，还发了语音留言，可泊舟就是不予回复。

他这是怎么了？生病了？受伤了？发生意外了？亲爱的泊舟！

下午，孟希又一次联系泊舟，发现他居然在微信里把孟希给拉黑并删除了。

泊舟消失了……

第一章　孟希自杀

一、轻生的女子

罗则慢慢地跑着，已经绕着宝盖湖跑了三圈了。宝盖湖不大，绕着湖慢慢地跑一圈，只需十几分钟。近半年来，罗则几乎每天晚上都要到宝盖湖边跑上一个小时。

此时，他发现东北角有个影子在晃动。透过幽暗的灯光，他感觉那是个人影。这个时段，宝盖湖附近通常是不会有人出现的。是谁躲在那个角落里？只听“扑通”一声，从人影晃动的方向传来了响动。

这种声音，罗则十分熟悉。20 多天前的一个夜里，从宝盖湖的西北角也曾传来这样的声音。当时，罗则有些疑惑。当罗则赶到宝盖湖的西北角时，只看见深色的湖水里泛起阵阵涟漪，那是落水者本能地在挣扎。于是，他便毫不犹豫地下水救人。落水者是一名 30 多岁的女子，因电信网络诈骗而损失了 30 多万元钱。今晚的“扑通”声是从宝盖湖的东北角传来的，距离比上次要近。罗则加快了脚步，直奔宝盖湖的东北角。

昏暗的灯光照在水面上，罗则依稀看到了挣扎的落水者。长长的头发在水中若隐若现，落水者似乎是一名女子。

唉，这宝盖湖公园竟然成了自杀的“圣地”！不过，这些人可是运气不佳呀！谁叫他们遇到了罗则呢？换了别人，是会犹豫的。不会游泳的人是不敢下水的，有私心杂念的人是会思前想后的。在这个没有旁人的空间里，不去救落水的人，让想自杀的人安静地离去，不会产生罪恶感，也不会受到任何谴责。但是，罗则并不这么想。他会毫不犹豫地跳下去救人，因为他是游泳健将，水性甚佳，并且是警察……

罗则快速地脱掉鞋子和T恤衫，跳入了水中。他习惯性地摆出自由泳的姿势，刚划了两下水便靠近了落水者。他稍微潜了一下水，便看到了那名女子和她的小挎包。他把挎包挂在自己的脖子上，从后面揪住落水者的衣领，踩着水把她拖到了岸边。

大概是因为湖水不似海水那样潮起潮落，所以湖边并没有筑起高高的堤坝。罗则轻松地把落水的女子移到了湖边的草地上……

女子双眼紧闭，静静地躺着，胸部有些许起伏。她还活着，只是有些意识不清。罗则跪在女子的一侧，一只手压住女子的前额，另一只手提起女子的下颌，帮女子打开气道，并将女子口鼻中的几根水草取了出来。女子四肢冰凉，衣服湿漉漉的。尽管是夏天，但是对溺水者而言，换上干爽的衣服也是必要的。可是，现在没有条件。所以，当务之急是快速把她唤醒。罗则用拇指和食指捏紧女子的鼻孔，用嘴唇包住了女子的嘴唇，给她做起了人工呼吸。过了一会儿，女子还是没有醒来。于是，罗则便给女子做了胸部按压。人工呼吸、胸部按压交替着做，几分钟后，女子便醒过来了，喷出了几口水。

罗则把女子抱起来，转移到了放置衣物的石椅上。罗则穿上衣服、裤子和鞋，拿出手机，拨打了“110”。

女子十分虚弱，但是已经清醒了。她坐在石椅上，没有吭气。

在橘黄色灯光的映照下，女子的脸色十分难看。衬衣贴在身上，湿漉漉的长发耷拉在脑后。她双眼紧闭，却还能看出她清秀的五官。

打完电话，罗则来到女子跟前，从她的小挎包里找到了一包纸巾。尽管挎包进了水，但是由于有塑料包装，纸巾是干的。罗则抽出两张纸巾，递给了那名女子。此时，女子依然紧闭着双眼。罗则把纸巾放在女子的手里，说：“小姑娘，擦一下，别冻着。”她接过纸巾，并没有擦。“有什么事情想不开，能对叔叔说说吗？”罗则轻声说道。女子慢慢地睁开眼睛，眼泪哗哗地流了下来。

在罗则眼里，她就是个小姑娘，与罗则的女儿差不多大，也就三十五六岁的样子。女儿伤心时，也是这样默不作声。

“小姑娘，我虽然是个退休警察，但我还是能够给你帮助的。什么事让你想不开了？能告诉我吗？也许我能帮你！”

女子睁开眼睛，看了看罗则，轻声道：“你真能帮我吗？”

“有什么难处，不妨说来听听！”罗则挪动了一下，靠近了女子。

原来，这名女子姓池，名孟希，四天前被骗了二百多万元钱。她求助无门，因感情受挫而心灰意冷，便选择了投湖自尽。

“你报警了吗？”罗则问。

“问了一些人，他们都说这种案子破不了。”孟希回答道。

“也就是说，你没有报案，是吧？”

“是的。报案没有用！”

“你都要寻死了，为什么就不能报案呢？”

孟希还没来得及回话，就有一束光照了过来。一辆警车向宝盖湖畔驶了过来，警灯闪烁。

巡警们考虑得很周到，来了男女警察各一名，还给孟希带来了衣物。

罗则与到场的警察不熟，便自报家门，把救助的情况告诉了警察。

女警察把孟希带到车上，让她把湿衣服换了。

警察让罗则跟他们一起去分局，这正合罗则的心意。与电信网络诈骗打了 20 多年交道，他是很有经验的。如今，这类犯罪已经演变成了“电信与网络的融合”，骗子越来越猖獗，而警方却似乎束手无策。孟希说，她问了警察，这种案子很难侦破，钱是追不回来了。

此时，罗则的心中萌生了一个念头。他想回去协助办案，把诈骗分子找到，为孟希和其他受害人主持公道。

经过离北门不远的小卖部时，罗则下车取回了寄存在那儿的小包，然后上了警车。

他坐在孟希身旁，继续询问她。

孟希回答说：“没面子，实在是心灰意冷啊！”

孟希年初就离婚了，7 月份在“珍心交友”平台上交了个男朋友，名叫泊舟。后来，他们一直在微信上联系。男朋友英俊潇洒、儒雅大方、知书达礼，给了孟希无微不至的关爱。渐渐地，孟希从离婚的痛苦中走了出来，与泊舟一起幸福地度过了 20 多天。可是，好景不长，8 月 10 日、11 日，孟希鬼迷心窍地参与了博彩投资。从那以后，泊舟就消失了，投到“CDW 投资平台”的 220 万元资金和 44 万元押金也被吞噬了。

孟希认为泊舟是个好人，不相信他会骗她。她找了好几天，找得很辛苦。可是，泊舟如同人间蒸发，彻底消失了。泊舟说要来找她，可是他在哪儿呢？

孟希问了一些人，获得了一些帮助。有人告诉她，这叫“电信网络诈骗”，那个泊舟只是个影子，是个虚拟的人，是个符号。有人问孟希：“你见过这个人吗？”孟希想了想，她的确没有见过泊舟。那天，孟希想和泊舟视频一下，泊舟却语气深沉地述说了一段悲伤的往事。慢慢地，孟希明白了，她这是鬼迷心窍了。她心灰意冷，不想再活下去了。

那天，她偷偷地去看了一下女儿。她把现在的住址发给母亲，并给父母留下了遗书：“女儿输得很惨，不想苟活了。父亲、母亲，你们只能自己照顾自己了。这房子虽然不值钱，但是可以遮风挡雨，我把它留给你们了。不孝的女儿——孟希，2019 年 8 月 11 日。”家里没有打印机，孟希只好去外面打印了。她把遗书打印出来，在上面签了名。

孟希的家离宝盖湖不远，所以她选择了宝盖湖。天色渐渐地暗了下来，孟希乘公共汽车来到了宝盖湖边。在夜色的笼罩下，她毫不犹豫地跳进了平静的宝盖湖。她想死，心意已决。

在两位巡警面前，罗则表明了身份。他便是大名鼎鼎的原刑侦总队副总队长，F 省的“60 后”“70 后”“80 后”民警应该都知道他。眼前的这两位“90 后”民警知道罗则的身份之后，对他肃然起敬。女警察笑道：“罗总，是您啊！怪不得有一种自己人的感觉！我们在警院读书的时候就知道您！现在，电信网络诈骗猖獗，您老可得出手啊！”

上次救人的时候，罗则就想插手，最终还是放弃了。这一次，他要是再无动于衷，就说不过去了。

罗则认为，现在最要紧的不是吃饭，也不是安抚这名跳水的女子，而是帮助她破案。只有把案子破了，把钱追回来，这名女子才能真正得救。否则，她仍然有可能跳湖。

按照罗则的想法，就是把孟希带到总队去，“8·11”案件当晚就立案侦查。可是，正值周末，罗则也不知道总队的高支队长身在何处。于是，他给高支队长打了个电话。听说高支队长在加班，罗则便放心了。他与两名巡警办理了接报警手续之后，便去了 F 省公安厅的刑侦总队。

二、罗则的心愿

罗则别过两位巡警，径直把孟希带到了 F 省公安厅刑侦总队电信网络诈骗犯罪侦查支队。过去，人们习惯把电信网络诈骗犯罪侦查支队称为“反电诈支队”，近几年才把它称为“反网诈支队”。

现在，这支队伍越来越壮大，办公室的数量占了刑侦总队的四分之一还要多，反网诈中心、现代电子数据取证室都归“反网诈支队”使用。近年来，刑侦总队的合成作战中心主要用于侦办网诈案件，视频侦查室、DNA 中心、无人机工作室和各类刑事科学技术工作室也用于侦办网诈案件。2017 年启用的大数据侦查中心与合成作战中心相辅相成，在侦破网诈案件时起到了极为重要的作用。

“反网诈支队”位于“刑总大楼”的二层和三层，罗则带着孟希登梯而上。

高支队长在二楼的研判室里候着，南浩甫和他在一起。罗则和高支队长、南浩甫很熟，不但当过高支队长的领导，而且是南浩甫的师父。

“高支啊，这位就是我刚才在电话里提到的孟希。她被骗了，想跳湖自尽，被我救了。我想啊，要救人，就得救到底！今天就立案，我也加入。一个月前，我救了一个跳湖的，也是网诈的受害者。网诈猖獗啊，我实在坐不住了！明天我跟郑厅说一下，回来干专案，义务的！”罗则边说边和高支队长、小南握手。

高支队长应道：“是有些突然！我想，您的加入是不会有障碍的。明天我也跟陈总说一下！现在，网诈的确猖獗，我们人手不足啊！好吧，现在就开战吧！”

南浩甫恭敬地请罗则、孟希落座，然后倒水、沏茶，乐呵呵地看着罗则说：“罗师啊，想死我了！太高兴了！”

罗则应道：“还是精气神儿十足，不错！”

高支队长姓“高”，名“安柏”，六年前接替罗则任电信网络诈骗犯罪侦查支队支队长。他长期当刑警，崇尚雷厉风行，说干就干。

“高支啊，因网诈而自杀的人应该不在少数！这两个月，我在宝盖湖就遇到了两个自杀的人，都是因为遭遇了网诈。她们要是跳湖成功了，就无法找到她们自杀的真正原因了。”

“是啊！网诈案件频发，我们有些应接不暇啊！案件侦破不了，赃款追不回来，被骗的人也就不再报案了。这是一种恶性循环啊！这位池女士就是个例子，没有报案，选择了跳湖。”说着，高支队长看了孟希一眼，“池女士，罗总既然把你带来了，就是要亲自侦办这个案件。请你务必调整好心态，不要再想不开了。请你相信，我们会全力以赴地侦办这起案件！”

孟希默默地点了点头。

高支队长继续说：“时间不早了，池女士需要早些休息。这样吧，罗总，池女士这边的事情先办一下，然后咱们再商议下一步要做的事情。”

“好的。”罗则回答道。

罗则知道，一般的人都会随身携带手机，一心求死的孟希也不例外。于是，他问孟希手机在哪儿，孟希说在包里。孟希从包里取出手机，递给了罗则。罗则看了一下，发现手机外壳是湿的，好像进水了。

手机进了水，如果强行开机，是会对手机造成损害的，会导致数据丢失。所以，他让孟希不要动手机。罗则把南浩甫叫来，让他去处理一下。

南浩甫的专长就是电子数据的取证侦查。他接过手机，瞧了瞧，说：“请池女士放心，我会把它弄好的。”

他带着手机，向研判室南边的电子数据取证室走去。

“姑娘啊，咱们快速处理一下！完了事之后，你就可以回家休息了。”罗则把水杯往孟希面前挪了挪，“有一些问题，我已经问过了。现在，我想了解一些细节。你是在‘珍心交友’平台上与泊舟相识的，对吗？”

“是的。”孟希轻声回答道。

“你把‘珍心交友’的APP安装在哪儿了？”

“安装在了笔记本电脑里。”

“手机里安装了吗？”

“手机里也安装了。”

“笔记本电脑在哪里？”

“在家里。”

“好的。一会儿我安排人去取电脑，可以吗？”

“可以。”

“还记得那个投资网站的网址吗？”

“我只记得中间有‘cdw’……噢，对了，手机里有。”

“你用手机登录过这个网站吗？”

“我是在电脑上操作的。不过，那天泊舟发给我的链接，我还留着。”

“明白。”

“你用的是哪家银行的卡？卡号还记得吗？”

“我用的是工商银行的卡，卡号记不清了。”

“去取电脑的时候，把银行卡也给我，不介意吧？”

“不介意。”

“再确认一下，你和那个人聊天，用的是微信。那个骗你的人叫什么来着？”

“泊舟。”

“哪两个字？”

“‘停泊’的‘泊’，‘舟车劳顿’的‘舟’。”

“知道他的真名吗？”

“他只告诉了我这个名字，其他的要等见了面再说。”

“连真名都不知道，你就那么信任他？”

“我觉得那是一次难得的偶遇。泊舟并没有向我提出要求，还常常提醒我不要上当受骗。”

“骗子都在琢磨……他们很懂得人心啊！”

这时，南浩甫从电子数据取证室出来了。

“进水不多，手机得救了!”说着，南浩甫走到了罗则跟前，“池女士，开机密码是多少?”

“840809。”说着，孟希把密码写了出来。

于是，南浩甫把手机打开了。

“池女士，为了破案，我们需要调取手机里的相关数据。你不介意吧!”南浩甫说道。

孟希看了罗则一眼，似乎不太明白南浩甫说的话。

罗则说：“调取手机里的数据是我们办案的正常流程，不用花太多时间。取出数据后，就可以把手机还给你了。”

“只要能破案，怎么样都可以。”孟希点了点头。

罗则让南浩甫把手机给孟希，好让她找到与泊舟的聊天记录。翻着翻着，他们就看到了那个投资博彩的网站，网址是“www.cdw.com.cn”。

其实，罗则是想验证一下孟希说的那些聊天记录是否还在。确认了聊天记录和网址之后，他让孟希把手机交给了南浩甫。

“时间不早了，你也累了，有些事情明天再问你吧。调取手机里的数据后，我们就送你回家。你在家安心等着，手机可以继续使用。”罗则对孟希说，“这里是刑侦总队，专门对付电信网络诈骗。我们的设备和技术是一流的，这几位都是对付电诈的能手。请你相信我们，好吗?”

“谢谢你们!”孟希哽咽着说道。

只用了十几分钟，南浩甫就把手机里的数据调了出来。办完了事，他就把手机还给了孟希。

高安柏派了一辆车，让南浩甫陪着孟希回家，把孟希的电脑和银行卡取回来。临走的时候，罗则交代，让孟希把衣服换下来，以后他们还能继续用。他还特意叮嘱孟希，可以使用手机，但是不要把里面的数据删掉，以便随时调用。

专家组由五个人组成，高安柏任组长，罗则主抓业务，南浩甫、李宸熙、周原梓是组员。

高支队长说，侦查此类诈骗案件，要运用网络工具流追踪、通信流数据挖掘、资金流溯源、远程数据云取证等手段，所以南浩甫、李宸熙、周原梓等专家和能手必须介入。因受害人中有女性，所以女侦查员李宸熙也必须参与。

高支队长强调，专案组可以随时调动反诈中心驻点银行的工作人员，让他们配合调查资金流。需要的话，可以让数源公司的人配合侦查。

他们在孟希的微信通讯录里找到了“泊舟”。“泊舟”既是姓名，又是昵称。泊舟的微信账号已被注销，朋友圈也被清空了。他们借助“柏科 DC 手机取证系统”获取了泊舟的微信号“bbk-bbk”，备注的名称是“泊舟”，电话号码是“17023225×72”，信息来源为“通过微信号添加”。

借助“柏科 DC 手机取证系统”调取的数据依照原路径、原貌存放在“系统文件区”里。数据不是从被浸泡、被腐蚀、已破损的手机里提取的，也不是恢复了数据之后调取的，所以调取的数据很完整地实现了镜像化。

罗则操作手机时，就像在操作具有触摸功能的华为电脑。他点击了“珍心交友”的“APP”，以孟希的身份进入了聊天界面。虽然泊舟已经注销了“珍心交友”的账号，但是进入平台之后仍然能够看到孟希与泊舟的聊天记录。

那么，孟希和泊舟是如何搭上关系的呢?

他们之间的交谈是从上午9点21分开始的。

泊舟先发了信息：“这将会是怎样的交往呢，小姑娘？这样称呼‘您老’，可以吗？”他加了“调皮”的表情。

孟希回复：“我老吗？”她也加了“调皮”的表情。

“那就把‘老’字去掉，叫你‘小姑娘’好了！”他在“老”字后面加了“抱拳”的表情。

“随便吧，我也不是小姑娘了。”

“在我的眼里，你就是小姑娘——一个小小的姑娘。”他加了“跳跳”的表情。

“你多大了，先生？”

“现在骗子多，哥得自报家门了。我是‘你的哥’，可以吗？”他加了“龇牙”的表情。

“当然可以！”

“这样吧，咱们到微信里再细聊吧！说真的，哥失落了好一阵子。不知为何，今天一遇到你，哥就有一种美好的感觉。感觉好新鲜，好甜，有种春风化雨的味道……”

“大哥啊，现在可是夏天，哪来的春风？”她加了“坏笑”的表情。

“哈哈哈，夏日里的甘露！”他加了“爱心”的表情。

然后，泊舟给孟希发了微信号。孟希加了泊舟的微信，泊舟确认了。

罗则打开微信，查看了7月16日上午9点21分以后的聊天记录。

“希希，你有一种安静的美、忧郁的美。真的，你很忧郁！”他加了“心碎”的表情。

“瞧把你能的！仅凭一张图片就能看出我忧郁，就叫我‘希希’了?”她加了“握手”的表情。

“希希啊，希希！小姑娘就该叫这样的名字！这是公主的名字!”他加了“龇牙”的表情。

“人家是茜茜，不是希希!”她加了“坏笑”的表情。

“希希是真的，茜茜可离得远了!”他加了“抱拳”的表情。

“就你真实!”

“是啊！希希，你为什么忧郁呢?”他加了“心碎”的表情。

“你是怎么看出来的?”

“从你的眼睛里看出来的!”他加了“爱心”的表情。

“不说啦，不说啦，咱们还没有那么熟!”

“是啊，都是虚拟的！不过，我的确闻到了希希的气息，感受到了希希的温暖、亲切。”他加了“亲亲”的表情。

“泊舟哥，你的真名是什么?”

“希希，但愿这是老天在保佑咱们，让咱们在茫茫人海中相遇。这机会多难得啊！我想，这也许是我们人生中最重要的时刻。哥想珍惜，哥要珍惜！当然，在这个骗子横行的时代，唯有信任才能天长地久。好了，哥这就把身份证拍一下，发给希希。”他加了“抱拳”的表情。

泊舟把身份证的照片传给了孟希。身份证上的照片与微信头像的照片相同，上面显示着：王耀庆，1986 年 7 月 26 日出生，家住厦门市湖里区。

“天哪！我们是一个省的!”她加了“吓了一跳”的表情。

“有一种从虚拟到现实的感觉吧!”

“哈哈，王耀庆，这名字好陌生！我还是叫你泊舟吧!”她加了“坏笑”的表情。

“真名啊！就是这么土，没办法！虽然是城里人，但是那个年代取的名字就这么土。我们那儿有一个大海堤，所以有些人干脆就以海堤为名。”他加了“难过”的表情。

“哥啊，‘希’可是我姓名中的一个字！具体情况，我就不告诉哥了，反正我是一个真实的人。”

“理解，理解！我在新加坡，不然就赶到闽越去看你了。希希啊，哥从来没有感觉这么好过！这样吧，咱们语音聊几句！”他加了“爱情”的表情。

“好吧。”

语音聊天记录也都保留着。

那是一个略带口音的男中音，向孟希解释了不视频聊天的原因。他说，他有个心结还没有打开。只有打开了心结，才可以视频聊天。以后，他会找机会解释的。

对此，孟希表示理解。她对语音聊天十分满意，并向泊舟透露了自己的心思。

孟希与泊舟在微信里交流的内容很多，都保留了下来。在以后的20多天里，泊舟每天都向孟希道“早安”和“晚安”。他有时用的是语音，有时用的是文字，有时用的是视频。有时，他们会简单地调侃几句。有时，他们会来来去去谈上半个小时甚至更长的时间。他们既聊工作、谈感情、论投资，又说过去、道现在、议未来，有种相见恨晚的感觉。谈话时，泊舟总是那么温文尔雅、善解人意、体贴入微。孟希在心里感谢上苍，在她消沉的时候送来了泊舟。泊舟的出现给她带来了希望，带来了温暖，带来了光明，带来了幸福。

不知不觉地，他们之间建立了信任。孟希坚信泊舟是厦门人，只是暂时出国去了，很快就会回来。回来之后，泊舟一定会来闽越市见她。

从“珍心交友”平台到微信，孟希和泊舟这两个陌生人似乎已经成了朋友，成了难舍难分的恋人。

他们都盼望着相见的那一天！

罗则熟知网络诈骗的“话术”，尽管经过了精心编制，但却难免低俗，缺乏文化底蕴。可是，泊舟似乎有所超越，更像是在“话术”中掺进了临场发挥的成分。

经过分析，罗则认为，这个骗子一定是事先获取了孟希的信息，在此基础上实施了虚拟空间的欺诈行为。

三、消失的泊舟

南浩甫从孟希家返回支队后，和罗则一起进入了现代电子数据取证室。

电子数据取证室内只有他们两个人，从东南角传来了服务器发出的“吱吱”声。北侧的长条桌上摆放着四台大型计算机，南侧的长条桌上放着各式各样的“数据取证工具”，西南角的墙边放着复印机、打印机等办公设备。

那四台大型计算机是具有新型并列计算功能、能够对大数据进行快速分析的高性能电脑，其中两台连接公安内网、两台连接互联网，而那些“数据取证工具”则装载了各种先进的分析软件。罗则问南浩甫，近半年来都引进了一些什么样的新工具。南浩甫说，配了“柏科升级版”的“取证大师”和“取证航母”，取证的能力加强了。他们从俄罗斯引进了“PKF系统”，可以进行“并行分布式破解”，破解密码的效率比以前高多了。

南浩甫把从孟希家取来的笔记本电脑放在北侧的长桌上，和罗则一起调查“www. cdw. com. cn”网站。

小南常态化地“翻墙”，对网站所在地进行常规查询。他在电脑运行界面的输入框中输入了“cmd”，然后在打开的“cmd”控制台界面上输入“ping www. cdw. com. cn”，找到了“www. cdw. com. cn”这个网站的服务器IP地址“115. 239. 210. ×7”。他把IP地址输入“谷歌”浏览器进行搜索，显示出“115. 239. 210. ×7”这个服务器的地址在菲律宾。

“不出所料，骗子在境外。真是棘手啊!”南浩甫对罗则说。

“这次不管骗子在哪儿，都得把他们抓住。”罗则回答道。

“狡猾的骗子!‘cdw’被弃用了!”南浩甫来到电脑前，操作了起来，“本想来个远程探查，看来是不行了——网站的虚拟空间、动态数据库和云端数据都被清洗掉了，服务器的具体位置、注册人的情况、域名商等很难查到。”

“上‘珍心交友’平台，看看那个泊舟还在不在!”罗则说。

南浩甫快速地用鼠标点击查看，然后说：“注销了，没有泊舟的影子了。看来，他到别的地方去了。”

“小南啊，这可是个大户啊！一个投资网站，说放弃就放弃，还能把数据都清洗掉，肯定是高手所为。不过，泊舟不在‘珍心交友’平台上活动了，并不等于停止了活动。他有可能会在‘世纪佳缘’‘探探’‘陌陌’‘百合网’等交友、网恋平台上活动。看来，在深挖‘珍心交友’平台的同时，还得对其他此类平台进行布控。”

“我有一种感觉，这些骗子挺专业的，在这些平台上布控是有难度的。”

“小南啊，深挖是必然的。布控的事，明天咱们商量一下再定吧。我觉得，问题的关键是窝点在境外，不好发力。现在，骗子在菲律宾向中国搞事情，咱们能怎么样呢？到境外去查案，要有更大的体量……你是明白的。所以，并案是必须的。”

“他们的据点在菲律宾，通过交友、婚恋的 APP 交友。在交友之前，对手是做了功课的。骗子通过各种渠道获取诈骗对象的信息，做到了有的放矢。他们精准地进行数据分析，选择年龄合适、有经济基础、急寻感情依托的女性下手……”小南分析道。

“是啊！一旦时机成熟，他们就会立刻下手，十分果断。诈骗成功之后，他们就会全线撤退。网站不用了，停止在朋友圈里活动……这些都是并案的依据啊！”罗则说。

紧接着，他们进行了微信数据关联，但是没有通过微信号关联到 QQ 号。根据电话号码“17023225×72”判断，这是虚拟的中国电信运营号。他们直接进入“701 系统”查询，确认“17023225×72”的虚拟运营商为“迪纬通”，仅有三次通话记录：第一次是用“17023225×72”这个号码拨打孟希的手机号；第二次是用孟希的手机号拨打“17023225×72”这个号码……三次通话的时长都只有 15 秒左右。

“很显然，这是一部专用的诈骗手机，是专门用来诈骗孟希女士的。”南浩甫一边操作，一边说道。

“小南啊，看看这个号码的用户资料，重点看看有没有身份登记。”罗则坐在紧挨着南浩甫的电脑前，敲击着键盘。

“有的。登记人姓名是‘王耀庆’，厦门人，身份证号是

‘350206198607260×76’。”

“小南啊，这个身份证号的前14位与他的地址和出生年月是相符的，可是后四位就是瞎编的了。我正在查，海堤路356号5幢908号是不存在的。看起来，身份证照片上的这个英俊小伙子的年纪与根据身份证号推算出来的年纪相符。可是，他是谁呢？他是王耀庆吗？王耀庆是何方神圣？这张照片看来是真的，应该有这么一个人。可是，咱们不知道他是谁。这个身份证是假的，是编造的。”

“明白。骗子胡编了一些信息，做了一个假身份证，用来骗人。用这种假证就能注册手机号，说明‘迪纬通’的实名登记存在着很大漏洞啊！”

“哎，有漏洞的电信运营商多了去了，尤其是虚拟运营商。我调查过，一些虚拟运营商仅凭虚拟的身份证明就能批量发号，给骗子提供了便利条件。近年来，虽然要求严格了一些，但是实名登记落实不到位的情况还是存在的。小南啊，这些咱们都管不了，也懒得管。我只想说，在骗子瞎编的证件中，隐藏着一些信息。做假身份证的人大概与厦门有一些瓜葛！”

“尽管身份信息是假的，但是往往会夹杂着一些真实的东西。或许，骗子中的某一位与厦门有一些关联。”

“小南啊，如果泊舟在境外，而‘17023225×72’是国内电话，那么他大概是用了GOIP设备，实现了人机分离。不难看出，‘17023225×72’这个号码是闽越的。如果骗子没有故意伪装的话，那么GOIP设备应该是在闽越架设的。所以，我们下一步工作的重点应该是在闽越找到这个GOIP设备。”

“是啊，的确应该查一查这个GOIP设备藏在哪里！在闽越的可能性最大，但是如果骗子进行了伪装，那可就难说了。”

“通常 GOIP 设备需要与所在地的通信基站连接，才能通话。如果进行了连接，那么号码的显示地自然就是 GOIP 设备的架设地。当然，如果骗子再次进行伪装，就很难说了。”罗则说话的语气不是很坚定。

“还有就是，这个案子有一个特别之处。骗子使用与 GOIP 设备关联的电话号码时，通常是群发，而‘17023225×72’这个号码只有为数不多的几次通话……”

“根据数据分析的结果选择下手的目标，建立专用的投资诈骗网站，架设 GOIP 设备，网站和电话卡专案专用。骗子在出场时表现得十分老到，骗成即退，同时毁灭了数据。”罗则说。

“是啊！这种特征是越挖越多！”南浩甫回应道。

“不过，这种撤退和毁灭只针对诈骗案件的受害者。骗过之后，他们还会再骗。下一次行骗时，他们往往会选择新的交友、婚恋平台，启用新的网站，使用新的电话卡。当然，这一系列变化都是为了逃避打击。不过，无论怎么变化，都是‘万变不离其宗’。他们得依托交友平台寻找目标，还得利用网站引导投资博彩。他们得表演、引流，把诈骗对象带进圈套。他们得利用 GOIP 设备，在境内设置通信点，在境外建立窝点或据点。他们有可能用到‘第四方支付’，还得洗钱……所以，电信网络诈骗的手法纷繁复杂，很难应对。为了成功地诈骗，他们也是要伤脑筋的。但是，伤脑筋的过程就是留下线索的过程。骗子折腾得越欢，留下的线索就越多。”罗则似乎是在对电信网络诈骗进行剖析。

“罗老师概括得好啊！任何事情都是相对的！骗子为了逃避打击，会出一些新招。其实，在出新招的过程中，他们往往会暴露自己。”南浩甫附和道。

师徒二人一边查寻，一边分析。他们办过很多电信网络诈骗案，每一起案件的犯罪结构都有所不同，都会让他们对犯罪有新的认识。引流手段不断翻新，通信技术不断改进，资金流转方式不断升级，每一次办案都要经受严峻的考验。

“那么，诈骗成功后，他们会不会改变 GOIP 设备的隐藏地点呢？这一点，我是真的不明白。”南浩甫从椅子上站起来，伸了伸懒腰，“被骗的人在闽越……从骗子使用手机的情况来看，GOIP 设备在闽越的可能性很大。如果骗子继续行骗，那么他们的通信点会不会变呢?”

“这个嘛，很难说……”罗则回答道。

南浩甫试探着通过反诈平台对孟希的工商银行卡的资金流转数据进行挖掘，发现开户主体与交易明细可查，但是只追溯到第二个层级就断了。工商银行的钱注入 CDW 网站指定的账户后，就无法再查寻去向了。他又到支付宝、财付通、微信等第三方平台去查，暂时无法推进。看来，资金并未通过第三方进行流转。

夜已深，高支队长还在忙碌。他想把侦破另一起案件的扫尾工作做完，以便第二天全身心地投入“8 · 11”案件的侦破工作。

罗则把侦破电信网络诈骗案的进展情况向高支队长说了说。高支队长说：“您是知道的，侦破电信网络诈骗案与侦破命案有所不同。止付期一过就没什么好急的了，慢慢来吧！骗子认为自己在境外，我们拿他没办法，所以警惕性不会太高。尽管他不停地变换活动空间和活动方式，但是只要继续行骗，就必须依附于各种犯罪条件。明天，我会让支队的李宸熙和周原梓到位，全面开工!”

第二章　寻踪觅迹

一、深挖

高支队长把与“8·11”案件有关的第一次会议安排在了三楼的研判室。通常，支队的民警把三楼的研判室称为“研三”。“研三”紧挨着刑侦总队的两大中心——大数据侦查中心和合成作战中心。

李宸熙推开“研三”的北窗，立刻吹进来一阵凉风。凌晨，下了一场雨，浇灭了暑气，送来了一丝凉爽。盛夏的闽越就像一个火炉，但雨后的清晨却让人感觉有了初秋的味道。

高支队长和南浩甫虽然前一天夜里加了班，但是仍然早早地就来上班了。罗则虽然是义务办案，但是来得比谁都早。周原梓迟到了两分钟，原因是星期一上午路上堵车。铜盘路的路面上有几处积水，车行缓慢。

总队的侦查员是可以不穿警服上班的。虽然没有约定，但是他们的想法却相当一致，都是上身穿 T 恤衫，下身穿牛仔裤，只是颜色略有不同。

会议开始之后，高安柏把成立“8·11”专案组的情况扼要地作了介绍，然后让罗则把前期调查的情况进行了说明。罗则提出了“深挖、打本”的建议，专案组的成员们对此十分赞同。

“就该这么打！打到骗子的老家去！”周原梓义愤填膺地说道。

“网诈案件嘛，的确应该深挖！以前办案，只抓了些喽啰。这一次，我们要追到骗子的老巢去，无论天涯海角。”李宸熙有些不服气。

“我历来都主张深挖，彻底摧毁诈骗团伙。但是，有好几次，随着侦查的推进，我们遇到了解不开的难题。最终，我们不得不草草地收兵，很是遗憾。这一次，但愿能有所不同。”高安柏推了推眼镜框，“现在，基本上可以确定，犯罪嫌疑人的主要窝点、巢穴在境外。他们没有通过普通的渠道流转资金，而是用了交友、婚恋APP，并且利用虚拟运营商非实名登记的号码进行了绑定。微信是骗子的主要引流和交流工具。引诱被害人投资的平台实际上就是个网站，用后即弃。其实，骗子是留有后手的，犯罪的手法是非常专业的。”

“的确是这样！看似漫不经心，先用‘珍心交友’平台，然后换成微信，再向受害人介绍投资博彩网站……手机号是国内的，很容易绑定。在与孟希交流的过程中，犯罪嫌疑人甚至把身份证都发给了她。看似不设防，其实是在按计划进行！物色对象、引流、沟通、绑定手机号、上传身份证图片、电话交流、引导投资、转移资金、销号、弃用网站等，都是按计划进行的。”南浩甫说。

“最大的难点是主要巢穴在境外，极有可能在菲律宾。骗子一方面切断了联系，一方面肆无忌惮……无论如何，这些骗子都不会收手。我们可以扩大并案的范围，把过去、现在和今后的案子都并进来，以便找到更多的线索和材料。”罗则说。

“各位有这样的劲头儿，是件好事！大家都知道，搞这样的案子，会遇到种种困难。我们要有打硬仗的思想准备啊！各位，开始工作吧，挖一挖被弃、被销的网站和平台！”高安柏站起身来说道，“浩甫，待会儿去一趟孟希家，关心一下孟希，探一探她的情况。另外，再调用一下孟希的手机。回来以后，浩甫继续调查泊舟在‘珍心交友’平台和微信上的情况。宸熙挖一挖孟希转入网络账号的资金，看一看它们的去向。原梓重点查一下网站和泊舟的身份证。号码为‘17023225×72’的电话卡、GOIP 设备等，由罗总和我负责调查。先查这些，后续根据查的情况再定。各位开始行动吧！”

南浩甫快速赶往孟希家，周原梓下楼去了电子取证室，李宸熙到反诈中心去了，罗则和高支队长则来到了对面的大数据侦查中心。

周原梓在南浩甫进行查证的基础上对泊舟提供的身份证作了进一步调查。根据南浩甫的查询和判断，叫“王耀庆”的人数以万计，却没有一个身份证号为“350206198607260×76”。输入“350206198607260×76”，在公安内网上查询，结果是“该身份证号不存在”。“350206”是厦门市湖里区的编号，“198607”代表泊舟的出生年月，与在其他地方出现的泊舟身份证上的号码相符。不过，身份证号码的后六位数与在其他地方出现的泊舟身份证上的号码不符。厦门市湖里区确实有一条路叫“海堤路”，但是没有 356 号。当然，5 幢 908 号也是不存在的。身份证号、地址都是虚构的，可见该身份证是伪造的。

周原梓试图在编造的身份信息中发现些什么，但却只得出了“编造者可能与厦门有关联”这一结论。

周原梓照例"翻墙"，用一些"开源查询小工具"对CDW网站进行了深度挖掘，发现"www. cdw. com. cn"这个网站的确已经被弃用了。"相关人"已切断了服务器与网站的关联，还对网站的虚拟空间、动态数据库和云端数据进行了清洗。尽管通过"综合查询工具"查清了CDW网站在菲律宾，但是仍然无法查清服务器的具体位置、注册人的情况、注册人的联络方式和域名商的情况等信息，也未能调取更多有利于侦查的线索和数据。

南浩甫用孟希的手机进入了"珍心交友"平台，使用了孟希提供的登录密码。

她在"珍心交友"平台上是实名登记，资料都是真实的：姓名为"孟希"，身份证号是"3501041983102430×64"，头像用的是孟希的照片。动态显示为"0条"，孟希没有在"珍心交友"平台上发表观点。孟希的资料显示：ID为"1531824×34"，年龄是36岁，离异，天蝎座，身高164cm，体重53kg。兴趣爱好那一栏是空白的，择偶条件是"随缘"，守护印象是"暂无"，收到的礼物是"无"，婚配口诀是"真的不想悲伤"。有十几个人看过孟希的资料，其中包括泊舟。泊舟还给孟希点了十几次赞!

在"珍心交友"平台上，孟希的其他资料大多数都未填，"我的相册""封面视频""语音介绍""我的动态""心灵视界""我的爱好"和"内心独白"等都是空白的，昵称、性别、生日、月收入、工作地区、学历、有没有小孩、是否想要孩子、职业、住房情况、买车情况、籍贯、体型、是否吸烟、民族、何时结婚等基本情况都没有填写。

孟希在"珍心交友"平台上注册的时间是2019年1月14日，在这个平台上与她直接交流的只有泊舟一个人。

在“珍心交友”平台的空间里，根本找不到泊舟的影子，冒充王耀庆的人离开了“珍心交友”平台。他在 7 月 14 日成功地欺骗了孟希之后，便销号了。泊舟的资料只剩下昵称了，没有 ID，也没有其他的绑定信息。

南浩甫想利用大数据侦查平台进行调查，便来到了三楼的大数据侦查中心。他在西南角的电脑前坐下，向坐在对面的罗则和高支队长点头示意。

南浩甫点击鼠标，进入了大数据侦查平台。他启动云操作系统，进入了“珍心交友”平台的云空间。通过检索关键词，他找到了泊舟在“珍心交友”平台上注册的信息。

泊舟在“珍心交友”平台上登记的姓名是“王耀庆”，身份证号是“350206198607260×76”，绑定的手机号是“17023225×72”，ID 是“1531824×34”，头像是一个 30 岁出头的帅哥。他的年龄是 33 岁，未婚，狮子座，身高 183cm，体重 73kg。他的兴趣爱好是网球、高尔夫球、健身、读书、旅游，择偶条件是“随缘”，婚配口诀是“开心过日子”，其他内容都没有填写。

除了注册的基本资料以外，泊舟在空间里的活动情况暂时无法获取。

按照惯例，南浩甫给“珍心交友”平台姓程的管理员发了个信号。程管理员知道这是经常和他打交道的南姓办案警察，于是对南浩甫来了一句“老乡啊，不久前认证的，找到了”。紧接着，他给南浩甫发来了泊舟在“珍心交友”平台上的认证图片，比泊舟的图片显得年轻一些。这名男子相貌平平，面无表情，尖下巴，挺瘦的。南浩甫从程管理员那里得知，泊舟于 2019 年 6 月 14 日在“珍心交友”平台上注册。一开始，他只在“珍心交友”平台的空间里逛荡，过了一个星期左右才遇到了孟希，和她聊了起来。

难道泊舟暴露了？其实不然！姓名、身份证号是编的，手机号并非实名登记。头像是一个 30 岁出头的帅哥，其实是一名相貌平平的男子。与泊舟有关的一切资料都是假的，只有那名尖下巴的男子是真的。那么，尖下巴的男子到底是谁呢？

进入大数据侦查平台之后，南浩甫选择了电信网络诈骗的高危省份，把尖下巴男子的图片输入系统，进行了自动识别。在四川库里检索的时候，跳出了相似度达 89% 的对象。这名相似度排在第一位的男子姓何，名达乐，家庭住址是“四川省达州市宣汉县新红乡麻碗村”。

南浩甫把与尖下巴男子有一定相似度的人的图片下载并保存，以便细细地辨别和追踪。

南浩甫知道，泊舟已经完全从微信中消失了。他在微信里的昵称还是“泊舟”，头像与“珍心交友”平台上的头像相同。从孟希的微信中点击“泊舟”，显示“对方已经删除账号”。南浩甫试着给泊舟发送信息，可是信息发出去了，对方却无法接收。前一天晚上，他通过“柏科 DC 手机取证系统”获取了泊舟的微信号“bbkbbk”，备注名称是“泊舟”，手机号码是“17023225×72”，来源是“通过微信号添加”。

获取这些数据是远远不够的，南浩甫试图对泊舟的微信空间进行深度挖掘。

他借助大数据侦查平台，经过“腾讯特许通道”进入了泊舟的微信空间。经过对微信号、手机号、昵称等进行检索，他发现微信空间里并未留下与“bbkbbk”这个微信号和“17023225×72”这个手机号有关的数据。微信号“bbkbbk”的注册时间是 2019 年 1 月

13 日。从注册到注销的过程中，泊舟用这个微信号与孟希有过交流，发过文字、语音和图片等信息。

"真是专号专用啊!"南浩甫心想。

二、钱的去向

李宸熙登录"国家反诈平台"，查询了孟希的工商银行账号"62122614030208×315"，获取了一个月的交易明细。此账户于 8 月 10 日、11 日分 23 次向"215870×99@ qq. com"转了 267. 3 万元。

李宸熙继续使用"第三方支付查询功能"查询"215870×99 @ qq. com"的交易明细，却无法查出孟希的资金转到了哪个账户。他使用"主体详情查询功能"查询对方的账号，却无法查出"215870×99@ qq. com"这个账户的注册人身份、预留电话和使用过的银行卡等信息。

资金不知道被转到哪儿去了!

"215870×99@ qq. com"是一个什么样的账户呢?

李宸熙觉察到，骗子用到了"第四方支付"，"215870×99@ qq. com"有可能是"空壳公司"的支付账户。

孟希在投资博彩的网站上充值后，网站即向第四方支付系统发出了指令。于是，系统随机调用了已接通的"空壳公司"账户"215870×99@ qq. com"。每次充值后，系统都会生成相应的交易，并将交易的结果发送给孟希。当然，这只是虚拟的交易。孟希充值时，资金便会直接进入"空壳公司"的账户，而反诈平台的"资金查询系统"却无法查到"空壳公司"的账户。骗子正是利用了这一中断，将"空壳公司"账户中的资金进行了处理。如果需要，可以继续转账，最终转入被骗子控制的账户。

李宸熙明白，如果是非法的“第四方支付”，资金流转到了境外，那么查清资金的流向是相当困难的。

李宸熙转移到大数据侦查中心，想在大数据侦查平台上借助“JASS 系统”和“资金查控平台”细查“215870×99@ qq. com”这个账户。

进入大数据侦查平台的“资金查控系统”之后，她通过孟希的充值记录，找到了收款方的商户号，分别是“1433996×02”和“1500937×31”。根据以上的商户号，她在“JASS 系统”中获取了“1433996×02”和“1500937×31”这两个商户号的开户主体名称、开户主体的证件类型、开户主体的证照号等信息。“1433996×02”这个商户号的开户主体名称是“东南亚银行有限公司”，证件类型为“15”，证照号是“9132059455246302×Q”。“1500937×31”这个商户号的开户主体名称是“中国银联股份有限公司”，证件类型为“15”，证照号是“913100007362398×0T”。

她继续查询这个商户号的交易明细，只查到了“阿里”和“腾讯”等网站生成的编码，没有查到资金的最终去向。

李宸熙心想：“如果 CDW 网站还在营业，就可以到网站上去截获收款码了。可是……有了收款码，使用支付宝或微信扫码识别，或许就能看到收款方的网址了。”

李宸熙还记得，上个月侦破跨境赌博案时，截获了收款码。她用微信进行识别，点击右上角的小圆点时，出现了收款公司的网址。根据网址，很容易就能查到收款方。当然，这个收款方是符合规定的第四方支付公司。可是，眼下没有收款码。怎么办呢?骗子要是非法自建支付平台，以操纵“空壳公司”的方式套取第三方的支付渠道，再通过这些“空壳公司”搭建第四方支付平台，截留资金进行支付和结算，再将相关款项层层转移，流向被犯罪平台控制的账户，那可就难办了。

李宸熙十分清楚，正规的第四方支付平台只有“网付”“Ping++”“聚合”等十几个，而未取得支付业务许可证的非法第四方支付平台却有三万多个。通常的套路就是，利用无实际经营的“空壳公司”的资料在支付宝、微信等第三方支付平台上注册账户，在其自建的支付平台上绑定，实现资金的非法支付和结算。犯罪嫌疑人利用这个机会，通过非法支付来实现资金的转移。

可以确定，“8·11”诈骗案的犯罪嫌疑人使用了非法的第四方支付手段，而“215870×99@ qq. com”这个账户则是犯罪嫌疑人利用“空壳公司”的资料在支付宝、微信等第三方支付平台上注册的。

尽管那是个“空壳公司”，但是也得查。她使用电脑进入大数据侦查平台之后，点击“美亚公司”进行查询。她将“215870×99@ qq. com”这个账户与公司的账户进行关联，只经过了三级便发现了用“215870×99@ qq. com”注册的企业。企业名称为“F 省天交企业管理有限公司”，法人是“赖其昌”，注册类型是“有限责任公司”，注册地是“F 省刺鲤市清源区”，注册资本为 30 万元。公司的营业执照也找到了，成立日期为“2017 年 3 月 16 日”，营业期限为“2017 年至长期”，经营范围是“网络交易、商务服务、农产品贸易”，登记机关为“刺鲤市清源区工商行政管理局”。

围绕“F 省天交企业管理有限公司”及其法人赖其昌查询支付业务许可证，未果。

她在大数据侦查平台上对“1433996×02”“1500937×31”这两个商户号，以及开户主体“东南亚银行有限公司”“中国银联股份有限公司”，还有证照号“9132059455246302×Q”“913100007362398×0T”进行了综合查询，发现商户号、开户主体、证照号与“F 省天交企业管理有限公司”“法人赖其昌”“支付账户 215870×99@qq. com”实现了关联。“215870×99@ qq. com”的确是未取得支付业务许可证的非法第四方支付账户，属于法人为赖其昌的“F 省天交企业管理有限公司”。

李宸熙熟练地在各平台之间切换，不停地点击，却始终无法获取“215870×99@ qq. com”这个账户的交易情况。

李宸熙心想：“‘215870×99@ qq. com’是以‘F 省天交企业管理有限公司’的名义注册的账户，并未获得支付业务许可证。因为它是非法的支付账户，所以无法通过正规的渠道进行查询。看来，得动用反洗钱通道了。可是，这个通道尚未在大数据侦查平台上开通。还有什么路可以走呢?”

下一步，她想细查一下“F 省天交企业管理有限公司”。这家公司有税务登记，银行账号是“6212261401238082×25”，开户行是中国工商银行，开户时用的身份证号是“511700194702213×52”。这个账号在 2017 年的上半年有资金流转，后来就断流了，支付账号变更为“215870×99@ qq. com”。

“215870×99@ qq. com”是个什么样的账户呢？它是在号称“全球付”的第四方支付平台上注册的，未获得支付业务许可证。

很显然，“215870×99”是个 QQ 号。那么，它是谁的 QQ 号呢?

李宸熙使用电脑进入“腾讯 QQ 查询系统”，输入 QQ 号，进行“归属查询”。窗口中显示：“215870×99”的使用人是赖其昌，关联的手机号是“17023225×81”。

赖其昌再次出现，他是何许人呢？李宸熙进入公安内网，调出了有关赖其昌的资料。

身份证号为“511700194702213×52”的男子名叫赖其昌，1947年2月21日出生，家庭住址为“四川省达州市宣汉县新红乡陡咀村”，妻子已故，育有三个儿子和两个女儿。

这位“F省天交企业管理有限公司”的法人年事已高，为什么会有QQ号？

李宸熙想到了那种被称为“僵尸人”的公司，即“使用收购的老年人身份证注册的公司”。老年人成了法人，公司成了诈骗的工具，而真正的注册者才是幕后的操纵者。

赖其昌还活着，那么下一步应该对其采取什么措施呢？李宸熙认为，这得让高支队长定夺。

可是，那个新冒出来的手机号是怎么回事呢？

三、追查网络电话

高支队长与罗则进行了大概的分工：高支队长围绕GOIP设备展开调查，而对“17023225×72”这个手机号码的调查则由罗则负责。

经过调查，罗则得知“17023225×72”是中国电信虚拟运营商的号码，具体的运营商是“迪纬通”。这个号码是泊舟的，在“珍心交友”平台上与王耀庆的身份证号“350206198607260×76”绑定，在微信上与“bbkbbk”这个微信号绑定。“17023225×72”是王耀庆登记的，王耀庆的身份资料是编造的。“17023225×72”这个号码在孟希手机的通话记录中出现过。

在大数据侦查平台上，罗则再次登录“701 系统”，进入了“迪纬通通信数据查询通道”。

“17023225×72”这个号码是用王耀庆的身份材料注册的，入网的时间为 2017 年 1 月 18 日。“17023225×72”这个号码只有三次通话记录，并且显示了通话地点。

罗则绞尽脑汁，想从“17023225×72”这个号码的相关资料中发现新线索，但是很难。无疑，“17023225×72”这个号码是用虚假的身份资料登记的。户主是王耀庆，而王耀庆只是一个虚拟的人。那么，“17023225×72”这个号码的办理人到底是谁呢？这个人肯定与泊舟有关，但究竟是不是泊舟本人，现在还无法确定。

罗则把“17023225×72”这个号码与相邻的手机号进行了关联，发现这些号码有一个共同的特点，就是使用率很低，有的甚至没有被启用。

罗则调取了“17023225×72”这个号码的前面十个号码和后面十个号码的登记资料，进行了分析，发现这 20 个号码的户主各不相同。同时，确认了户主的身份之后，他发现前五个户主和后 11 个户主的身份都是假的。

与王耀庆的身份证一样，这十几张用于登记入网的身份证上的基本信息都是编造的。很显然，这是别有用心之人所为。

罗则亮明了身份，与“迪纬通”的后台管理员沟通了一下。管理员说，前几年会有登记的身份不实却没有核实的问题，存在凭借虚拟身份证明批量发号的情况。

于是，罗则让“迪纬通”的后台管理员把“17023225×72”这个号码前后共 17 个用户的虚假身份信息发给了他。

这些号码是真实可用的，而入网时使用的身份信息却是编造的。这些号码有的用于诈骗，有的绑定了QQ，有的尚未启用。

无疑，这些已用的和未用的虚拟号码都能派上用场，它们将是下一步办案的重要依据。

接下来，罗则对这17个虚拟号码以及相关资料进行了分析。17个号码，用过的只有七个，只有一个用于注册QQ号。那么，专案组的其他人找到这个号码了吗？他在专案组的工作微信群里问李宸熙："是否挖到了QQ号绑定的手机号？"

罗则没有直接将"17023225×81"这个号码告诉李宸熙，不是有意为难她，而是要验证一下结果。如果李宸熙挖到了某个QQ号绑定的手机号，而这个手机号与罗则挖到的手机号相同，那么就说明信息检索的路径和方法都是正确的。

李宸熙在微信群里对罗则说："'17023225×81'这个手机号用于注册'215870×99'这个QQ号。"

对上了！他通过"701系统"检索的结果与李宸熙的结论相同，"17023225×81"这个号码是17个虚拟号码之一。

"这个犯罪团伙只使用了七个虚拟号码？这是一个新的犯罪团伙？"罗则想，"早在2017年年初，这些虚拟号码就被获取了。两年过去了，他们只用了七个号码。这是什么意思呢？"

骗子使用号码时很有节制，手机号只是"配角"？难道这真是一个新的犯罪团伙？

罗则一下子想不明白，得等汇集了资料之后才能作出全面、客观的分析。

罗则粗略地看了一下编造的身份信息，发现大都与厦门、达州有关。

这又是什么意思呢？是否意味着犯罪嫌疑人与厦门和达州有关？

罗则再次把这七个用过的手机号在“701 系统”里过了一遍，呈现出了大体的使用情况。“17023225×81”这个手机号只用于注册“215870×99”这个 QQ 号，没有其他用途。其他手机号与“17023225×72”这个手机号相似，有过通话记录，只是通话的次数不多，通话的时间也不长。

随着科学技术的进步，电信网络诈骗的手法在不断翻新。高支队长发现，近年来，VOIP 网络电话逐渐被 GOIP 电话取代，这是电信网络诈骗手法的一个重要变化。VOIP 电话在拨打时可以改号，具有很强的欺骗性。但是，它不可以回拨，所以在诈骗中的应用会打折扣。GOIP 网络电话能够弥补这一不足，并且能够实现设备与人之间的分离，而这种分离正是骗子迫切需要的。可见，设备与人的分离可以提高欺骗性，保护了骗子。即使不小心暴露了设备，骗子也会另寻出路，换个地方架设设备，继续行骗。经过初步调查，专案组摸清了“8·11”案件的犯罪嫌疑人使用通信工具的特征。很显然，“8·11”案件的犯罪嫌疑人使用了 GOIP 设备。

尽管骗子运用 GOIP 技术的时间不长，但是高支队长已经接触到了不少此类案例。骗子往往会把总部设在境外，却将 GOIP 设备架设在境内。如果将 GOIP 设备架设在境外，就会遇到跨境通信技术障碍，还会遇到设备与人分离的选择障碍。如果骗子将 GOIP 设备架设在诈骗窝点所在地，便无法做到设备与人分离。如果骗子将 GOIP 设备架设在诈骗窝点以外的第三国，那么不仅犯罪成本高，而且会给诈骗活动带来很多不便。

从“8・11”案件的整体情况来看，与GOIP设备连接的手机号的“显示地”是闽越市，所以GOIP设备架设在闽越市的可能性最大。手机的“显示地”是可以设置的，如果没有特意去设置，“显示地”便会是GOIP设备的架设地，因为GOIP设备要连接所在地的通信基站才能通信。因此，与“17023225×81”这个手机号连接的GOIP设备的架设地极有可能是闽越市。

此刻，高支队长陷入了沉思。过去搞专案时，他们很少专门去查找GOIP设备，全靠破案后架设者的交代或者群众的举报。只有在犯罪嫌疑人频繁使用GOIP设备的情况下，他们才会运用GOIP“猫池”实时捕捉技术来进行查找。一旦犯罪嫌疑人有节制地使用GOIP设备，实时捕捉GOIP“猫池”的信号就会变得十分困难。

这个犯罪团伙的反侦查能力较强，使用GOIP设备很有节制。因此，更为有效的方法是清查，而非实时捕捉。当然，对GOIP“猫池”信号的实时捕捉仍然要进行。

趁着侦破“8・11”案件的机会，在闽越市对GOIP设备来一次大清查也是好的。尽管与“8・11”案件有关的GOIP设备只是有可能架设在闽越市，但高支队长还是决定在闽越市进行查找。

那么，“8・11”案件GOIP设备的架设地该如何查找呢？

GOIP设备的体积有大有小，颜色和形状各异，可以架设在任何地方。插卡量不大的GOIP设备只有笔记本电脑那么大，放在地上、桌上都可以。不过，要想让GOIP设备长时间地运行，就要对架设地有要求了。所谓的要求，就是要有电力供给，否则容易暴露。办公场所、出租屋、居民楼或某个无人看管的空间，甚至行驶中的汽车，都可以成为架设这种设备的场所。

这样的场所到处都有，寻找GOIP设备无异于大海捞针。

高支队长研究了一下已被发现的用来架设GOIP设备的空间。在这一年多的时间里，他们发现的用来架设GOIP设备的场所大多是出租屋。在闽越市，利用私人住宅架设这种用于诈骗的GOIP设备还没有先例。这就意味着，私宅的主人不愿意在自己家架设这种用于行骗的设备。连骗子都知道人和设备分离的事，私宅的主人会傻傻地不知道吗？他会在自己家帮骗子架设这样的设备吗？除非他自己就是骗子！对了，哪怕他自己就是骗子，也不会把设备架设在自己家里。有正经工作的人应该不会把这样的设备架设在自己的工作场所，这大概与不在私宅架设这种设备同理。

排除了私人住宅和工作场所，考虑到了电力和不容易暴露等因素，查找的范围缩小了许多。

进入大数据侦查平台之后，高支队长登录了“闽越市三维地理信息系统”。他随意在融合了多源数据的三维地图上寻找着可以用来架设GOIP设备的场所。然后，他在地图上圈圈点点，似乎有所发现。

高支队长静静地思考着清查GOIP设备的路径和方法。他想取得治安部门的支持，发动片儿警、综治员和群众搞一次网格化排查。一旦找到了GOIP设备，便可以取证，获取通话记录，与“17023225×72”这个手机号关联。要是能找到电池槽，就可以直接将电话池中的电话号码与“17023225×72”对照了。如果关联上或者对上了，就说明“8·11”案件的GOIP设备确实架设在闽越市。据此，可以使用其他办法把架设者擒获。

想好了以后，高支队长直接向刑侦总队的“陈总”作了汇报。“陈老总”说，在取得治安部门支持的同时，各级刑侦部门也要行动起来。

午饭前，高支队长把专案组的成员们集中在了一起。按照惯例，为了加快侦查速度，进行下一步的部署，要把案件侦破的情况梳理一下。现在办案，常常要在虚拟空间游走，类似于过去的走访。在虚拟空间里不停地查找、检索、溯源、挖掘，不断地拓展、碰撞、关联，有时会顺利地达到目的，有时却会碰壁。在游走的过程中，尽管专案组的成员们会不停地交流，但是这种交流只能是局部的、片面的。因此，游走了一段时间之后，他们就得停下来交流一下，经过分析和研究，最终形成新的方案。

周原梓对王耀庆的身份证、CDW 网站进行了调查，没有任何进展。因此，他得出的结论与南浩甫经过查询得出的结论基本相同：那个“王耀庆”的身份证是伪造的，而 CDW 网站的确已经与服务器分离了，停止使用了。

南浩甫提供了一个重要线索：那个“泊舟”曾经在“珍心交友”平台上进行过身份认证，南浩甫得到了认证图片。看上去，认证图片上的男人比“泊舟”年纪小一些，尖下巴，辨识度极高。南浩甫对尖下巴男子进行了自动人脸识别，结论是：他与户籍地为“四川省达州市宣汉县新红乡麻碗村”的何达乐十分相似，相似度达 89%。这个尖下巴男子到底是不是何达乐，还有待进一步验证和确认。

“总的来说，本案的犯罪嫌疑人确实挺狡猾的。”李宸熙把视线从电脑屏幕上移开，看了看坐在对面的罗则，“孟希把钱转到了‘215870×99@ qq. com’这个账号上。这是一个什么样的账号呢？这是一个通过‘空壳公司’套取第三方支付账号，再通过‘空壳公司’自建第四方支付账号。”

“熙姐啊，你能否说得详细一点儿……我有些晕！”周原梓插话道。

“过些时候，我会解释的。”李宸熙瞥了一眼周原梓，“关键问题是，这不是单纯的‘空壳公司’，也不是单纯的‘第四方支付’和‘自建’，而是非法交易，是利用‘空壳公司’套取第三方支付渠道，并且非法自建的‘第四方支付’。”

“我听明白了，这些骗子的确是绞尽了脑汁。小李啊，那个用于注册QQ号的手机号是怎么回事？”罗则问道。

“我查了，的确是‘空壳公司’注册的，名称是‘F省天交企业管理有限公司’。”李宸熙瞄了一眼电脑屏幕，“‘空壳公司’也是要注册的，也要有法人。这个公司的法人叫赖其昌，他有个QQ号，关联了手机号，而这个关联的手机号就是‘17023225×81’。估计是注册QQ号时需要关联！”

“小李获取的信息还真不少！赖其昌是个什么样的人？查了吗？”高安柏问道。

“查了。那个赖其昌确有其人，姓名、身份证号和家庭住址都是真的。他是四川省达州市宣汉县新红乡陡咀村人，今年72岁，注册公司时有70岁了。老赖还健在，其妻已故，有三儿两女。他只是个农民，没有什么背景。让这样的人当法人的公司肯定是‘空壳公司’，确切地说就是‘僵尸公司’……”李宸熙说。

“这种套路，我见多了。这样的公司就是用来诈骗的！哪一天暴露了，骗子就会推得一干二净。去找‘赖法人’，他双手一摊，什么都不知道。问他身份证到哪儿去了，他有可能会说‘丢了’，也有可能拿出一张补办的身份证。有的人搞‘灰产’，专门收购证件，给持证人一点儿好处费。”罗则似乎想到了过去的经历，

“收购的证件会被用来办理银行卡、手机卡，还可以在微信、支付宝上注册。这些都是骗子的基本功!”

“有点儿意思。那个‘赖法人’和泊舟可是老乡啊!”南浩甫摆弄着桌面上的鼠标，“都是四川省达州市宣汉县新红乡人，只不过何达乐是麻碗村的，‘赖法人’是陡咀村的。”

“他们之间似乎有什么关联。”高支队长看了看电脑屏幕，“什么样的关联呢?”

“对了，我们查到了十几个虚拟运营商的手机号，入网时所填的身份信息绝大多数与达州有关。三者汇集，一定不是巧合。”罗则回过头来看了看自己调取的数据，“17 个手机号入网时登记的地址，除了厦门，就是达州。很显然，诈骗团伙的成员与达州和厦门有某种关联。”

“还有，”李宸熙提高了嗓门儿，“‘215870×99@ qq. com’这个账户是号称‘全球付’的第四方支付平台上的账户，而‘全球付’并未获得支付业务许可证。该用的资金查询工具都用了，连人民银行的反洗钱系统都用上了。大概是因为支付账号是非法的，没有被纳入查控系统，所以被骗的资金还是没有下落。还需要说明一下，那家‘空壳公司’的注册地是‘F 省刺鲤市清源区’。这可是新出现的城市啊!”

李宸熙汇报完之后，罗则重点提了一下 17 个虚拟号码的事情，认为下一步要好好利用这些号码。紧接着，高支队长提出，要在闽越市搞一次 GOIP 设备大排查。最后，高支队长布置了下一步的工作。他决定让罗则和周原梓搭档，追踪何达乐和“赖法人”。他和南浩甫负责排查闽越市的 GOIP 设备，李宸熙则留在大数据侦查中心继续挖掘数据，寻找线索。

中午用餐的时间到了，他们向食堂走去。

罗则的出现引来了不少关注，有人向他点头示意，有人亲切地问候他，有人与他握手寒暄。罗则礼貌地进行了回应，而走在边上的高支队长则不停地解释，说罗则是回来帮忙破案的。

罗则看了看走在前面的男男女女，发现了身穿军绿色T恤衫和浅蓝色牛仔裤的李宸熙。罗则对李宸熙十分了解，这名人称“宸子”的女刑警来自刺鲤市。从政法院校毕业后，她成了“选调生”，通过层层选拔进入了刑侦总队。有传言说，她是因为长得漂亮才被领导看中的。罗则知道，所有的传言都不可信。不过，漂亮的女子就是容易被人说闲话，更何况她是既漂亮又能干呢！李宸熙参与选拔时，罗则也在场，是面试官之一。李宸熙不是特别爱说话，常常托着腮静静地思考，忽闪着一双明亮的大眼睛。眼前的李宸熙身姿挺拔、步履轻盈，虽然穿着平底帆布单鞋，但是举手投足间却尽显婀娜多姿、流风回雪。

周原梓与李宸熙并肩走着，几乎和李宸熙一般高。这名普通院校毕业的民警，个子不高，有些木讷，但是有一股不达目的不罢休的韧劲儿，让罗则叹服。

第三章　虚拟现实

一、何达乐的去向

达州这个地方，罗则不仅去过，而且去过好多次。以前，这个地方叫“达县”，后来改成了“达州”。早些年，就有一些达州人在F省犯罪。以前，为了追捕一个抢劫后从刺鲤逃回老家的宣汉人，罗则去过达州市的宣汉县。目前，是否需要再去一次宣汉县，还不好说。

根据孟希的描述，泊舟的声音很好听，而像何达乐那种尖下巴的男人似乎发不出这种声音。通常，这样的男人说话时应该是尖声细语。说话好听的标准是什么呢？这个问题，罗则没有问过孟希。按照常理，判断男性的声音是否好听，要看他说话的声音是否深沉而富有磁性。何达乐的声音是这样的吗？罗则让周原梓从“8·11”案件的数据库里调出了何达乐的声音数据。他们听了听，果然是低沉而富有磁性！有些意外，有点儿“声音不可貌相”的感觉！

罗则和周原梓把泊舟在“珍心交友”平台上的认证图片与那些相似度低一些人的照片进行了比对，在显微镜下将泊舟与何达乐的同一性进行了确认。最后，他们认定泊舟与何达乐为同一个人。

虽然要查的是四川的何达乐和赖其昌，但罗则还是想让重庆市公安局的人帮忙，有两个原因：一是，重庆市公安局比四川省公安厅离达州近；二是，罗则和重庆市公安局刑侦总队的关系比较好。

按照惯例，罗则给重庆市公安局刑侦总队发了一份协查通报，要求他们协查何达乐和赖其昌，还附上了需要协查的内容。罗则知道，这只是例行公事。如果重庆警方发现了他们俩，那么很快就能问清楚。如果重庆警方没有找到他们俩，那么罗则他们还得自己去调查。

于是，罗则和周原梓便围绕着何达乐和赖其昌进行了数据检索与排查。

通过大数据侦查平台，罗则进入了公安内网，搞清楚了何达乐的家庭情况。

何达乐，户主姓名为“何良国”，家庭住址为“四川省达州市宣汉县新红乡麻碗村”，户口登记机关是“达州市公安局新红乡派出所”，农业户口，常住人口六人。何达乐有两个姐姐和一个哥哥，父母健在。何达乐的身份证号是“511722198903180×32”。他身高1.68米，高中文化，未婚，待业。

罗则进入“车辆登记数据库”进行查询，没有查到何达乐的车辆登记信息。他输入“旅馆业”这三个字进行查询，发现何达乐曾经在达州市区内和达州市的宣汉县，以及闽越市、刺鲤市、厦门市登记住宿。在达州市区，有过两次住宿记录，时间分别是2015年5月和2017年4月。在宣汉县，只有一次住宿记录，时间是2016年1月。在闽越市和刺鲤市，各有两次住宿记录。在刺鲤市住宿的登记时间是2017年1月和2017年2月，在闽越市住宿的登记时间是2017年2月和2017年3月，在厦门市住宿的登记时间是2015年6月。

很显然，他最早住宿在达州城区，然后是厦门，接下来是宣汉，最后是刺鲤和闽越。罗则通过大数据平台进入“民航、火车信息查询系统”进行查询，验证了何达乐的行踪，他确实是从达州到达了F省某地。

2015年6月，何达乐在厦门办理了临时身份证，租住在厦门市湖里区殿前三路5组。

根据年龄推算，何达乐大概是在2007年高中毕业。高中毕业后，他都干了些什么呢？罗则用他的身份证号与企业关联，发现他于2011年在达州宜通交运公司工作过。2013年，他在厦门瑞丰网络公司工作。他在上述两家公司工作了多长时间，不得而知。后来，这两家企业分别于2016年和2018年注销了。

罗则决定继续用身份证号关联手机号。何达乐登记的手机号是“15330209×74”，这个手机号关联的微信号是“HDD11”，而这个手机号关联的QQ号则是“6025305×67”。接着，罗则用身份证号和手机号关联支付账号，显示出何达乐的支付宝账户是“6025305×67@ qq. com”。何达乐没有视频号、抖音号和其他APP的注册号码。

罗则进入“701系统”进行查询，发现“15330209×74”这个手机号已于2017年4月停用了。从此以后，何达乐的微信号和QQ号便没有再被使用，“51172219890318 0×32”这个身份证号也没有被用来登记或用在别的场合。接着，罗则进入“查控系统”

查询“6025305×67@ qq. com”这个账户，发现它在 2017 年 4 月之前有很多交易记录。他查询了交易明细，调取了何达乐的网购记录和乘坐网约车的记录。但是，从 2017 年 4 月开始，这个账户也停用了。

经过检索，罗则发现何达乐的行踪终止于 2017 年 4 月。

何达乐去哪儿了呢？

罗则试图在网络空间里多找一些与何达乐有关的图片，却未能在几年前何达乐游荡过的空间中将其找到。他到视频库中去检索，用与何达乐有关的图片进行识别，检索到的视频全是 2017 年 4 月以前的。

罗则揉了揉脖颈，摇了摇头。在数据空间游走，一点儿都不比在野外奔波轻松。数据的检索、关联和碰撞，容不得半点儿马虎。脖子酸了，眼睛花了，他还得紧盯着电脑屏幕继续查。

于是，一个“数字化的何达乐”在罗则的脑海中逐渐形成了。同时，他知道了一些何达乐从宣汉县的高中毕业之后的事情。只不过，从 2017 年 4 月开始，何达乐便从虚拟空间消失了。后来，何达乐又出现了。2019 年 1 月 13 日，何达乐在微信上用“泊舟”这个昵称进行了注册。

2019 年 1 月 13 日，何达乐改名为“王耀庆”。他用新手机号和假身份证号注册了微信号。从 2017 年 4 月开始，一直到 2019 年 1 月 13 日，何达乐没有留下任何踪迹。

他去哪儿了？为什么没有了踪迹？

根据经验，罗则判断出，2017 年 4 月，何达乐改名换姓，无法实现有关数据的关联，所以有可能去了境外。他去境外的目的，极有可能是搞诈骗。

在这一年多的时间里，何达乐究竟干了些什么，还有待继续侦查。

周原梓想把赖其昌查个底儿朝天，但是查来查去，除了查出他是个72岁的老人，有三儿两女，是“F省天交企业管理有限公司”的法人以外，再也查不出什么了。赖其昌有QQ号和手机号，但是查出来的QQ号和手机号都以其他人的名义注册并使用。除了以其他人的名义注册并使用的手机号和QQ号以外，赖其昌就没有用户名和账号了。

周原梓心知肚明，赖其昌一定在家里，再查就没有什么意义了。

傍晚时分，重庆市公安局刑侦总队的民警回复：“何达乐不知去向。赖其昌就在家里待着，哪儿也没去。”

周原梓向罗则汇报了情况，罗则说想搞明白何达乐与赖其昌之间的关系。他认为，应该围绕赖其昌的身份证进行一次更加细致的调查。

从闽越赶到达州，费时费力。罗则认为，以协查的方式把有关情况弄清楚是最好的选择。只要把意思说清楚，重庆警方就会尽全力帮助他们。不过，要想把事情办得漂亮，还得靠朋友。在重庆刑侦总队，罗则有不少朋友。只要把事情交代清楚，重庆刑侦总队的朋友就会安排达州或宣汉的民警把事情办妥。

罗则把需要调查的问题在电脑中简单地列了一下：赖其昌的身份证在哪里？如果赖其昌的身份证还在，那么究竟是补办的还是原始的？如果赖其昌的身份证不在了，那么是什么时候弄丢的，为什么会弄丢呢？如果赖其昌的身份证被卖掉了，那么被卖掉的原因是什么，卖了多少钱呢？还有，买赖其昌身份证的人是男的还是女的，年龄有多大，长相如何呢？具体的买者是谁？买者购买身份证的真正原因是什么，说出的理由又是什么呢？除了赖其昌，还有谁卖了身份证？

罗则通过微信把问题的清单发给了重庆刑侦总队的朋友。他估摸着，快的话几个小时之后就能有回话。到时候，重庆刑侦总队的朋友会按照规定安排宣汉县刑侦大队的刑警进村走访。赖其昌就在家里，问这些问题应该没有什么阻力。最大的问题是，时间久了，那些卖证的人和协助他们卖证的人有可能记不清了。

第二天下午，罗则收到了重庆刑侦总队葛警官的回复。葛警官作了个“友情说明”，说他委托宣汉县刑侦大队的麻警官去陡咀村进行了调查。麻警官十分熟悉陡咀村的情况，他的调查所得应该是可信的。重庆刑侦总队民警的回复是：“赖其昌的身份证不见了。赖其昌的小儿子说，赖其昌的身份证被卖了。大概是几年前卖的，具体时间记不清了，只记得卖证时天气比较冷……卖了一百多元钱。买证的是一个年轻人，男的，没说姓名，只知道他是附近村庄的人。具体的年龄，说不清楚。长相嘛，就那个样子……中等个子，说本地话。他没有问那名男子为何要买证，收了钱，就把证卖了。当时，村里有好几个年龄大的人都把证给卖了。”

这个回复中规中矩，与罗则估计的差不多。这个购买身份证的男人到底是谁呢？会不会就是那个何达乐？从葛警官提供的信息来看，买证的人就住在附近的村庄，并且是一名年轻男子，这些情况都与何达乐的情况相符。何达乐出生于 1989 年，如果收购身份证的时间是 2017 年前后，那么当时何达乐也就 20 多岁。

二、GOIP 设备的藏匿地

下午一上班，安支队长便带上南浩甫，直奔陈总的办公室。

听完高支队长的汇报，陈总完全同意进行一次大排查，并且直接请示了分管这方面业务的郑副厅长。郑副厅长也觉得在闽越市查一查 GOIP 设备是很有必要的。他说，电信网络诈骗犯罪如此猖獗，是该查一查这类设备了。他认为，在闽越市进行排查之后，其他地方也要排查，要来个全省大排查。

按照省公安厅领导的安排，高安柏拟订了一个排查方案。在方案中，高支队长写明了排查的方法。这不是毫无目标的排查，排查的“目标”被直接确定为出租屋。排查之前，高支队长安排南浩甫以“出租屋管理系统”为依托，综合考虑租住人的性别、人数，以及租住人的工作情况、出租后的入住情况、入住后的水电变化情况，还有租住人入住前后购置 GOIP 设备及安装工具等情况，把这些目标作为重点目标进行筛选和排查。确定了重点目标之后，再用 GOIP“猫池”实时捕捉器进行捕捉。发现了被频繁使用的 GOIP 设备，可以在捕捉器的协助下找到该设备的架设处，再由刑警、治安警或段警入户排查。按照此方案，排查人员发现 GOIP 设备后，不能马上处置。应该先向指挥部报告，由指挥部通过视频连线进行远程查看，然后再进行处置。高支队长立刻采购了一批读卡器，连夜发放到了各分局。鉴于很多警察从未见过 GOIP 设备，在方案中还附上了一些常被犯罪嫌疑人当作诈骗工具的 GOIP 设备的图片。

由郑副厅长主持，闽越市公安局的肖局长组织召开了闽越市

GOIP设备排查视频会。参会的有省公安厅刑侦总队、治安总队的主要领导，闽越市公安局的主要领导，闽越市公安局治安支队、刑侦支队的主要领导，闽越市各区治安大队、刑侦大队的主要领导。郑副厅长、肖局长分别进行了动员，要求各地公安机关必须重视，要像搞专案那样搞好排查。同时，要注意排查的方式方法，根据刑侦总队拟订的方案进行排查。会上，高支队长公布了排查方案，还列举了一些侦查要素，比如单身男性、无固定工作……租而不住，租住后购置GOIP设备或架设这种设备的工具，租住后的用电量与使用一部或多部GOIP设备的用电量一致，用电多、用水少，等等。接下来，他们将对筛选出来的可疑租户进行综合研判。最后，郑副厅长提出，要根据收缴的情况，给予民警们适当的奖励。

第二天，排查工作正式开始。高支队长在指挥部指挥，不时地有来自各地的排查情况反馈上来。

在GOIP“猫池”实时捕捉器的辅助下，他们寻找GOIP设备的速度比高支队长预计的要快。排查行动才开始了不到一个小时，就从南山区郊野路133号滩边小区传来了视频。郭段警发现了疑似正在运行的GOIP设备，并且无人看护。高支队长在视频中看到，一共有三台GOIP设备，旁边放着手机卡。于是，高支队长让南浩甫以视频的方式指导民警们进行处置。南浩甫让郭段警戴上手套，对着设备进行拍照。然后，他让郭段警提取设备旁边的手机卡。接着，他让郭段警把插在GOIP设备上的手机卡取下来，与从设备旁边提取的手机卡一起放进读卡器里读取。这样做，是希望能发现与“8・11”案件相关的手机号。

半个小时过去了，他们发现了第二个架设GOIP设备的地方，同样无人看守。在这里，他们起获了13张手机卡。接下来，大约每过半个小时就能发现一个新的架设点。到了午休时，一共发现了11个架设点，起获手机卡107张。在这11个架设点，他们的收获有所不同。在其中的四个地点，他们抓到了犯罪嫌疑人。在其中的两个架设点，他们未能找到手机卡——在这两处，犯罪嫌疑人真正做到了将设备与卡机分离。

简单粗暴地把目标确定为出租屋，仅根据粗略构建的数据模型就查到了这么多架设点——这让高支队长有些惶恐。

“在这个城市，可是布满了GOIP设备啊！”高支队长感叹道。

郑副厅长下令，继续搜查。与数字模型相符的架设点都要搜查，能搜到与“8·11”案件有关的那个架设点吗？

下午，高支队长让F省数源配侦公司的几位工作人员前来增援。除了用视频指导在场的人员进行处置以外，排查结束后，他们还得对设备的架设点进行电子数据取证。根据已经掌握的可疑出租点的数量，高支队长推测，最后应该能找到20多个架设点。在这20多个架设点，面对这么多GOIP设备及附件，没有配侦公司工作人员的配合是无法完整地取证的。

中午，大家草草地吃了盒饭，立刻就开工了。排查有效果，干活儿就有了劲头儿。套路熟了，进度也就加快了。下午，才过了不到半个小时，就又发现了一个架设点。15点48分，在地址为“闽越市郊野区下杭路1122号”的边角小区内发现了架设点。在那里，他们看到了用来给孟希打电话的手机卡，还有五个已知的由“迪纬通”运营的“170”开头的虚拟运营商手机号，现场无人看管。

这次排查很有意思，不但找到了与“8·11”案件有关的

GOIP设备的架设点，而且有很多由此衍生的发现。以后，挖掘和排查GOIP设备、VOIP设备以及其他类似的设备将成为侦破电信网络诈骗案件的基本手法。高支队长把思考的结论写进了工作笔记。他继续留意各个地方的排查情况，重点关注的是与“8·11”案件有关的地址为“郊野区下杭路1122号”的边角小区。高支队长向陈总提出建议，希望能够继续排查，同时对边角小区3号楼103室的GOIP设备架设点进行布控。

最终，他们以出租屋为切入点，找到了21个架设点。陈总亲自部署，将其中20个架设点的GOIP设备纳入了侦破其他电信网络诈骗案件的工作范围。高支队长在边角小区的GOIP设备架设点秘密架起了监控设备，等待着运维人员的出现。

这个边角小区，与其说是一个小区，不如说是一些小楼的集合。小区里的小楼规格不一，大都十分破旧，里面零星地住着一些租户。3号楼103室是小区西侧的一栋小楼底层的一个单间，GOIP设备就是在这里被发现的。

只过了一天，便有人骑着电动车来到边角小区，走进了3号楼103室。高支队长带上南浩甫，悄悄地靠上去，控制住了那个人。

得知高支队长他们是警察，那个人没有仓皇逃窜。高支队长问他要电动车的钥匙，他顺从地递了过去。看上去，他的情绪很稳定，一副满不在乎的样子。

“知道我们为什么找你吗？”高安柏问。

“不知道。”男子平静地回答。

“报一下你的姓名！”

“姓郭。”

“名字呢?”

“名字嘛，随便!”说着，这名姓郭的男子看了高支队长一眼。

“我们是在执行公务，请郭同志配合!”高支队长说话的语气十分严肃。

“郭顺天。没必要那么严肃吧!”年轻人耸了耸肩，瞥了高支队长一眼。

“可以不严肃，但是你要如实回答。”高支队长让郭顺天在GOIP设备旁边的长凳上坐下。

“家住哪里?”

“什么家?”郭顺天又看了高支队长一眼。

“把身份证拿出来看看!”

“身份证……没带在身上。”郭顺天双手拍了拍裤袋。

“身份证上的那个家……”说着，高支队长看了一眼南浩甫。

南浩甫点了点头，心领神会，默默地在内网和外网通用的笔记本电脑上查询了一下郭顺天这个人。

“你的老家在哪里?”高支队长接着问道。

“贵州。”郭顺天回答。

“在贵州的哪里?”高支队长层层推进。

“正安。”郭顺天回答。

他们对郭顺天的口音进行了分析，他的老家在贵州正安，应该不会有假。

在公安内网上，南浩甫很快就查到了郭顺天这个人。眼前的这个郭顺天，用的确实是真名。他的家庭住址是“贵州省遵义市正安县安场镇正江村田边组”，身份证号是“520324199508220×72”，父母健在，未婚。于是，南浩甫把这些情况以电子文档的形式传给了高支队长。

“小郭啊，不用那么麻烦了！你是安场镇正江村人，1995 年出生，过几天就要过生日了……这些就不用问了。你就说一说这些设备吧！”高支队长点击鼠标，进入“警务通”瞧了瞧。

“房是我租的，东西也是我放在这里的，但不是我的东西。”

“那是谁的东西？放在这里干什么？”

“是王老板的东西，让我帮他看管。”

“小郭啊，你还是把事情的前前后后说清楚吧！你和王老板是怎么认识的？他为什么让你看管这些设备？你知道这些设备是干什么用的吗？你为什么愿意帮他看管？”

“我是在‘陌陌’上认识王老板的。王老板说，他在做生意，有一些通信设备需要人看护。我问他是什么设备，他说是语音网关方面的。我说，我在一家通信公司干过，懂点儿业务。他说，安装和看管都不难，关键是要愿意干。后来，我们细谈了一次。我觉得自己可以，而且王老板答应每个月付给我 8000 多元钱。这活儿轻松得很，租金、电费几百元就能搞定。”

“你和王老板用什么交流？”

“‘陌陌’啊！”

“你帮他看了多久？”

“是从去年年底开始的。”

“王老板每个月都付给你钱吗？”

“当然，他很守信用——先付一半，月底再付一半。”

“他通过什么付款？”

“支付宝。”

有很多话都不必再问了，高支队长扣下了郭顺天的手机，交给了南浩甫。南浩甫把这部手机连上电脑，直接调取了里面的数据。

转账记录找到了，那位王先生的支付宝账号也查到了！

高支队长派人把郭顺天带回去了，南浩甫则再次对103室的GOIP设备进行取证。四个已知的由虚拟运营商“迪纬通”运营的手机卡就在卡槽里。

他们通过数据关联，很快就把那个王老板的情况摸清了。王老板，姓王，名明德，拥有多个支付宝账号。这个王明德似乎很透明，给郭顺天转账的账户是用他的真实姓名登记的。

王明德家住闽越市郊野区上杭路783号的兴隆小区，离下杭路的边角小区很近。

高支队长带着南浩甫、小雷，去了王明德家。王明德见高支队长他们来了，连忙招待。高支队长说明来意后，王明德坦诚地说：“没错，我正在做这样的生意。”

接着，他滔滔不绝地谈起了自己做生意的详细情况。两年前，他从网上招来了生意。那时，他在各种各样的网络空间里看到过与架设GOIP设备有关的广告。他试着与广告中提到的联系人进行洽谈，居然很快就谈成了一笔生意。雇主提供设备、手机卡，王明德只要安装到位即可。安装到位后，雇主按照每个架设点月付两万元的付款方式支付安装和运维的费用。至于是王明德自己安装维护，还是另找下家，由王明德决定。

开始，王德明自己负责安装和运维。后来，又增加了几个架设点，他就顾不过来了。于是，王明德就把业务转了出去，坐收60%的红利。在闽越市，他拥有七个架设点，每个月收入七万多元。

高支队长问王明德：“你知道对方是什么人了，为什么还要架设 GOIP 设备?”

王明德回答说：“我只知道那个人姓马，其他的一概没问。做生意嘛，都知道的，能不问就不问!”

说话时，王明德很是得意。

高支队长指出，这样做是违法的。王明德摊开双手，说：“不会吧！安装个设备，怎么会违法?”

面对如此坦率而又无视法律的人，高支队长无语了。

王明德把架设 GOIP 设备当成了地道的生意，并且是个“批发商”。

南浩甫调取了王明德手机里的资金流转记录，发现王明德真的是“明人不做暗事”，显示得明明白白。

针对 GOIP 设备进行的排查卓有成效，并且获得了很多意外的收获。高支队长把这些情况向陈总作了汇报，陈总指示：利用信息数据另案追查。

此刻，高支队长最关心的是边角小区 3 号楼 103 室的那个 GOIP 设备是谁让王明德安装的。那个“雇主”应该就是犯罪团伙的重要人物!

高支队长派人依法拘留了王明德，又让南浩甫仔细调查一下给王明德汇款的账户。向王明德的支付宝账户转账的账户有十多个，其中就有“215870×99@ qq. com”这个账户。这个熟悉的账户让高支队长切切实实地把边角小区 3 号楼 103 室与诈骗孟希的犯罪嫌疑人联系在了一起。很显然，那个姓马的犯罪嫌疑人在第四方支付平台上与王明德进行交易，用的就是“215870×99@ qq. com”这个账户。可是，该账户的流出数据还是查不到。

到了重要环节，骗子又留了一手。姓马的犯罪嫌疑人的身份数据是假的，关联的手机号是没有实名登记的“迪纬通”公司运营的 17 个虚拟手机号之一。

高支队长并没有派人把边角小区 3 号楼 103 室的 GOIP 设备拆除。他让这里的 GOIP 设备继续运行，是为了对那些已知的手机号进行实时监控。

三、全面挖掘

为了更加系统地获取那些虚拟手机号的通信数据，李宸熙再次登录大数据侦查平台，把这些虚拟的手机号码，从“17023225×67”至“17023225×83”，全部输入了“701 系统”，调取了它们的通信数据。的确，在这 17 个手机号中，被用过的只有七个。就这样，七个已用手机号的话单以可视化的形式被展现了出来。

在七个已用的手机号中，通话量小的有四个，包括泊舟用过的手机号和与“215870×99”这个 QQ 号绑定的手机号。剩下的三个手机号，通话量极大。很显然，拨打了这三个通话量大的手机号的人就是潜在的受害者。李宸熙一步到位，调取了三个潜在受害者使用手机号的所有数据——这是下一步并案的重要依据。

李宸熙进入虚拟操作系统，在全球范围内进行扫描，把这七个已用的号码在大数据平台上进行深度检索，进一步挖掘它们与各网站、APP、平台之间的关系。经过多视角、多工具地挖掘和关联，“17023225×82”终于出现了。这是七个已知的虚拟号码之一，也是另外一个不常用的手机号。有人用这个手机号在“一心交友”平台上进行了注册，此人仍然在“一心交友”的空间里活跃着。登记资料显示，此人名叫“刘京东”，身份证号为“430623199702063×72”，ID 是“1432724×31”，22 岁，未婚，水瓶座，身高 1.78 米，体重 68 公斤。

李宸熙快速进入公安内网进行查询，发现开头的六位数代表的是湖南省岳阳市华容县。但是，这个身份证号是假的，“刘京东”只是化名。头像上是一个年轻男子，长相帅气。他在“一心交友”平台上注册的时间是 2019 年 3 月 14 日，空间里的图片与头像用的图片相符。

这个头像一定不是他本人的，必须弄清他的真实形象和真实身份。李宸熙把立案决定书、调取证据通知书和调证清单发给了“一心交友”后台的张管理员，并说明了回复的时间和要求。李宸熙希望能够获取这位化名为“刘京东”的人的认证图片，但是后台管理员很快就回复了：他是实名认证，不会是假的。在认证的过程中，图片只保留一天，已经找不到了。

李宸熙明白，“一心交友”平台在认证的环节是存在漏洞的。这是“一心交友”平台的失误，还是骗子实在太狡猾，暂时还不得而知。经过调查，李宸熙发现这个骗子注册时使用的是假身份证。于是，她更加确信，当下最重要的是弄清化名“刘京东”的这个人的真实情况。

李宸熙指出“一心交友”平台在认证环节上的漏洞之后，张管理员死活不信。听完李宸熙的指证后，他相信了。但是，他回复说，具体应该怎样配合，他也不知道。已经注册了，就不好让注册人再注册和认证了，也不能让他离开。

李宸熙知道，社交平台的管理者总是盼着有更多的人来注册。于是，他们会想方设法地为想进入平台的人提供方便。一旦注册成功了，平台的管理者就不会轻易让他们退群，更不敢把他们赶走。要让管理员把那个化名“刘京东”的人的真实情况查清楚，的确很难。

为了进一步调查资金方面的数据，征得高支队长的同意之后，李宸熙让同事彭菲茗来协助她调查这个“刘京东”。李宸熙向彭菲茗说明了情况，彭菲茗忽闪着大眼睛，点了点头，表示应该可以搞定。“215870×99@ qq. com”这个账户上的资金是如何流走的呢？流到哪儿去了呢？这是李宸熙目前要搞清的最重要的问题。从查询的情况来看，不管是通过“国家反诈平台”，还是通过“经侦资金查控系统”和“JASS 系统”，都无法有效地对“215870×99@ qq. com”这个账户的资金流向进行追查。

李宸熙明白，这种数据追踪靠的是数据的存在与通道的畅通。两个条件缺一不可，否则使用再先进的工具也是白搭。正是因为“反诈平台”“经侦查控系统”和“JASS 系统”没有引进非法的第四方支付公司及数据，才导致了对相关账户资金的有效查询无法实现。

以前用过的查控工具不好使了，用过的查询路径行不通了，采用的方法也不奏效了。看来，得另寻出路了。

可能得去一趟银保监会，甚至得到中国人民银行反洗钱局去试一试。以前办理电信网络诈骗案件，很少需要银保监会帮忙，更无须到反洗钱局去。看来，这一次的确有些不一样。李宸熙记得，一年前，她办理了一起网络赌博案件，涉及洗钱。当时，她只去了一趟人民银行的反洗钱部，效果还是不错的。毕竟，那里的资金数据比大数据侦查中心的还要全。

李宸熙一边办理去中国银行保险监督管理委员会 F 省监管会

和中国人民银行闽越市中心支行调查取证的手续，一边等着彭菲茗的调查结果。两个人一起去调查取证是法律的要求，过一会儿去银保监会还能有个伴儿。

李宸熙办理前往中国银行保险监督管理委员会 F 省监管会和中国人民银行闽越市中心支行的手续时，彭菲茗已经把那个“刘京东”给搞定了。彭菲茗说，她用的是“基于基础数据的激将法”。对此，李宸熙倒是挺感兴趣。

彭菲茗说，接受任务后，她第一时间便去研究那个“刘京东”的头像。她心想，虽然这个“刘京东”是假冒的，但是头像上的人一定是真实存在的。那么，头像上的这个人到底是谁呢？彭菲茗觉得，头像上的这个人有可能是演员。这种想法没有任何依据，只是一种直觉罢了。如果用演员的照片做头像，那么头像的设置者通常会选择不容易被认出来的演员。一旦被认出来了，这个设置就没有价值了。为了不容易被认出来，他们通常会选择过气的外国演员。头像上的人是黄种人，在韩国、日本和泰国最容易获取这种演员的图片。根据模样判断，彭菲茗觉得他有可能是个韩国人。尽管她没有专门对韩国演员的模样、穿着进行研究，但是她可以凭直觉概括出他们的脸型、发型、衣着等特征。彭菲茗在脑海中快速地进行比对，头像上的人应该具备韩国演员的特征。于是，她便直接通过虚拟操作系统对韩国演员的图片进行了扫描。她的判断是对的，没检索多久就找到了目标。“刘京东”头像上的人是韩国的三线演员朴有天。朴有天并没有过气啊！她对这位朴有天是有一点儿印象的。只是，看到那个头像时，她并没有在第一时间联想到朴有天。朴有天并没有完全沉寂，前不久还因为服用毒品而受到了关注。

搞清“刘京东”头像上的人是谁之后，彭菲茗在“一心交友”平台上进行了注册。然后，她在这个平台上发了“初入一心，请多关照”。接着，她便去找那个“刘京东”了。真是巧了，那个“刘京东”也正在关注彭菲茗，并且对彭菲茗的留言作出了回应。

彭菲茗在交流群里发了一条信息：“我真的是来交友的，请各位真诚地对待我。”

过了一会儿，“刘京东”回复了：“我也是真心来交友的，聊聊吧！”

彭菲茗继续在交流群里发信息：“新手，真的是新手！各位要多关照啦！”

“刘京东”主动接上话茬儿：“姑娘，我也是真心来交友的。理我啊！为什么不理我呢?”

彭菲茗回复：“不可信。”

“刘京东”回复：“为什么呀?”

彭菲茗回复：“长得那么帅，不可信。”

“刘京东”回复：“就是长得帅嘛！”

彭菲茗回复：“底气不足吧！连头像都不敢用真的，可信吗?”

停顿了十几秒钟，“刘京东”回复：“不用自己的照片做头像，这说明不了问题。是真是假还要争?”

彭菲茗回复：“用别人的照片，一定是自己长得丑。”

“刘京东”回复：“不用自己的照片做头像，不一定就是长得丑。姑娘啊，你太绝对了！”

彭菲茗回复：“一定是丑，特别丑！”

又停顿了十几秒钟，“刘京东”回复：“没有那么帅，但也不丑。气人!”

彭菲茗回复：“能证明你不丑吗?”末了，还加了个“鄙视”的表情。

停顿了将近20秒钟，“刘京东”才回复：“不丑。”

彭菲茗回复：“傻啊！一定丑，不丑是可以证明的！视频一下吧，敢吗?太丑了，不敢吧！算了，算了!”

“刘京东”回复：“等等!”紧接着，他便向彭菲茗发出了视频的请求。

彭菲茗接受了他的请求。屏幕上的“刘京东”的确长得不算丑，也就20岁出头儿的样子。他一边向彭菲茗打招呼，一边说：“姑娘，我没骗你吧！还可以吧！交个朋友吧!”这个“刘京东”说话时带有湖南口音。

彭菲茗问他：“你是哪里人?”

他回答说：“我是湖南人。”

于是，彭菲茗答应了“刘京东”的请求，并且把他的头像截屏了。

可是，没过多久，这个“刘京东”就退场了。彭菲茗再去找他的时候，他已经退出了“一心交友”平台。难道是她暴露了身份?彭菲茗把这个疑问告诉李宸熙时，李宸熙说：“毕竟是小伙子，难免意气用事。你说他丑，他肯定接受不了。他有可能真的不丑，所以不服气。为了证明自己不丑，他一时忘乎所以，就来视频了。后来，他发现不对劲儿，违规了。为了安全起见，他就简单粗暴地把户给销了。”

这个“刘京东”，溜就溜呗！重要的是，他的头像留下来了。彭菲茗把“刘京东”的截屏图片输入大数据侦查平台的人脸识别系统，进行了检索。不一会儿，就检索出来了一大堆图片，与一名叫“袁启山”的男子相似度最高，达91%。那么，“刘京东”是不是袁启山呢?

她又到公安内网进行检索，找到了这个“袁启山”。他是湖南省岳阳市华容县人，家住华容县新河乡六合村边庄96号，身份证号是“430623199511052×76”。他的父母健在，有一个弟弟。她用肉眼进行核对之后，确认这个“刘京东”就是袁启山。

听完了彭菲茗的叙述，李宸熙觉得，她的招数别具一格。要是换成别人，这样出招儿是不容易奏效的。只有彭菲茗这种天真无邪的“小可爱”，才能搞定骗子，因为骗子压根儿就不会把她这样的小姑娘与警察联系起来。

半路上冒出来了一个袁启山，看来又得好好地挖一挖了。

中国银行保险监督管理委员会F省监管局离刑侦总队不太远，李宸熙和彭菲茗很快就到了。她们直奔“打击非法金融活动处”，即“打非处”。顾名思义，这是个打击和取缔“擅自设立相关非法金融机构或者变相从事相关法定金融业务”的部门。

虽然刑侦总队与打非处是签署了书面协议的合作单位，但是李宸熙对这个处并不是很熟悉。刑侦总队的同志想把打非处的数据接入大数据侦查平台，后来因为工具的限制而暂缓了。要查询非法金融机构的数据和变相从事法定金融业务的数据，一般都到打非处来，因为这里的数据最全。

李宸熙到这里来的主要目的是查一下“215870×99@ qq. com”这个非法账户是否已经被打非处的人输入了数据库。如果打非处的人已将“215870×99@ qq. com”这个非法账户输入了数据库，那么她或许可以借助打非办的查询系统查明该账户的资金流转情况。

一个叫夏宁的联络员接待了李宸熙和彭菲茗。夏宁说，公安民警办案是极少找他们的。他问她们，刑侦总队这是办了什么样的大案，才需要打非处支援。夏宁审阅了李宸熙提交的调证手续，然后向李宸熙、彭菲茗介绍了打非处的数据情况。他按照李宸熙提出的要求进行查询，没有找到“全球付”的“215870×99@qq. com”这个账户。夏宁说，打非处的数据也是滞后的。非法成立的公司，账户过于庞杂，他们的监管是有限的。他还说，既然找不到，就可以肯定这个账户是非法的第四方支付平台上的账户。这类账户的资金流出渠道很多，当下流行的渠道是：借助虚拟货币交易系统洗钱，让钱流进地下钱庄，最终借助密钥把钱输入骗子的账户。需要的话，还得去一趟中国人民银行反洗钱部。

李宸熙早就做好了准备，如果在银保监会找不到“215870×99@qq. com”这个账户，就去中国人民银行反洗钱部试一试。夏宁提到的那种资金流转的路径，李宸熙也比较熟悉。中国人民银行闽越市中心支行反洗钱部与中国银行保险监督管理委员会F省监管局同在闽越市三道口的金融街上，李宸熙去过很多次。

中国人民银行闽越市中心支行反洗钱部有20多位工作人员，分别在政策法规室、监管检查室、分析监测室、协助调查室和国际合作室。这一次，李宸熙要对接的是协助调查室。

按照惯例，李宸熙找到了室主任卢道林，办理了手续，说明了来意。卢道林表示，他们会全力协查，由龚凡同志负责具体工作。协助调查室能够提供一些数据，给李宸熙提供帮助和支持。李宸熙希望能在反洗钱系统中发现“215870×99@ qq. com”这个账户。

龚凡登录了中国人民银行的反洗钱系统，根据李宸熙提供的账户“215870×99@ qq. com”的有关情况，进行了专门的查询。转到这个非法的第四方支付账户上的资金都到哪儿去了呢?

他们在反洗钱系统中找到了“全球付”这个非法平台，也找到了“215870×99@ qq. com”这个账户。通过反洗钱系统，他们发现这个账户牵涉虚拟货币交易。从“215870×99@ qq. com”这个账户流出的资金转至二级账户时，就已经被转换成虚拟货币了。龚凡说，要想继续调查交易流程，还需要中国人民银行数字货币监控中心的支持，否则就得想别的办法。

关于“215870×99@ qq. com”这个账户的资金流出情况，多少有了点儿眉目。下一步该如何调查，还得由专案组决定。

第四章　并案侦查

一、人脸识别

李宸熙进入“研三”的时候，其他人都还没有到。她见角落里的绿萝有点儿蔫，就到隔壁的卫生间取了些水来。她给绿萝浇水的时候，南浩甫也到了。紧接着，罗则、高安柏、彭菲茗、周原梓他们陆续来到了“研三”。下午开专案例会，这是高支队长通知的。上午，高支队长就通知大伙儿，需要交流一下情况，还要讨论下一步的工作。

搞数据侦查的人似乎在不知不觉间褪去了“野性”。他们身着各色 T 恤衫、牛仔服，脚上穿着运动鞋，打扮得十分随意。可是，案头工作做多了，在他们身上多少增添了一些斯文的感觉。

尽管“研三”的桌面上放着多部电脑，但是进入“研三”的专案组成员个个自带笔记本电脑——他们比一般人更需要电脑和网络。一落座，他们就都很自然地打开了笔记本电脑。

调查虚拟空间的数据一点儿也不比调查物理空间的情况轻松，屋内的气氛显得很沉闷。在虚拟空间游走，犹如在数学的海洋里游泳，会不停地遇到难题。把难题解决了，会有一点点舒服的感觉，但是解题的过程相当枯燥，感觉很累。干这活儿的时候，有时会感觉使不上劲儿，不得不抓住一些数据不放，希望能“赶快跃过去”或者快些离开。在数据的空间里游走，有时会莫名地感觉有些疲乏。在旁人看来，也就是点一点鼠标，敲一敲键盘，何来疲乏？可是，对搞数据侦查的人来说，这种疲乏是摆脱不了的。

高支队长见大伙儿埋头做事，想调节一下气氛，便大声吆喝道：“各位用过早餐了吗？”没等大家回复，他就接着说：“菲茗啊，到楼下买六杯‘瑞幸’咖啡。不管吃了没有，都先喝了再开会！”

“明白。感谢高支！我这就去！”彭菲茗匆匆地走出门去。

彭菲茗刚入职半年多，罗则这是第一次见到她。从外表上看，小彭是萝莉一枚。可是，观其动作，却让人有一种果断、有力、麻利的感觉。她英姿飒爽，与那些警校的毕业生相比毫不逊色。听周原梓说，彭菲茗是普通院校毕业的，是法学硕士。她能凭自己的本事考入省公安厅，一定很有才华。罗则还听说，小彭很好学，人也机灵，刚入队不久就掌握了很多侦查的技能。按照支队的规矩，小彭应当是李宸熙的徒弟。

虽然前几年当上了副总，但是罗则保持着良好的精神状态，一直在抓具体工作。和专案组的其他成员一样，他早已把做数据侦查工作当成了家常便饭。他虽然已经上了年纪，但是仍然能够跟上年轻人的步伐，因为他很早就融入了数据化侦查工作。对罗则来说，数据的查询、挖掘、关联和碰撞已经是一件十分自然的事情了。虽然昨夜睡得很晚，但是他睡得很好。他按时起床，并且坚持锻炼。

南浩甫稳稳地坐着，面无表情地用鼠标点击着电脑屏幕。在他心里，侦查工作的常态就是检索数据、储存数据、分析数据和利用数据，因为他并不经常参与外线侦查。

周原梓从窗户里边向外探了探头，好像是盼着小彭快些回来。

高支队长并没有立即组织大家开会，他想让大家先喝咖啡。他走到罗则跟前，说：“罗总啊，这几天还跑步吗？”

罗则站起身来，笑着说道：“跑啊！昨天晚上回去晚了，比平时跑得少了一些。”

高支队长笑了笑，说：“真是难得啊！知行合一、持之以恒，不容易啊！向罗总学习，向罗总致敬！”

他们正聊着，小彭回来了。进门时，她还喘着粗气，好像是跑上楼来的。她把“瑞幸”咖啡分给大家，让大家慢慢享用。

“各位，咱们边喝边说吧。三个小组，先把这两天的侦查情况扼要地说一下，重点说其他小组没有掌握的情况。然后，咱们商量一下下一步该如何推进。哪一组先来？”高支队长瞧了瞧大家。

“原梓啊，你先说吧。把咱们组的情况汇报一下！”罗则向周原梓挥手示意。

周原梓回答道：“好的，我先说。我和罗总一起调查了那两个已经入围的人物，就是赖其昌这个老家伙和昵称是‘泊舟’的何达乐。那个赖其昌已经70多岁了，一直待在家里，没出过远门。他之所以成了诈骗犯，是因为他的身份证被何达乐给收购了。后来，他的身份证被用来注册QQ和开设银行账户了。这个‘老赖’就那样！何达乐是‘8·11’专案组发现的第一个犯罪嫌疑人，在‘珍心交友’平台和微信上的昵称都是‘泊舟’。他直接骗了孟希……我们获取了他在‘珍心交友’平台上的认证图片，输入了人脸识别系统，把他识别了出来。罗总用肉眼对何达乐这个人进行了仔细甄别，确认他就是泊舟无疑。何达乐的行踪，确切地说是2011年至2017年年初的行踪，我们已经查到了。他曾经在达州、宣汉、厦门、刺鲤、闽越出现过。2017年4月，他就像蒸发了一样，根本找不到踪迹。根据罗总的判断，从2017年4月开始，这个人就出境搞诈骗的勾当去了。”周原梓说话时，偶尔瞄一眼记录本。

“是的，我确实是这样判断的。根据追踪的情况进行分析，我认为这个何达乐从2017年4月开始就出境了。2017年4月以前，他的行踪是确定的。从4月开始，他就失踪了。不过，2019年年初，他又出现了。2019年1月13日，他用‘泊舟’这个昵称注册了微信。后来，他就骗了孟希。另外，赖其昌的身份证只是有可能被何达乐收购了。当然，根据我们收集的信息，他的身份证被何达乐收购的可能性极大。小周，继续！”罗则抬了一下手，让小周继续说下去。

“老赖和何达乐是老乡，都是四川省达州市宣汉县新红乡人。何达乐是麻碗村的，赖其昌是陡咀村的。赖其昌的身份证极有可能是被何达乐收购的……是几年前的事了。那时候，赖其昌不仅收购了何达乐的身份证，而且收购了陡咀村的另外一些上了年纪的人的身份证。如果能确认何达乐是收购身份证的人，那么就可以肯定，他在犯罪团伙中的地位不一般。只可惜，我们无法查到他现在所处的位置。”周原梓把脸转向了罗则，“罗总，你补充吧！”

“依我看，何达乐收购赖其昌身份证的可能性极大。硬要说出个百分比的话，应该是95%以上。一般来说，我们都是根据可能性来判断，有极小、小、中、大、极大等情形。按照百分比，就是从百分之几到百分之九十几。百分之百的判断嘛，几乎是不存在的！哪怕是科学的‘特定同一认定’也只是一种‘概率判断’。我们不妨进行一次肯定性的确认，也就是说，何达乐在犯罪团伙中的地位相当高。几年前，他就扮演了身份证购买者的角色。现在，他直接充当了骗子。可见，他对犯罪团伙来说是十分重要的。一旦抓到了何达乐，让他交代了罪行，我们就能获得不少重要情报。只是，他确实隐藏得很深。他有可能龟缩在境外，比如菲律宾的某个角落。很显然，抓捕他是我们的重要任务之一。”罗则说。

接下来，高支队长让南浩甫介绍了一下他们那个小组的侦查情况。

于是，南浩甫便把郊野区下杭路 1122 号边角小区 3 号楼 103 室这个 GOIP 设备架设点的现场图片投到了屏幕上。

“这就是与‘8 · 11’专案有关的 GOIP 设备架设点。这些是 GOIP 设备……卡槽里有电话卡。”南浩甫用鼠标点击屏幕，放大了图片，“在高支队长的指导下，我们直接把要追查的 GOIP 设备架设点确定在了出租屋。高支队长说了，这是一种‘不完全概率性行动’。为了缩小追查的范围，我们根据租住人的性别、人数、职业，以及租后入住的情况、入住前后购置 GOIP 设备的情况、购置 GOIP 设备安装工具的情况、入住后的水电使用情况等要素，构建了这个 GOIP 设备的安置点模型。有了这个模型，我们就以‘闽越市出租屋管理系统’为依托，筛选出了可疑的租户，安排当地的刑警、治安警和段警进行入户排查。没想到，效率还挺高。各区统一行动，竟然在一天之内找到了 21 个安置点，包括那个与‘8 · 11’专案有关的 GOIP 设备架设点。”

“我补充一句！”高支队长站起身来说道，“刚才浩甫提到了‘不完全概率性行动’，我来解释一下。根据以往的经验，GOIP设备的架设点几乎都在出租屋。当然，这都是经验之谈，没有经过统计和判断。除了出租屋，GOIP设备可以架设在任何地方，包括架设在汽车里。只不过，根据初步了解，在出租屋以外的地方发现用于行骗的GOIP设备的概率很低。因此，我们采取了‘不完全概率性行动’。我认为，这样的行动是相对合理的。”

“高支啊！明白，明白！这不是瞎编，而是用一个词组把相对复杂的行动进行了概括。聪明啊！”周原梓插话道。

“小周，你就皮吧！听明白了就行！浩甫，继续！”高安柏说。

“过去，我们很少以建模的方式找设置点。对于这种方式，我是将信将疑啊！不过，实施之后，效果还不错。高支说了，要大力推广这种追踪法。当然，这是以后的事了。”南浩甫也站了起来，“找到与‘8·11’专案有关的GOIP设备架设点以后，我们对这个安置点实施了监控。几个小时之后，架设点的运维人员就出现了。那个人叫郭顺天，经审查，确系涉案GOIP设备的运维人员。通过郭顺天，我们找到了GOIP设备的提供者王明德。郭顺天只是王明德雇用的安装和运维人员之一！至于那个王明德，就算是一个包工头吧！他把架设GOIP设备当成生意来做，通常不问用途，只问价钱。他揽下安装和维护GOIP设备的活儿之后，再包给愿意干、会干的人。那么，GOIP设备的真正使用者应该就是雇用王明德的那个人。据王明德交代，雇他在边角小区架设GOIP设备的人姓马。王明德还说，那个姓马的会根据工程量转钱给他。我们调查了王明德的交易记录，找到了那位转钱给王明德的马先生。那位马先生的账户是‘215870×99@ qq. com’。各位，还记得这个账户吗?”

“当然记得!”周原梓回答道。

“各位，边角小区的这个 GOIP 设备架设点的确与‘8·11’很‘亲近’啊!”南浩甫说话的语气显得很轻松。

“很显然，那位马先生是‘8·11’案件犯罪团伙的重要成员。目前，我们只知道他用‘215870×99@ qq. com’这个账户与王明德进行交易。我们经过调查得知，那位姓马的雇主的身份信息是假的，关联的手机号是没有经过实名登记的 17 个虚拟手机号之一。”高支队长补充道，“浩甫再次针对 103 室的 GOIP 设备进行了取证，四个号码是‘170’开头的手机卡就在卡槽里，虚拟运营商是‘迪纬通’。只不过，‘215870×99@ qq. com’这个账户里的资金是如何流出去的，我们没能查清楚。”

二、“刘京东”的真实身份

高支队长所在的那个小组汇报完毕之后，李宸熙接过了话茬儿。

“大家都知道，‘215870×99@ qq. com’这个账户是‘全球付’的第四方支付账户。流进去的资金转到了哪儿，的确不好查。昨天，我和菲茗一起去了银保监会和中国人民银行反洗钱局，查到了这个账户的一些资金流转情况。登录反洗钱系统后，我们发现，‘215870×99@ qq. com’这个账户牵涉虚拟货币交易，流出的资金被转换成了虚拟货币。资金经过层层转换，最终以虚拟货币的形式流入了骗子指定的账户。骗子大概是自建了虚拟货币交易平台，雇了很多‘矿工’。通过这个交易平台，他们实现了资金的转移。

要想彻底追查，需要中国人民银行数字货币监控中心的支持。当然，也可以想别的办法。”李宸熙面对着笔记本电脑说道，“另外，与‘迪纬通’相关的 17 个手机号码中，有七个被使用过。在这七个被使用过的手机号码中，通话量小的有四个，主要用于注册。通话量大的，应该就是具体实施诈骗时使用的号码，而用于诈骗的手机号码只有三个。通过话单，我们关联上了这些人。他们中的绝大多数都是被害人，我们要尽快找到他们，以便并案侦查。我们从询问这些被害人入手，发现了这个犯罪团伙使用的其他犯罪手法。另外，我们使用虚拟操作系统在全球的范围内进行了扫描。我们将七个已用手机号码输入大数据平台，进行了深度检索。我们使用多种工具，多视角地进行挖掘和关联，终于发现了‘17023225×82’这个号码。它是上述七个号码中的一个，使用者化名‘刘京东’。‘刘京东’究竟是何许人也，得让小彭来说。”

彭菲茗就像被提问的学生，连忙站了起来。她上身穿翻领短袖白色 T 恤衫，下身穿浅蓝色牛仔裤，不经意地将白色 T 恤衫扎在裤腰里，显得十分洒脱干练。

“宸熙师父把七个已用的手机号码与各网站、APP 和平台进行了关联，使用虚拟操作系统在全球范围内进行了扫描，发现‘17023225×82’这个手机号码在‘一心交友’平台上进行了注册，注册人的昵称是‘刘京东’。师父查‘刘京东’的时候，他仍然活跃在‘一心交友’平台上。经过调查，我们发现，除了那个手机号码，‘刘京东’的信息都是假的。因此，师父交给我一个任务，让我搞清楚‘刘京东’究竟是什么人。我想了个法子，和‘刘京东’视频了一下。我截取了‘刘京东’的头像，通过人脸识别系统确认了他的身份。他的真实姓名是‘袁启山’，家住湖南省岳阳市华容县新河乡六合村边庄96号，身份证号是‘430623199511052×76’。”她手里拿着一个本子，说话间偶尔瞄上一眼。她发音很准，声音很脆，表述得很清晰，听着让人踏实。彭菲茗说话时，罗则频频点头。

“菲菲啊，你能跟我们说说你和‘刘京东’是怎么视频上的吗？一般来说，那些‘网诈分子’是不和别人视频的啊！”周原梓说道。

“这件事情，我已经对师父说过了。我将其概括为‘基于基础数据的激将法’……知道他的头像是假的以后，我就以他一定长得很丑为由激他，说他用了别人的头像。然后，我让他和我视频聊天，证明一下他长得不丑。他急了，就和我视频了。具体的细节，咱们会后再聊，好吗？”彭菲茗回答道。

“当然可以啦！我想问一下，那个袁启山现在还在‘一心交友’平台上活动吗？”周原梓问。

“不怎么活动了。文字聊天还好，可以坚持好几分钟。视频聊天嘛，也就十几秒！视频了没多久，对方就下线了，还把‘一心交友’平台上的账号给销了。我也不知道是什么原因！我请教过师父，师父说他是‘意气用事’。那个袁启山为了证明自己不丑，就和我视频了。后来，他发现不对劲儿，就赶紧销号退出了。”彭菲茗回答道。

“使用人脸识别系统进行识别之后，我和小彭用显微镜进行了核对。可以确定，‘刘京东’与小彭视频聊天后，留下的图片与袁启山的图片相符。小彭，你再说一说袁启山这几年的行踪和他身在何处。”李宸熙说。

“上午，我仔细查了一下袁启山。他的身份证号是‘430623

199511052×76'，家住华容县新河乡六合村边庄96号。他有过一个实名登记的手机号，用这个手机号注册了微信、支付宝。以前，他和其他人一样，正常地住宿、乘坐交通工具，正常地网购和在网上支付，在网络空间里留下了很多数据。2018年2月，他就像蒸发了一样，没有了踪迹。上午，我公事公办地往湖南省刑侦总队打了个电话。他们派人进行了协查，很快就反馈了信息。他们说，袁启山很久没有回家了，家里人也找不到他。"彭菲茗语气坚定，表达流畅，仿佛一下子从学生变成了演讲者。这些变化与她的信息技术基础和法学功底是分不开的。

"上午，你联系了湖南省刑侦总队。他们马上就给你回话了吗？他们是怎么查的呢？没糊弄你吧……"周原梓说道。

"他们把这些情况都说了。周哥，我没和他们视频，他们不知道我是新警。"彭菲茗笑着说道。

"这就好……不过，这不叫'骗'，这叫'开玩笑'。"周原梓的确是在开玩笑。

"他们派片儿警去了六合村，问了他的家人。"彭菲茗进一步解释了一下。

"这个袁启山……先不说了。小彭，继续吧！"李宸熙欲言又止。

"好的。近期，袁启山出现在了'一心交友'平台上，还和我视频聊天。"彭菲茗发送了与袁启山有关的截图，"在虚拟空间里，他的身份证最后一次出现的时间是2018年2月11日。那天，有人用袁启山的身份证在位于广西崇左的一家名为'园语施舍'的旅馆进行了住宿登记。经查，那一天和袁启山一起在这家宾馆入住的有来自湖南、贵州、云南、广西的八位客人。从那以后，袁启山就消失了。调查的时候，我就在想，他们是不是以旅游为名，进行了一次有组织的偷渡呢？崇左市与越南北部仅一步之遥，搞不好这八个人从那里出境了。具体的情况，我没有细查。”

“直觉告诉我，这八个人与‘8·11’案件有关。这八个人，还得细查。有住宿登记，好查！高支队长，你觉得呢？”罗则说。

“我也这么想。他们在边境入住，最后一次使用袁启山的身份证……解释为‘出境’是合理的。使用旅游签证偷渡出境，成本低，成功的概率高，十分常见。据统计，这是电信网络诈骗的犯罪嫌疑人常用的伎俩……为了把国内的人员送出境。有一点，需要解释一下。何达乐在菲律宾暴露了行踪，而袁启山却是从广西出境，到达的国家是越南——这有点儿对不上号。难道他们到了越南之后，转道去了菲律宾？”高支队长说。

“在我的记忆里，有好几起案件，犯罪窝点在菲律宾，犯罪嫌疑人从越南绕道去了菲律宾。直接从国内去菲律宾的人很少，因为要坐飞机，成本很高。”罗则回答道。

“据我所知，有过类似的案例。前年，广州警方在菲律宾抓捕了一批犯罪嫌疑人。据犯罪嫌疑人交代，他们中的很多人都是通过这样的路径去的菲律宾。所以，从越南绕道去菲律宾的说法是成立的。”李宸熙说。

“这个问题，还是等调查清楚以后再说吧！很显然，‘8·11’案件不是一般的案件。一般的电诈案件，照这个查法，早就把老底给查清了。咱们也算是侦破高手了，遇到了‘8·11’案件，用最先进的技术手段查了这么多天，还是云里雾里！犯罪窝点设在境外，用的是最新的通信工具，转移资金的手法相当高明。使用的网站，骗成即断。涉及的APP，骗成即销。骗子还挺守规矩！

真不知道，继续深挖之后会有什么新发现。”高支队长一边说，一边往本子上记着什么，“他们如何在境外设立犯罪窝点？他们究竟把犯罪窝点设在了哪里？他们如何招募帮手？被招募的人如何进入犯罪组织？除了交友平台和微信，他们还用到了哪些 APP？他们如何让资金流转？除了 GOIP，他们还用过其他网络通信工具吗？这个犯罪团伙一共骗了多少人？他们究竟骗了多少钱？我很想把这些问题全部搞清楚。我特别想抓到这些人，把被骗的钱财追回来。各位是怎么想的呢？”

“同感”“必须的”“有信心”“特别想”“很想见识一下金主”“虽然很复杂、很难，但是还挺有意思”“刺激”“有挑战”……大家陆续进行了回复。

“情况汇总得差不多了，就这样吧。接下来，我们就要把侦破工作做细了。我们应该如何出招呢？目前，何达乐的这条线索断了。那位马先生的情况，我们掌握得更少。于 2018 年 2 月 11 日入住崇左‘园语施舍’旅馆的八个人，我们要好好查一查。下一步，我们要并案侦查，把符合条件的案件并进来。并案之后，我们再去拓展，把这些人和事关联起来，把有关的数据和物品关联起来。通过关联，一定可以发现新的线索。围绕新的线索，我们再出招。一定要设法抓到本案的关键人物，哪怕只抓到一个都行。通过讯问关键人物，我们可以掌握一些关键点。”高支队长开始布置新任务了。

“的确应该并案，这是侦查电信网络诈骗案的必经之路。7 月 7 日，我从宝盖湖中救起了一个名叫娄月潇的女子，涉及电信网络诈骗案件。此案由南山分局刑侦大队负责侦办，不知道有没有进展。这个案子是否能并进来？对此，我很感兴趣。”罗则说。

“明天上午有个党建会议，我必须参加。这样吧，我去参加党建会议，给你放半天假。你该去刺鲤瞧瞧外孙子了，并案和调查那八个人的事就让宸熙和浩甫来办吧。宸熙和菲茗搭档搞并案，浩甫和原梓搭档调查崇左的那八个人。怎么样?”高支队长想征求一下大家的意见。

“没有意见！罗老师，您该去瞧瞧外孙子了!”南浩甫笑着说道。

“服从命令!”周原梓大声说道。

李宸熙点了点头，沉默不语。

彭菲茗小声说道:“我们会好好工作的。”

罗则笑着说道:“我也服从命令。”

“好吧，明天下午咱们再碰头!”高支队长向大家挥了挥手。

三、改头换面

电信网络诈骗案件的并案工作，李宸熙做过很多次。并案是侦破电信网络诈骗案件的基本措施，每一次都是从某个特定的案件入手，带出一大串案件。不停地破案，不停地带出一串又一串案件，电信网络诈骗案件仍然层出不穷。将每一起案件都设为专案，显然是不现实的。不停地受案、立案，到了某一特定的时间点，再设为专案进行侦查……似乎在不知不觉中形成了应对电信网络诈骗的一种套路。

通常，传统的并案只是大概地进行合并，把一些具有相同特征的案件合并起来进行侦查。很多时候，并入的案件的确是同一作案人或同一犯罪团伙所为。但是，有些并入的案件却不是同一个作案人或同一个犯罪团伙所为，所以这种并案被称为“软并案”。电信网络诈骗案件的并案可以实现“精准化”，叫作“硬并案”。利用资金账户、通信工具、投资平台等，可以从已发的案件中精准地找到同一个电信网络诈骗团伙所作的案件。当然，实现“硬并案”离不开前期围绕个案对数据进行深度挖掘与分析。

于是，李宸熙和彭菲茗同时登录了大数据侦查平台。李宸熙通过“215870×99@ qq. com”这个账户确定了被骗的账户，从而找到了被害人。彭菲茗从三个通话量极大的手机号码入手，关联了与案件有关的手机用户，从而关联了相关案件，确定了被骗的人。她们以“人机合作”的形式，进行了半自动查询分析。

接着，她们进入“JASS 系统”，调出了“215870×99@ qq. com”这个账户的入账细目。第一笔资金的转入时间是 2019 年 5 月 7 日 22 时 17 分，最后一笔资金的转入时间是 2019 年 8 月 11 日。最后转入这个账户的资金来自孟希的账号为“62122614030208×315”的工商银行账户，也就是说，孟希向“215870×99@ qq. com”这个账户转账后，就没有新的资金转入这个账户了。总共向“215870×99@ qq. com”这个账户转入了 594 笔资金，涉及 61 个账户。从这些账户转入“215870×99@ qq. com”这个账户的资金数量不一，共转入了 4697 万元。李宸熙让彭菲茗调取了这 61 个账户的有关信息，作为备查的资料。

她们登录“反诈骗中心”“终结诈骗”等平台，将 61 个账号与案件进行了关联。61 个账号牵扯出了 33 起案件，除了孟希那个案件以外，还有三起案件没有人报案。

在 GOIP 卡槽里发现的三个通话量极大的手机号码分别是“17023225×76”“17023225×77”和“17023225×80”。李宸熙输入了“使用者”“通话次数”“通话时间”“通话时长”等关键词，调取了三个手机号码的话单数据，进行了分析。

“17023225×76”这个手机号码的启用时间是2019年5月7日，与“215870×99@qq.com”这个账户收到第一笔资金在同一天。最后一次使用“17023225×76”这个号码通话的时间是8月14日，说明这个手机号仍然在使用。“17023225×76”这个号码的通话次数为378次，呼入156次，呼出222次，通话的时间都不太长。与其相关的手机号码有73个，李宸熙让彭菲茗把这些号码全都列了出来。

进入“701系统”之后，她们把这些手机号码进行了“实名对应”，73个人的基本情况全都呈现了出来。接着，她们进入“反诈骗中心”和“终结诈骗”等平台，将这些人与案件进行了关联。73个人当中，有38个人有报案记录，并且已经立案，还有35个人没有报案。

接下来，她们将这73个人的账户数据与向“215870×99@qq.com”这个账户转账的61个账户进行了关联，关联上了七个。

第一次使用“17023225×77”这个号码通话的时间是2019年5月8日，最后一次使用这个号码通话的时间是2019年8月13日。5月14日，“17023225×77”这个号码无通话记录。“17023225×77”这个号码共通话327次，呼入150次，呼出177次，与69个手机号码有关联，所有通话的时间都不是很长。对手机号进行“实名对应”后，她们登录“反诈骗中心”和“终结诈骗”等平台，将这些人与案件进行了关联，发现69个人当中有37个人有报案记录，并且已经立案，还有32个人没有报案。

她们将69个人的账户数据与向“215870×99@qq.com”这个

账户转账的 61 个账户进行了关联，关联上了六个。

“17023225×80”这个号码与“17023225×76”“17023225×77”这两个号码大同小异，关联的手机号码有 76 个。76 个人当中，40 个人有报案记录，并且已经立案，其余的 36 个人没有报案。

她们将 76 个人的账户数据与向“215870×99@ qq. com”这个账号转账的 61 个账户进行了关联，关联上了九个。

通过两条路径，她们总共并上了 22 起案件。这 22 起案件都与“215870×99@ qq. com”这个账户和在 GOIP 卡槽里发现的用于诈骗的手机卡的号码有关。

“熙姐，通过‘215870×99@ qq. com’这个账户关联上了 33 起案件，通过三个手机号码关联上了 22 起案件。33 减 22，还有 11 起案件没有得到确认。”彭菲茗压低了声音，在一些重要的数据下面做了标记，“况且，有的受骗人并没有向‘215870×99@ qq. com’这个账户转账。这就意味着，手机号与‘215870×99@ qq. com’这个账户之间并非唯一的对应关系，还有其他手机号，还有别的账户。”

李宸熙抬头看了一眼坐在角落里的南浩甫和周原梓，低声说：“这是肯定的——电信网络诈骗团伙不会采用单一的犯罪手法。他们会在很多个地方安装 GOIP 设备，并且会使用很多个账户转移资金。哪怕是在境外，他们也会设立很多个窝点，正所谓‘狡兔三窟’。他们最擅长的就是把人搞得眼花缭乱、晕头转向！”

“可以并起来的案件到底有多少，我一下子可真搞不明白。”彭菲茗摇了摇头。

“通过‘215870×99@ qq. com’这个账户关联的案件有 33 起，包括孟希案和未报案的三起案件。通过三个虚拟手机号关联了 73

加69，再加76……共218人。实际上，这218个人正好对应了218起案件。在这218起案件中，仍然有103起案件的受害人没有报案。通过已知账户和手机号并上的案件一共有218加33……251起，其中有22起是重叠的。这样算下来，这次并上的案件实际上是218加33，再减22……共229起。并入了这么多案件，我们必须找到突破口。”李宸熙仍然把声音压得很低。

“那么，我们是不是得想办法找到其他通信手段、其他平台和与这个犯罪团伙有关的其他账户啊？”彭菲茗好像是在向李宸熙提问。

“是啊，咱们还得通过这些案件的受害人进一步寻找线索，特别是要关注那些与‘215870×99@ qq. com’这个账户和三个虚拟手机号没有同时关联上的案件及相关的人。下一步，我们要根据犯罪的过程和受害人提供的线索去寻找诈骗引流工具、新的诈骗手机号、行骗的投资平台等。通过对获取的数据进行分析，我们要对那些仍然在作案的人员实施即时监控，进一步摸清情况。一旦时机成熟了，我们就去抓捕犯罪团伙的关键人物。”李宸熙缓慢地说着。

李宸熙让彭菲茗把并了案的被骗资金粗略地统计了一下，4697万元加上3252万元……与“8·11”案件有关的被骗资金总量达7949万元。当然，这并不是最终的涉案金额，通过进一步挖掘，会找到更多的被骗资金。

过去，网络不发达，要查清八个人一年前在边疆某省的旅馆入住的情况，并非易事。可是，在当今的大数据时代，不用出门就可以完成这件事。

南浩甫和周原梓一声不响地坐在大数据侦查中心的角落里，

没有任何交流。该做些什么，他们两个人似乎都已心知肚明。

南浩甫登录大数据侦查平台，进入“广西壮族自治区公安内网住宿系统”，输入袁启山的身份证号，找到了袁启山的登记记录。2018年2月11日，有人用袁启山的身份证在位于广西壮族自治区崇左市的一家名为“园语施舍”的旅馆登记入住，具体时间是15点23分。在这个时间段，还有什么人在这家旅馆入住过呢？输入时间进行查询，在这个时间段有八个人入住。在这八个人前面入住的旅客，登记的时间比他们早一个小时以上。在这八个人后面入住的旅客，登记的时间比他们晚两个小时以上。

于是，南浩甫把这八个人登记的信息调了出来。袁启山，身份证号为“430623199511052×76”，家住湖南省岳阳市华容县新河乡六合村边庄96号。胡向南，身份证号为“520323199602237×32”，家住贵州省遵义市绥阳县旺草镇萝柏村角口24号。陈元益，身份证号为“430623199509112×58”，家住湖南省岳阳市华容县新河乡梅田村操军31号。张良博，身份证号为“520324199803155×36”，家住贵州省遵义市正安县南牛乡诸屯村北早99号。刘华栋，身份证号为“450330199410081×15”，家住广西壮族自治区桂林市平乐县青龙乡二塘村阳安17号，壮族。游园，身份证号为“450121199602102×18”，家住广西壮族自治区南宁市武鸣区罗波镇仙湖村灵马11号。关明元，身份证号为“530321199703271×55”，家住云南省曲靖市马龙区月望乡纳章村马过河76号。宋佳仕，身份证号为“530322199309098×39”，家住云南省曲靖市陆良县活水乡三岔村人莫96号。

他们把调取的数据与公安内网的户籍数据核对了一下，发现他们登记用的身份证是真的，登记的信息也是准确的。八位都是男性，20 岁出头儿，分别来自湖南、贵州、云南、广西。

于是，南浩甫和周原梓便分头寻找线索。这些人是从哪儿到崇左来的？11 日以后，他们都到哪儿去了？

接着，周原梓反查了八个人的其他数据。2018 年 2 月 11 日之前，有他们办理签证和购票的记录，使用手机的轨迹十分清晰。他们在网上购物的记录中，包括使用支付宝和使用微信支付的记录。可是，2018 年 2 月 11 日以后，就没有这八个人在虚拟空间的记录了。他们离开崇左，去了什么地方？总之，他们不再使用原来的身份数据了。

“一定是结伙溜出去搞诈骗了。”周原梓喃喃自语道。

目前，只能这样解释了。他们改头换面，在虚拟空间里活动，不再使用原来的身份证、手机号、微信号、QQ 号和支付宝账号了。他们一定是受雇于他人，出境行骗去了。

第五章　拓展

一、理清思路

向“215870×99@ qq. com”这个账户转入资金的账号、与三个虚拟手机号码“通话”的人、与三个虚拟手机号码“通话”的人被骗的账号等要素，串联起来了 229 起案件。这 229 起案件，有的报了案，有的没有报案。有的受害人被骗的金额达数百万元，而有的受害人只被骗了几千元，已知涉案金额达 7949 万元。已知案件的类型并不仅限于博彩投资，行骗者用于引流、交流、投资、转移资金等的工具也不是只有账户“215870×99@ qq. com”、三个虚拟手机号码和已知的几个交友 APP。“8·11”案件的犯罪团伙是有组织、有规则地使用多种手段实施犯罪的。

警方还没来得及对获取的数据进行归类、整理和分析，有些问题还没有完全解决。李宸熙知道，要想在下午开会时提出清晰、完整的并案方案，中午就得好好地加班。

李宸熙经手的案件中，一次性并入这么多案件、涉案金额如此巨大的案件也是少见的。那么，怎样才能将这 200 多起案件直观、清晰地展现出来呢？通常，使用表格进行展示更加直观、便捷。不过，在大数据平台上，应该可以展示得更好。李宸熙飞快地思索着，终于想出了一个好办法。

“要尽可能地把需要关联和展示的要素找全。”李宸熙用手指敲打着键盘，“菲茗啊，你也想一想，应该把哪些要素列入表格呢？我们可以应用大数据技术制作出一个动态的可视化表格。”

“要素？我有点儿晕……熙姐，启发一下吧！”彭菲茗笑了笑，说道。

“结合犯罪案件的构成要素和电信网络诈骗犯罪的特征，把应当列入表格的要素挑出来。”李宸熙瞧了一眼彭菲茗，十分用心地带这个徒弟，“尽可能地穷尽……咱们一起来！”

在李宸熙的启发下，彭菲茗列出了时间、被骗人姓名、所在城市、犯罪工具等要素。李宸熙认为，针对普通的诈骗案，抽取这些要素进行展示就可以了。但是，针对牵涉面如此大、案情如此复杂的电信网络诈骗案件，这样的展示是不够的。她认为，有些要素需要细化。最终，她们俩一起确定了时间、种类、所在城市、引流手法、涉案APP、投资平台、手机号码、转账的银行卡号、资金流水账号、被骗人姓名、被骗人性别、被骗人身份证号、涉案金额、案件管辖、案件侦办状态等要素。李宸熙解释了一下，尚未报案的案件，就在“案件管辖”和“案件侦办状态”这两栏里填上“未”字。

彭菲茗点击进入大数据侦查系统，输入要素和数据，制成了动态并案图表。

下午，在总队的大数据侦查中心召开了与专案有关的碰头会。进屋后，罗则做的第一件事就是点击《“8·11”专案动态并案图表》。依靠大数据技术制作的图表是动态的，各要素的位置和顺序是可以改变的。图表上设有“分析键”按钮，可以调出下一级菜单。依次点击，可以找到所需的要素，进行可视化的关联和展示。

“小李啊，干得漂亮！”罗则夸奖道，“我还在想，如何才能把并案的结果体现出来呢？”

尽管有大数据侦查平台支撑，但是李宸熙和彭菲茗仍然费了九牛二虎之力才把这个图表做出来。

看到屏幕上的《“8·11”专案动态并案图表》，大家对李宸熙和彭菲茗表示了赞赏。

“这是我和菲茗刚刚制作出来的，肯定存在漏洞，大家先用吧。要是有不同的意见，大家可以提出来。这个图表是动态的，可以根据需要删除或添加，还可以根据这些要素来调整数据。”李宸熙说。

罗则想查一查自己关注的“7·07”案件是否被并了进来。他在图表的右上方输入了“7 月 7 日”，显示了两起案件的信息。这说明，发生在这一天且被并进来的案件有两起。他发现，其中的一起便是他关注的娄月潇被骗案。他输入了其他要素，所需的信息全部显现了出来：被骗人娄月潇，女，身份证号为“350104198401210×64”，闽越市人，被骗时在闽越市，系投资诈骗，被骗金额 36 万元，无报案时间，立案时间为 2019 年 7 月 7 日。行骗人在“世纪佳缘”平台上认识娄月潇之后，在微信空间进行了交流。娄月潇在行骗人的诱导下，进入微信群进行投资。被骗人使用卡号为“4367422720226426×93”的建行卡进行转账，分八次将 36 万元钱转入了“325761×22@ qq. com”这个账户。经查，行骗人的手机号为“17023225×77”。此案正由闽越市公安局南山分局刑侦大队办理，未破。

显然，转入资金的账户与孟希案转入资金的账户不同，娄月潇案肯定是根据手机号并进来的。

那么，新出现的“325761×22@ qq. com”是一个什么样的账户呢?

罗则立即给南山分局刑侦大队的华木林大队长打了个电话，询问了一下娄月潇案的进展情况。华大队长说，立案之后，有所推进，但是由于侦破难度很大，没有什么进展。罗则心里很清楚，电信网络诈骗案件的破案率长期徘徊在“个位数”，已经形成了“堰塞湖”。现在，似乎只有消极等待了。闽越市公安局南山分局刑侦大队的侦查能力很强，但是面对跨境的职业化电信网络诈骗案件，却显得有些力不从心。娄月潇案已经立案一个多月了，侦破工作没有任何进展。

大家都有自己关心的问题，于是便围绕动态图表紧张地查询和分析起来，碰头会似乎就这样开始了。

过了大约一刻钟，高支队长发话了：“都弄明白了吧！哪位来梳理一下?”

“我来说吧!”李宸熙站了起来，“并案的事，我知道得多一些。我们面对的是一个犯罪组织，或称‘犯罪团伙’。这个犯罪团伙的成员，被我们摸到了13个，分别是何达乐、赖其昌、郭顺天、王明德、马先生和崇左的八个人。在崇左的八个人当中，最重要的人物是袁启山。在这13个人当中，赖其昌可以不算作重点行骗人。另外12个人的身份证号和家庭住址，我们都知道了。因为他们下落不明，所以我们没有能够接触到其中的任何一位。并案之前，我们知道行骗人用于引流和与被骗人接头的平台有‘珍心交友’和‘一心交友’，他们还用到了微信。用于投资的博彩网站，网址是‘www. cdw. com. cn’。被骗人的资金转到了‘全球付’的第四方账户‘215870×99@ qq. com’，其中用于引流的手机号有四个，用于直接行骗的手机号有三个，都是在 GOIP 卡槽里发现的。并案之前的情况，就这些。”

李宸熙停下来之后，高支队长说：“并案之后，我们有了新的发现。小李，并案之后的情况还是由你来介绍吧！”

“好的。并案之后，的确有不少新的发现。”李宸熙点击鼠标，打开了《“8·11”专案动态并案图表》，“各位，请看，又出现了好多种引流的工具，淘宝、闲鱼、抖音、支付宝、陌陌、58同城、百度、快手、运满满、世纪佳缘、穿越火线、滴滴、债盈宝、锦祺财富、微博、电桩 P2P、娅奇等网站和平台，还有 QQ、短信和电话，都被这个犯罪团伙的成员用过。不过，用得最多的还是微信。这个犯罪团伙不但利用博彩投资进行诈骗，还利用投资虚拟货币、荐股、网贷、理财、裸聊等进行诈骗。另外，他们还经常冒充‘公检法’、冒充领导进行诈骗。他们不仅利用网站，还利用各种 APP 进行诱导投资。有的行骗人建群圈粉，通过‘造神下饵’行骗。有的行骗人利用网络平台进行直播，诱导被骗人投资。到目前为止，我们已经发现了七个诈骗账户，包括孟希案和娄月潇案的两个诈骗账户。这些账户有一个共同的特点，就是都属于第四方支付平台。转入的资金可查，但是转出的资金无法细查。在并进来的 229 起案件中，有 106 起未报案。被害人的归属地，省外占大多数，牵涉 186 起案件，已知涉案金额为 7949 万元。尚未报案的案件，肯定没有开始侦查。已经报案的案件，应该都已经立案了。侦破案件的具体情况，现在还不是很清楚。我们在国家反诈中心进行了查询，发现不管是省内的案件还是省外的案件，都尚未侦破。”

“熙姐，你们并进来的案件挺多，效率很高嘛！不过，我总觉得骗子离我们很遥远。目前，我们只停留在数据上。数据越来越多，却连骗子的影子都没见着。真应该抓一两个活的，敲打敲打！”周原梓打趣道。

“时机成熟的时候，我们一定会抓几个骗子。”罗则说，“案件的侦破工作正在有序地进行，挖掘数据等基础工作一定要完成。当然，这200多起案件，每一起都去挖掘，不太现实，也没有必要。有些重点案件，要重点挖掘。何为‘重点案件’？所谓的‘重点案件’，也只不过是相对的，是指那些有代表性的案件。我们要深挖一些有代表性的案件，获取更多的数据，为后期全面揭露犯罪团伙的罪行打下基础。”

“原梓说的很有道理。我们始终越不过‘资金’和‘境外’这两道坎……资金流到哪里，不清楚。躲在境外的那些骗子，我们明知道案子是他们作的，却找不到证据。我们只能继续查，查到时机成熟，查到机会出现。”高支队长说，“不过，正如罗总所说，案件的侦破工作正在顺利地进行。‘资金’这道坎，我们要尽快越过去。‘境外’这道坎，本身就是侦查的必经之路。接下来，我们要有选择地将案件与行骗者关联起来。行骗者是谁，在哪里……他们是如何行骗的。哪怕只知道他们的昵称和虚假的身份信息，也是好的。为了提高效率，已报案的案件，可以就近选择，选择发生在本省或本市的案件。要重点搞清行骗人是谁，以及他们是如何行骗的。200多起案件，只发现了12个行骗人。在已知的12个行骗人当中，直接在平台上行骗的只有两个人。崇左的八个人中，有七个人扮演的角色尚未查清。因此，我们要找到在平台上直接行骗的人员，查清他们的身份。尽管他们有可能龟缩在境外，但是只要摸清他们的底细，开展境外侦查的时候就有把握了。同时，利用这些平台对行骗人进行关联，可以尽可能地把犯罪团伙的组织结构搞清楚，弄清犯罪事实。至于未报案的案件，可以有选择地进行化装侦查。不必急着抓人，等机会吧！”

“并入的229起案件，有许多要素是已知的。正如罗总和高支所说，接下来，最重要的是找人——找行骗人。200多起案件，找到每一起案件的犯罪嫌疑人，确实不太现实。所以，关键在于如何选择。选择好目标案件之后，我们要立即采取行动。高支，您觉得应该选择哪几起案件呢？”南浩甫说道。

“宸熙，你说说看！”罗则说。

“我看，咱们还是面对现实吧。三个小组，各选一个案子细查吧。根据调查的结果，我们再决定下一步如何安排吧。”李宸熙说。

“好吧。按照原来的搭配，各组分别进行选择吧。罗总，你们组就选娄月潇案吧。”高支队长说。

“可以。”罗则回答道。

“当然可以了。宸熙，你怎么看？”高支队长说道。

“可以。”李宸熙瞧了一眼电脑，“被害人就在闽越，尚未报案的案件还是很多的。”

“浩甫啊，咱们就找一起冒充‘公检法’的案子查一查吧！”高支队长说。

“好的，我这就去找。”南浩甫回答道。

“听了大家的发言，我突然觉得《8·11专案动态并案图表》中需要补上‘行骗者’这一项。下一步，如果能慢慢地填上这一项，所谓的犯罪事实也就差不多弄清楚了。大家觉得呢?”彭菲茗笑着说道。

“嗯，补上……作为一项任务。”罗则点了点头。

对于这个提议，大伙儿都表示赞同。

“这样吧!”高支队长拍了拍自己的脑门儿，“菲茗的话……倒是启发了我。229起案件摆在我们面前，我们应该如何去面对呢?其实，宸熙她们在并案的时候已经把大量的问题解决了。目前，关键是要摸清行骗者的情况。确切地说，就是要查清剩下的228起案件中行骗者的情况，工作量相当大，而且没有必要。我突然觉得，我们还是应该尽可能多地掌握行骗者的情况。为什么呢?正如小彭所说，搞清了行骗者的情况，这张动态图表也就完整了。这就意味着，我们把这个犯罪团伙的犯罪事实查清楚了。下一步，我们就可以抓捕犯罪嫌疑人了……到境外去查一查。另外，我想到了一些方法。第一，可以把这228起案件按照地域、种类、资金流向等要素分一下类。第二，可以和已经立案的公安机关联系一下，询问一下行骗者的情况。第三，可以调几个队员来增援，再让F省数源配侦公司派几个人来配合，组成一个调查组。十几个人组成的调查组，调查这228起案件中行骗者的情况。任务一分解，工作量就小多了。当然，咱们专案组马上要做的……还是挑一个案子细查。各位，你们觉得怎么样?”

“高明!”周原梓竖起大拇指说道。

“既然如此，咱们就只有精打细算了。高支啊，我们要细查的这几起案子，”李宸熙指着《“8·11”专案动态并案图表》说道，“就不要反复查了。”

“好的，可以标注一下。菲茗分一下类!”高支队长说道。

“高支啊，到底要查些什么、如何查，你还是要对调查组的成员说一下。毕竟，有的人对电信网络诈骗犯罪的规律和特点不是太了解。比如，骗子用收购的证件注册，还有调证、人脸识别等问题……交代一下，可以提高效率，而且不容易出纰漏。”李宸熙说，“还有一件事，我得说一下。新出现的‘325761×22@ qq. com’等七个账户，都是第四方支付账户。有好几个账户是对公账户，资金流向不太好查。请各位关注此事！”

“好的。宸熙提醒得很及时！”高支队长说道。

二、再会娄月潇

罗则从南山分局刑侦大队那边了解到了娄月潇的背景，得知娄月潇和孟希的经历十分相似。大学期间，她们都曾经是受追捧的美人儿。后来，她们都嫁给了自己的大学同学，组建了家庭，辞掉了工作，一门儿心思相夫教子。她们的丈夫都喜新厌旧，抛弃了她们，另寻新欢。她们孤苦地度日，看破了红尘，心灰意冷，悲观厌世。不同的是，孟希的丈夫抛弃了孟希之后，给了她房产，还给了她一笔数目不小的安置费。娄月潇的运气就没有那么好了，被那个负心汉完全抛弃了。丈夫夺走了孩子，没有给她安置费，还要求她每个月支付孩子的抚养费。娄月潇彻底寒了心，虽然没有同意支付抚养费，但是也没有力气去争夺什么了。他们离婚没有经过法院判决，娄月潇伤心欲绝地离开了。她和孟希一样，是一个外地女子，无依无靠。她离开家之后，带上仅有的 36 万元积蓄，在南山区安平路的“香草天空”小区租了一套小房子，住了下来。她想在网上寻找挣钱的机会，却碰到了骗子，被骗得一干二净。她本想一死了之，却遇上了罗则。罗则救了她，警察安慰了她，给了她活下去的希望和勇气。娄月潇对南山分局的侦查员说，她特别信任那位罗大哥。罗大哥说，破了案之后，钱就能追回来，所以她一直在等。

罗则有些内疚，因为他并没有那么关心娄月潇的案子。要是没有遇到孟希自杀，他有可能就待在刺鲤哄小孙子了，早就把娄月潇的案子给忘了。他毕竟已经退休了，能做些什么呢？他甚至有些害怕，害怕因为自己没有出现，娄月潇案件的侦破工作就停滞不前了。这样下去，娄月潇很可能会再次悲观厌世，跳进宝盖湖。到了那个时候，罗则不在，娄月潇就真的要死了。苍天有眼，让罗则救人救到底。娄月潇命不该绝啊！不过，案件的侦破工作困难重重，他们真是举步维艰啊！罗则告诫自己，一定要加把劲儿啊！

“小周，一定要加把劲儿啊！”罗则对身旁的周原梓说，“那些被骗的人很苦啊！咱们要理解他们，一定要努力破案。一想起受害人跳湖自尽的场景，我就心疼啊！”

“罗总，请您放心，我会努力的。”周原梓十分真诚地说道。

娄月潇轻轻地打开房门，罗则和周原梓走了进去。她静静地看了看罗则，似乎还认得罗则。

这套单元房的确很小，只有一个客厅、一个卧室、一个厨房和一个卫生间。客厅没有窗户，仅从北侧厨房的窗户外面透进来一丝光亮，屋里的光线显得十分暗淡。罗则和周原梓坐在沙发上，娄月潇看了一眼罗则，笑了笑，搬了把椅子，坐在了罗则旁边。昏暗的房间里，干净的墙面、地面、沙发、桌子和椅子清晰可见，东西摆放得十分整齐。客厅里没有电视机，只有一台落地风扇在角落里来回“摇头”。

“娄女士，对不起，案件的侦破工作进展得比较慢。不过，你放心，我们会尽最大努力破案，把钱追回来。”罗则说话的语气十分诚恳。

“有罗先生这样的能人破案，我很放心。”显然，娄月潇认识罗则。

“我就叫你小娄姑娘吧！小娄姑娘，我们今天来，是想了解一下你在一个多月前被骗的经过。你是怎么认识骗子的？骗子是如何行骗的？你怎么就相信了？”罗则问。

“2 月份，我离婚后，整天无所事事，心情很不好，想在网上找点儿事做。我装了一些 APP，无聊的时候就看看。有一天，我在‘世纪佳缘’网站上认识了一位先生。他性情温和，对我挺好的。他约我聊天，我就和他聊了聊。我发现，他真的挺好的。好久没有遇到这样的男人了，我有点儿不好意思。男人，男人……”娄月潇欲言又止，苦笑着看了罗则一眼。

“你要说的是‘男人很坏’吧！有些男人确实很坏，比如你的前夫，还有那些骗子。骂出来吧，这样会好受一些。”周原梓愤愤不平地说。

“我那丈夫就是坏人，臭男人。只可惜我那小儿还跟着他……”娄月潇瞬间变得不淡定了。

“小娄姑娘，坏男人确实该骂。不过，咱们今天要说的是你被骗的事，对吧！”罗则看了一眼小娄。

“不好意思！在‘世纪佳缘’网站上认识的那个男人对我很好。了解了我的情况之后，他要帮我，让我投资。他为我出谋划策，和我一起寻找投资的门路，还愿意垫付一些钱做本钱。我相信他!”娄月潇动情地说，“过了几天，他说他找到了一条门路，不妨试一试。然后，他把我拉进了一个聊投资的微信群，他也在这个群里。他说，他很了解这个圈子，里面有不少高人。他还说，有机会的话，可以跟他们学投资。”

“你是怎么知道他在群里的?”周原梓问道。

“他一直在用那个昵称和头像。”娄月潇回答道。

“什么昵称?可以看看那个头像吗?”罗则问道。

“唉，‘小肯月’——一个非常特别的昵称。他说，我的名字里有个‘月’字，说明我们很有缘分。他肯为我这个‘月’作贡献!”娄月潇感叹道。

“后来，你投资了吗?”周原梓问道。

“群里有人谈股票投资，有人谈虚拟货币投资……有一天，一位老师说，最近投资虚拟货币的时机成熟了。有一天，有人上传了虚拟货币投资盈利的截图，但是没过多久就删了。现在想来，那都是骗!当时，我真觉得这是个机会。群里有人推荐了虚拟货币交易平台，我进去之后，开了户。开始，只是小额交易，有盈利，并且能够顺利提现。后来，我增加了投资，又有盈利……”娄月潇沉浸在美好的回忆中。

“你那么快就投资了?你不知道网上有很多骗子吗?”周原梓问道。

“我知道。可是，我总觉得那是别人的事。以前，我没碰到过这种事。被人抛弃之后，骗子就找上门了。”娄月潇叹了一口气，“真是羞愧啊!我上大学时学的是财经，对投资并不是一无所知。只能说……该死!”

“小娄，不要自责。骗子十分狡猾啊!”罗则抻了抻自己的上衣。

“对了，”娄月潇拿起了茶几上的水壶，“忘了给你们倒水了。”

说完，娄月潇就到厨房去烧水了。她呆呆地站在那里，眼神忧郁，清秀的脸上没有任何表情。她的身材显得有些清瘦，身上的蓝底白花连衣裙随着从窗外吹进来的轻风飘动着。她的肤色略显暗淡，长发随意地绾在脑后。

罗则看出来了，娄月潇有些神情恍惚。她沉浸在回忆之中，忘了眼前的人。

罗则走到娄月潇跟前，她有些慌乱。“该死！我这就来！”她拿了几个杯子，放到了茶几上。然后，她看了看正在烧水的水壶。

“月潇姐，我来吧！请坐！”周原梓站起来，请娄月潇坐下。

于是，娄月潇便坐了下来。水开了，周原梓把水壶拎过来，往水杯里倒了一些水。

“小娄啊，喝水吧！”罗则拿起水杯，喝了一口水，“后来，投资的事情怎么样了？”

“当时，我只想着，机会来了，一定要抓住。其实，我挺可怜的……没有房子，没有车，也没有钱。没有了孩子，我一个人孤零零的。好不容易有了机会，还有那么好的‘小肯月’帮着……我一定要争气，一定要努力去挣钱。我把钱投了进去，都投了，全亏了。后来，那个微信群解散了，‘小肯月’也不见了。我知道，我被骗了。”娄月潇哽咽着说道。

“月潇姐，骗子太可恶了！我们一定帮你讨回公道！”周原梓愤愤不平地说道。

“都是我无知，太贪心了！我真是无能，真该死！”娄月潇把垂在额头上的一绺长发撩到了耳朵后面，“我好失败啊！”

"小娄啊，这不是你的错。我们会帮你把钱追回来的！你要调整好心态，一切都会好起来的！"罗则说道。

"嗯。"娄月潇点了点头。

"小娄啊，你被骗的时候用的是哪部手机?"罗则问道。

"就是现在用的这部手机。"娄月潇回答道。

周原梓把娄月潇的手机拿过来，用娄月潇提供的密码打开了手机。"世纪佳缘"的 APP 还保留在手机里，解散了的微信群也还保留着。

微信投资群解散了，但是娄月潇留下了当时的交流记录，验证了娄月潇的陈述。

但是，把"世纪佳缘"网站、微信投资群和骗子关联起来，并不是件容易的事。罗则让周原梓将保留在娄月潇手机里的有关数据调出来，带回总队，在大数据侦查平台上进行处置。

离开之前，罗则叮嘱娄月潇一定要多保重。罗则留下了自己的手机号，让娄月潇在有困难的时候与他联系。

周原梓来到大数据侦查中心，把从娄月潇手机里提取的数据导入了大数据侦查系统。简单地操作之后，他发现"小肯月"在"世纪佳缘"网站上把号销了。按照规定，周原梓对"世纪佳缘"网站实施了"调证"。但是，"世纪佳缘"网站没能提供"小肯月"的其他注册资料和认证记录。

周原梓启动云操作系统，进入了"世纪佳缘"网站的云空间。通过检索关键词，他找到了"小肯月"在"世纪佳缘"网站上的注册信息，包括姓名、身份证号、手机号、ID、头像和情况介绍。经验证，他发现姓名、身份证号和图片都是虚拟的，只有"17023225×77"这个手机号是真的。

“小肯月”究竟是谁？周原梓想依样画葫芦，调取“小肯月”的认证图片，但是“世纪佳缘”网站无法提供此图片。在“世纪佳缘”网站的云空间搜索“小肯月”进行关联，也没能找到有关的图片。

骗了娄月潇的“小肯月”究竟是谁，一时还无法认定。

三、“5・11”案件

南浩甫选中了一个案件，就是发生在 2019 年 5 月 11 日的田晓络被骗案。这起案件是通过“17023225×76”这个虚拟手机号并入的。高支队长熟悉“5・11”案件，即田晓络被骗案。5 月份的时候，这起案件引起了轰动。现在，“5・11”案件由闽越市公安局刑侦支队负责侦办。三个月前，高支队长参与了对这起案件的“会诊”，确认诈骗分子在境外。尽管案件的侦破工作步履维艰，但是大家对成功破案充满了信心。可是，100 天过去了，“5・11”案件竟然被并入了“8・11”案件。

电信网络诈骗案件一旦牵涉境外，就有些难办了。并案是基本的做法，当初侦破“5・11”案件时就没有好好地并案。

高支队长再次审阅了与“5・11”案件有关的材料，了解了一些基本情况。被骗人田晓络，女，身份证号为“350104198411120×46”，是 F 省总工会财务部的出纳。骗子冒充“公检法”进行诈骗，涉骗金额 323 万元，无报案时间，立案时间是 2019 年 5 月 25 日。

高支队长还记得田晓络被骗的过程，经历了很长一段时间。

2019 年 5 月 11 日，星期六。下午，田晓络接到了自称中国移动法务部工作人员林方华的人打来的电话，来电显示的号码为“10086”。林方华在电话里说，有人举报称，田晓络使用的一个海南的手机号码是诈骗的号码，要被封号。田晓络解释了一下，说自己没有在海南办理手机卡，有可能是个人信息被他人冒用了。不一会儿，对方变成了林方华的上司——移动部经理陈文广。陈文广建议田晓络立刻向受理此案的“海南英秀公安局”民警说明情况，还说可以帮田晓络转接“英秀公安局”的电话。

对此，田晓络表示同意。但是，陈文广却将电话转接到了“英秀区公安分局”。接电话的民警李纪元告诉田晓络，让她小心为妙，最好通过 114 查询一下，以验明对方的身份。田晓络拨打“114”，查询到的号码的确是手机显示的“0089868653×35”这个号码。田晓络说明缘由后，李纪元表示可以受理。李纪元还说，要通过 QQ 与田晓络视频，制作笔录。在制作笔录期间，不能有任何干扰。按照李纪元的要求，田晓络在 QQ 上与李纪元视频，说出了自己的姓名、身份证号、家庭住址和报案缘由。在视频的过程中，田晓络听到李纪元那边有警笛声和民警的对话声。

几分钟后，李纪元突然质问田晓络，说她在海南开过的银行账户与一起特大网络诈骗案件有关，她为什么没有交代。李纪元通过 QQ 将一份法律文书及案件中主犯的照片发给了田晓络，说主犯是闽越市工商银行的大堂经理，向田晓络的海南账户转入了 18.9 万元人民币。田晓络连忙解释，说她不认识这个大堂经理，也没有收到任何钱财。

李纪元要求田晓络严格保密，不可以将这件事情告诉她的家人，以免影响后续的侦查工作。田晓络说，她丈夫就是公安民警。李纪元警告田晓络，一定不能对她的丈夫说这件事情，也不能再报案，否则会影响她丈夫的前途。李纪元还说，此案涉及闽越市政府和警方的高级官员，所以田晓络必须删除与李纪元的聊天记录。他叮嘱田晓络，假如有自称闽越市公安局民警的人打来电话，务必问清他的警号和姓名，并将情况告知李纪元。

在一个星期左右的时间里，每天中午 12 点、下午 4 点和晚上 8 点，田晓络都要准时联系李纪元，汇报自己的行踪和与人接触的情况。18 日下午，田晓络向李纪元汇报情况时，李纪元说，下一步，案件将移交给“英秀区公安分局经侦大队”，大队长叫陈明良。陈大队长接手后，要求田晓络将名下所有银行卡的后四位数、储蓄卡的余额以及信用卡的额度告诉他，还询问了田晓络所在的单位——F 省总工会的情况。在陈大队长的要求下，田晓络将自己的职务、所在部门的人员构成和账务状况等告诉了他。

陈大队长说，经查实，田晓络所属单位的账户与一起网络洗钱案件有关联。他要求田晓络提供公司财务部的部长、副部长和会计的身份证号，以及公司账户的余额，并通过 QQ 将公司财务部部长和副部长的涉案材料发给了田晓络，要求田晓络“戴罪立功”。他让田晓络实时监控部长们的行踪，每天汇报单位财务部门进出账的情况，以便监督单位的账户，看一看是否存在资金方面的异常。他提出的这些要求，田晓络都照办了。

2019 年 5 月 24 日中午，一个自称“F 省最高检察院”的高元主任的人给田晓络打来了电话。手机屏幕上显示的号码是“17023225×76”，这是闽越的手机号。高元主任说，F 省总工会的账务部参与了洗钱，案件的审理工作已经转给了“海南省高检”，“海南省高检”已经请示了“F 省高检”。高主任要求田晓络务必认真配合，按照“海南省高检”的要求去办。同时，他还交代，此案牵涉闽越警方，务必注意保密。他还说，会让“特派员”将“海南省高检”的文件交给田晓络。

5月25日上午，一位自称“F省高检特派员”的人来找田晓络，送给了她一份“机密文件”。档案袋内装有三份文件：当事人的自我保护条例、F省总工会财务部部长和副部长的涉案材料和有关田晓络具体任务的文件材料。下达给田晓络的具体任务是：必须在6月4日前拿到单位财务部部长和副部长的工商银行U盾，获取单位工商银行账号的密码和U盾。获取密码和U盾之后，登录“海南省高级人民检察院”的界面进行操作。具体操作的步骤和方法，附在了文件材料的后面。最后，还标明了注意事项：操作时，要卸载电脑及手机上的杀毒软件，以防被监听。他告诉田晓络，只有执行了以上任务，才能证明她的清白。

为了自证清白，田绕络即刻叫来开锁公司的人，打开了副部长办公室的门和办公桌的抽屉，找到了单位账户的密码，发送给了高元主任，并取得了副部长的U盾。田晓络按照机密文件里的任务要求，登录“海南省高级人民检察院”的网站，输入了单位名称、银行账号、个人身份信息和U盾密码。然后，她依照指令，用手机进入“个人身份电子凭证”的程序，下载了“保密软件”，删除了所有短信，关闭了电脑屏幕。接着，她依次插入了她和副部长的银行U盾，重复了很多次。

中午12点40分，田晓络的丈夫和单位的同事们纷纷通过微信联系田晓络。田晓络打开电脑屏幕，才发现电脑正在被远程操控，单位的资金被转了出去。田晓络拔出U盾，与赶到的同事们一起报了警。但是，单位的323万元资金已被转走。

这个长时间的诈骗过程，高支队长记得很清楚。

当时，这起案件造成了不小的轰动。造成轰动的原因，高支队长归纳了六个方面：被骗人的丈夫是警察；被骗的数额巨大；被骗人雇开锁公司的人偷偷地开锁；被骗人是从事财务工作的；被骗人是学会计的，获得了硕士学位；骗子设置了“特派员”。据查，“特派员”是一个姓阮的受害人，为了立功，成了骗子设置的“特派员”。

高支队长立即让南浩甫查看了《“8・11”专案动态并案图表》。那个姓阮的“特派员”牵涉的案件被并入了“8・11”案件。姓阮的“特派员”是一位女士，名叫“阮初念”，1980年出生，几乎与田晓络同时被骗，被骗的理由也与田晓络相同。阮初念很用心地当起了诈骗团伙的“特派员”，这让田晓络更加坚信海南公安正在侦办一起与国家安全息息相关的特大案件。

高支队长给闽越刑侦支队的雷支队长打了个电话，了解了一下侦破“5・11”案件的具体情况。雷支队长说，案件还在侦破中。然后，高支队长询问了被害人田晓络的情况。雷支队长说，他们支队的民警们很关心她，经常安慰她。高支队长觉得，有必要去一趟闽越刑侦支队，全面了解一下侦破“5・11”案件的具体情况。

于是，高支队长便带着南浩甫去了闽越刑侦支队，雷支队长接待了他们。

闽越刑侦支队的同志们对田晓络手机里的数据进行了恢复和提取，还通过“701系统”调取了骗子与田晓络的通信记录。他们已经查清，“5・11”案件中的中国移动法务部、英秀区公安分局等单位的电话系“VOIP改号电话”，而自称“F省最高检察院”高元主任的人使用的“17023225×76”这个号码系“GOIP网络号码”。涉案的VOIP、GOIP设备，他们并没有找到。

他们已经查清，在“5·11”案件中，骗子的性别为男性，使用的QQ号是“6012431×06”，昵称为“元勋”，注册时间是2018年1月21日。闽越刑侦支队已经向“腾讯”方面“调证”，未能获取与该案有关的数据。

在“5·11”案件中，一共出现了六个骗子扮演的角色，分别是中国移动“法务部”的工作人员林方华、中国移动“移动部”经理陈文广、英秀区公安分局民警李纪元、英秀区公安分局经侦大队大队长陈明良、F省最高检察院主任高元和F省最高检察院的“特派员”。已经查明，那个“特派员”是另一个案件的被害人，而另外五个角色是由不同的骗子扮演的。这五个骗子到底是谁，到目前为止尚未查清。

转入资金的账户是“326831×53@ qq. com”，与支付宝账户的结构相似，仍然是“第四方支付”，而且是对公的账户。至于资金的细目与流向，他们暂时没有查清。

与“海南省高级人民检察院”这个界面有关的线索，他们还没有找到。

受高支队长的委派，南浩甫调查了一下“海南省高级人民检察院”这个网站，得知它是一个伪装的网站。经过远程取证，南浩甫发现这个网站的服务器在境外。进一步追根溯源，他发现服务器在老挝境内。

这是一个全新的发现。用来欺骗池孟希和田晓络的虚拟手机号是同一个手机号，这是通过并案发现的。但是，对这两个人行骗用的服务器不在同一个国家。

高支队长让南浩甫继续调查，但是因为网站被弃用了，无法查清具体地点。

于是，南浩甫便从 229 起案件中查找作案的服务器在老挝的案件，找到了 11 起案件。

高支队长说：“骗子真狡猾啊！脚踩两只船：一只在菲律宾，一只在老挝！”

针对“5・11”案件，闽越刑侦支队的侦查力度较大，却没有获得多少有价值的信息。必须进一步调查，重点挖掘和调取能够识别骗子身份的数据。

有一个情景，高支队长一直没弄清楚。田晓络与英秀分局的李纪元警官视频通话时，李纪元是露脸了，还是进行了遮挡？会不会是半遮半掩？田晓络看清楚李纪元了吗？这个问题，高支队长问过闽越刑侦支队的民警，没有得到明确的答复。在对案件进行“会诊”时，高支队长本想搞清这个问题，但是因为说别的事情而岔开了。现在，这个案件就要并入“8・11”案件了，可以去问一问田晓络。

于是，高支队长给田晓络打了个电话。田晓络同意见面之后，高支队长带着南浩甫直奔田家。

田晓络一副满不在乎的样子，神情自若。

“这件事情发生之后，我有些难过，还有些不好意思。后来，我就不这样了。想一想，被害的人实在是太多了。起初，听到有人说我是研究生还被骗，我就急……现在不会了。我关注了一下，教授也有被骗的，而且是北大的教授……想到这些，我就不难过了，也不会不好意思了。不过，被骗的钱可不少啊！必须追回来啊！”田晓络见到高安柏和南浩甫，就像见到了老熟人，直接打开了话匣子。

“当时，你一点儿都没有怀疑?”高安柏问道。

“一想到会影响爱人的前途和小孩的成长，我就晕了，恨不得快点儿解决……”田晓络拍了拍自己的脑袋，“说起来，有些可笑。不过，也没什么好笑的。他们设计得太巧妙了，让我验证号码的真假，还有‘特派员’给我送材料。说实话，骗子演得太像了。”

“的确是防不胜防啊!”高安柏感叹道。

“当时我很相信，相信他们是公安机关的，是检察院的，是在办案。我觉得自己是在办正事，在协助办案，没想别的。哪有那么有耐心的骗子啊!”田晓络感叹道。

“田姐，顺便问一下，当时英秀分局的人让你通过QQ视频做笔录……还记得吗?”南浩甫插话道。

“记得。他说要通过QQ视频做笔录，还加了好友。”田晓络回答道。

“视频时，你能看清那个警察的脸吗?”南浩甫继续问。

“能看到。”

“看得清楚吗?”

“清楚。”

南浩甫认为，有必要调取这些视频资料。电话号码是经过改编的，手机号是用假身份证号注册的，只能通过视频弄清骗子的身份了。

他们问田晓络，被骗期间使用的手机在哪儿。田晓络说，支队的民警拿去之后，还了回来。现在，她还留着这部手机，可以随时提供给他们。

南浩甫履行完手续，把手机带走了。

第六章　渗透

一、李普楷的疑惑

根据并案后的已知信息，彭菲茗联系上了被骗人李普楷。李普楷听说警察要上门，先表示“不敢劳警察的大驾”，后又说“的确有疑惑要解，欢迎光临”。

李普楷家的地址是“闽越市越北区审知路 116 号北蓝四季小区 3 幢 301 室”。那是一个老小区，里面有六幢旧楼，每个单元都装有门禁系统。李宸熙和彭菲茗通过门禁系统与李普楷通话之后，才进了楼。

她们到达三层时，301 房间的门已经打开了。李普楷站在门口，迎接她们的到来。见到李宸熙和彭菲茗，李普楷愣住了。他看了看她们，并没有让她们进屋。

彭菲茗见状，问道：“怎么啦?”

李普楷笑了笑，耸了耸肩，说：“你们是警察吗？不像！两位美女，你们就不怕……”

“李普楷同志，我们是 F 省公安厅刑侦总队的。你最好先确认一下我们的身份！这是我的证件，好好看一下!”李宸熙把自己的证件递给了李普楷。

李普楷连忙笑道：“不看了，进来吧！不是警察又怎么样？”

“等一下！你还是认真看一下吧，这关系到咱们的谈话。”李宸熙往屋内看了一眼，“一个人在家？”

“是啊！没找到伴儿，就一个人。”李普楷回答道。

这是一套100平方米左右的单元房，室内光线很暗，客厅里零乱地堆放着一些物件。角落里的分体式空调机正在运转，不停地发出“吱吱”声。

“应该是真的！”李普楷边走边看李宸熙的工作证，“现在，假的东西太多了！”

“需要看她的证件吗？”李宸熙指着彭菲茗问道。

“不必了！这么年轻、漂亮的女生，的确不像警察。没有证件，我是无法相信你们是警察的。”李普楷一边说，一边招呼李宸熙她们入座。

李宸熙她们一落座，李普楷便热情地从冰箱里拿出了饮料。

“李普楷啊，是这么回事儿……你最近是不是结识了一位女士，正在投资？”李宸熙问。

“你是怎么知道的？你们如果真是警察，我就想请教一下了。”李普楷把饮料递给了李宸熙和彭菲茗。

“你还在怀疑我们的身份？普楷同志啊，你怎样才会完全相信我们呢？”彭菲茗插话道。

“说实话，证件应该是真的。不过，现在假证做得跟真的一样。警察嘛，应该能当场查到我的姓名、身份证号和家庭成员什么的。你们能查到吗？”李普楷说。

“菲茗，查一下！”李宸熙对彭菲茗说。

彭菲茗把笔记本电脑放在茶几上，马上查了起来。没过两分钟，彭菲茗就念出了声："李普楷，男，身份证号'350111199402260×93'。家庭成员五人，父亲、母亲、哥哥……"

"菲茗啊，你就不用念了，让他自己看!"李宸熙说。

"来吧，普楷同志！信了吗?"彭菲茗说道。

"信了，信了!"李普楷拍了拍自己的脸颊。

"你还挺谨慎！可是，你为什么对网络投资诈骗没有警惕性呢?"李宸熙问。

"不会吧！那个投资是诈骗？那个女的会骗我？我不信!"李普楷摇了摇头，"她跟你们一样，说话细声细气，对我很关心……还帮我。我不认为她是骗子!"

"普楷同志，这样吧，你还是说一说你们交往的经过吧!"李宸熙说。

"大概在十几天前，我在'微奇投资平台'上认识了王思雨。思雨，很好听的名字……还有'微奇'。两位知道'微奇'吗?"李普楷用手比画着说道。

"听说过。"彭菲茗点了点头，"后来呢?"

"我和她很谈得来，她还给我发了照片。她对我很体贴，我也对她很有好感。"李普楷笑了笑，"反正我也是单身，对她有好感嘛，就交个女朋友吧!"

"她加你的微信了吗?"彭菲茗问道。

"思雨很有个性……她说，我们是在'微奇'上认识的，就不要再跑到别的地方去聊了，死活都在'微奇'上解决了。哈哈，有个性！专一，我喜欢!"李普楷乐呵呵地说道。

"你们视频聊天了吗?"彭菲茗问道。

“那倒没有。我提了……可是，思雨说，要慢慢来。她说要等几天，等投资有了收益再视频……”李普楷回答道。

“她说这话是什么意思?”彭菲茗问道。

“思雨说，她是做原油期货的。现在行情不太好，也没有投资，心情也不是太好。等时机到了，她要带我一起挣钱，等挣了钱再好好聊聊。”李普楷回答道。

“后来呢?”彭菲茗问道。

“有一天，她说，机会来了，让我投资。可是，她让我不要贪心，先练练手……机会有的是。于是，我就按照思雨教的，投了两万元。很快，我就挣了2000元。我把这事告诉了思雨，可是她好像并不高兴。她说，机会来了，就要把握……投的越多，赚的就越多。我知道，她是让我多投。于是，我就投了20万元，一下子就赚了28000元。可是，提现的时候，平台提示，账户必须充值达40万元，成了会员，才能提现。我赶紧联系思雨，可是她好像已经不在平台上了。我有些担心，担心被骗了。”李普楷回答道。

“你留她的电话号码了吗?”彭菲茗问道。

“留了。我给她打电话，没人接。还好，第二天上午9点多，思雨主动联系了我。她说，说来可笑，昨晚手机不小心掉到水里了……一直在处理手机的事。她知道，我投资遇到了困难。于是，她筹了20万元钱，帮我投资。我打开‘微奇’，账户上果然多了20万元钱。于是，我成了会员。真的好感动！我差点儿误会了思雨！我试着提现，很顺利。哈哈！我要大气一些，又投了十几万元。于是，我账户上的钱越来越多。”李普楷说。

“那么，你有什么困惑呢?”彭菲茗问道。

“今天，我试着提现，又不灵了。平台上显示，为了使资金能够顺利周转，对资金超过 50 万元的用户设置了‘提现限制’。资金超过 50 万元的用户，必须充值至 80 万元，成为高级会员，才能提现。”李普楷回答道。

“你联系思雨了吗?”彭菲茗问道。

“联系了。思雨说，不碍事，我们一起想办法解决。”李普楷显得很轻松，“我正等着呢，反正思雨也不会骗我。”

“你的确正在遭受网络投资诈骗。”李宸熙打开了笔记本电脑，“我们把你被骗的案子和 7 月 22 日发生的另一起电信网络诈骗案并了起来，两起案件中的骗子使用的电话号码相同。你账户上的钱，只是个符号。思雨帮你投的 20 万元钱……只不过是数字的变化。那个思雨就是个骗子，钱是转不出来了。”

“不对啊！那天我试了，可以提现啊!”李普楷说。

“你试的时候，提了多少啊？应该是提了几百、几千吧!”李宸熙说道。

“我试着提了 2000 元，是分两次提的……都很顺利啊!”李普楷说。

“实际上，骗子设限了，不会让你提现太多。你要是真提上万元钱，系统就会自动提示，不让你提那么多。其实，这些设置都是为了诱惑你投得更多。”李宸熙说。

“思雨说，她会想办法啊!”李普楷说。

“普楷啊，你现在联系一下思雨，看看她怎么说!”李宸熙说。

李普楷用手机号登录了“微奇投资平台”。

“她还在啊！你们看!”李普楷把手机移到了李宸熙面前。

“你联系她，求她帮忙!”李宸熙说。

李普楷用手机联系思雨，可是过了好几分钟，思雨也没搭理他。

李宸熙再次强调，李普楷正在遭遇诈骗。现在要做的就是，听警察的话，配合办案人员查案。

彭菲茗用李普楷的手机号进入了“微奇投资平台”，这个平台还在正常运行。李宸熙和彭菲茗立即将李普楷连同他的手机、笔记本电脑带回了总队。

到了刑侦总队，李普楷才真的醒了。他开始担心自己投进去的钱了，也知道那个思雨是骗子了。他表示，会好好地配合警方破案。

李宸熙把与李普楷被骗有关的数据收集起来之后，便和彭菲茗一起进入了“微奇”——仍在运行的“微奇”是可以“渗透”的。

“微奇”是一款集聊天、投资等功能于一体的APP，并没有正式备案。近些年来，为了取得行骗的主动权，有相当多的诈骗犯罪团伙选择了放弃使用正规大平台，转而自行研发或定制APP，而不是通过正规的大平台进行引流和引导投资。行骗者在一定程度上取得了主动权，但是那些定制或租赁来的黑灰平台通常不会有反调试设置，给办案人员的“渗透”带来了便利。

于是，李宸熙手把手地教会了彭菲茗。按照说明，彭菲茗从“微奇分发平台”上下载和安装了“微奇”，并设置了“代理抓包”。她直接访问了网站的根目录，定向至后台，然后进行测试，发现有“渗透”的机会。

她发现，这个服务器被放置在菲律宾的马尼拉。于是，她寻找注入的漏洞，通过对网站资源文件的绝对路径进行定位，来查找 APP 在服务器上的真实路径。涉案的服务器关联了多个网站，同样的资源返回到多个路径，根据与涉案 APP“微奇”有关的关键字锁定并获取了访问服务器的权限。

她使用“命令”查看服务器的情况，发现网站关联的是阿里云服务器，打了 68 个补丁，不容易“提权”。使用“命令”了解“进程”的情况时，她发现除了已知的“进程”外，还有一个迅雷的“进程”。“提权”不易，她暂时放弃了，想尝试一下其他路径。

接下来，她使用“命令”获取远程桌面的“登录日志”，发现没有读取的权限。于是，她就对数据库里的数据进行了固定和备份。

在查询“管理员表”时，她发现这是加密的。于是，她翻看了整个网站，发现根目录的“Bin”里存在多个“dll”文件。据此推测，管理员应该是将代码封装进了“dll”。于是，她使用工具逆向查询源代码，根据网站入口定位“加密算法代码”。在李宸熙的指导下，彭菲茗引用了网站的“dll”库，调用了解密函数，并且就地取材，使用“涉案服务器环境”，获取了管理员的后台登录凭证。

解密后，她点击进入后台，以便取证。查看了网站后台的情况之后，她结合数据库里嫌疑人的注册信息，确定了诈骗人员的大致范围。她结合表中的数据，按照密码、用户名、IP 和注册时间等字段进行排序，查找思雨、管理员、技术员等人的相关身份线索。思雨的注册信息、思雨与李誉楷的交流记录等，她都找到了。但是，搭建、管理、运维的信息却相当有限。

在李宸熙的指导下，彭菲茗通过对“互联网上相关服务器的特征”进行扫描，来发掘更多的放置在马尼拉的涉案服务器。她在网络空间进行“测绘工具检索”，发现了潜在的涉案服务器。

她利用工具，输入“命令”，获取了网站的权限。然后，她查看了服务器的补丁。新关联的涉案服务器只有三个补丁，不难“提权”。于是，她使用“juicypotato”进行提权，并用“Metasploit”上线。上线后，她发现涉案服务器的桌面上存在便携版的“Telegram”。于是，她上传了“7Z”工具，将“Telegram”打包取走了。此外，桌面上还有一个“VPN 程序安装包”，并未在服务器上安装。

与连接“微奇”的服务器相同，新发现的服务器上有一个“迅雷”。李宸熙认为，这两个服务器的管理员或技术员有相同的习惯。据此判断，有可能是同一个人在管理这两个服务器，并进行运维。根据两个服务器的账号注册信息及其他信息进行判断，她发现服务器的管理人员也是服务器和网站的架设、运维技术员。

李宸熙在“迅雷”的下载目录里发现了一个名为“Browser.exe”的程序包。她明白，这里面会有很多有价值的数据。她亲自动手，调取了这个程序包。点开之后，她发现程序包里有浏览器的历史记录、密码、“Cookies”、缓存文件和“SQLite”等数据。

根据浏览器的历史记录，她找到了技术员的 QQ。技术员在下载“VPN”程序包的过程中，对“相关服务”进行了注册和支付。根据服务订单的回调地址，她拿到了技术员的 QQ 邮箱账号。但是，她并未在历史记录里发现访问和下载“Telegram”“迅雷”和“Chrome”等软件的记录。所以，这些软件有可能是技术员通过“远程桌面”直接上传或者通过其他途径下载的。

为了进行分析，她从“默认存放处”直接获取了网站的“访问日志”。通过对早期的日志进行分析，她发现最早访问网站的IP是“菲律宾国家首都区NCR”。那一次访问IP，除了搜索引擎的爬虫外，几乎都是中国移动、“NCR的PLDT”这两家运营商分配的IP和服务器本身的IP在进行访问，说明这段时间技术员正在搭建和调试APP服务器。

接下来，她对服务器的“登录日志”进行了分析。根据“事件ID”，她筛选出了很多条“登录成功”的信息，归属地皆为“NCR”。同时，该服务器的数据库中出现了在此之前发现过的存疑账号，归属地仍是“NCR”。

然后，她获取了“远程桌面连接记录”。通过对该IP的端口进行扫描，她发现这也是一台用来诈骗的APP服务器，也说明了服务器的管理者就是网站的开发人员或技术员。

她对“Telegram”进行了分析，将打包的文件解压到了“本地”。运行后，她获取了账号的全部内容，包括手机号、QQ号等。

彭菲茗梳理了一下关于思雨的信息，与“开源数据”和“公安内网”的数据进行了关联，确认了思雨的身份。思雨，女，真实姓名为“赵玲梦”，F省刺鲤市江洛区人，身份证号为“350504199611211×27”，行骗用的手机号是“17023225×76”。

网站的搭建者、管理员和运维人员的手机号均为“19528526×63”，实名注册时使用的是“展源”这个名字，关联的QQ号为“6025205×6”。她通过“公安内网”进行检索，使用了“数字画像”，确认这个展源是F省刺鲤市鲤泽区人，身份证号为“350503199002050×72”。

于是，李宸熙、彭菲茗对赵玲梦、展源进行了搜索和追踪。与崇左的八个人一样，2018年3月15日以前，赵玲梦、展源在网络空间有聊天、上网、购物、住宿、网约车、乘坐交通工具等记录。可是，3 月份以后，他们就消失得无影无踪了。

赵玲梦和展源都是刺鲤人，在不同的区。2018 年 3 月 15 日以前，他们的行踪有过交集，都在厦门工作过一段时间。他们是相识的，不是夫妻关系。他们究竟是什么关系，还不得而知。在厦门工作之前，展源有过卖电脑和开电脑维修店的经历。

一个是诈骗的犯罪嫌疑人，一个是服务器的管理员和运维人员……为何都与“微奇”有关联呢?

二、“元勋”出镜

F 省刑侦总队全面接管了“5・11”案件。高支队长让南浩甫从闽越刑侦支队调来了“5・11”案件的前期侦查资料。“5・11”案件的纸质材料装了一大麻袋，电子文件有 200 多 G。

他们对闽越刑侦支队获取的这些前期侦查资料进行了梳理。纸质材料有立案决定书、访问笔录、现场勘查笔录、现场图、现场照片和调取证据的笔录等，电子文件有视频、图片、文本、网页、通信数据、资金流转数据、手机取证数据、计算机取证数据、压缩文件、截屏及其他数据包。

纸质材料只是一些例行的侦查文书，对扩线和拓展来说，价值不大。电子文档种类繁多，文件的分类比较杂乱。依托大数据侦查中心的“超算电脑”，南浩甫按照电子文件的来源与时间，对电子文件进行了归类和整理。

来源于财务部电脑的电子数据主要是资产划拨记录和 U 盾使用记录。南浩甫查到了那个转出资金的账户：326831 × 53 @

qq. com。这个情况，闽越刑侦支队的同志已经进行了介绍。

他们调取了一大堆手机、电话的话单数据，但是只有高元主任使用的“17023225×76”这个号码是已知的 GOIP 网络号码。经核验，其他电话均为 VOIP 电话。对扩线来说，这些通话记录作用不大。

电子文件中有大量的视频，据说是当时为了查找“特派员”而调取的。“特派员”的身份早已明朗，所以这些视频可以当作无用的垃圾处理掉。剔除了这些视频之后，闽越刑侦支队获取的电子文件迅速“瘦身”，从 200 多 G 变成了 40 多 G。

与“海南省高级人民检察院”界面的网址有关的数据，调取得不多。在侦查“5·11”案件的过程中，闽越市公安局刑侦支队并没有对这个网站进行“渗透”。据刑侦支队的人说，当时，他们只是按照惯例查找服务器的位置。他们发现，那是一个经过伪装的网站，服务器位于老挝境内。南浩甫想再来一次“渗透”，却发现“海南省高级人民检察院”这个伪造的网址被弃用了。

来源于田晓络手机的数据比较杂乱，有文字、图片、音频、视频、QQ 聊天记录、APP 使用记录、短信、通话记录等。南浩甫把这些数据导入“多源数据分析系统”，再次进行了分析。骗子使用的 QQ 号“6012431×06”的注册信息出现了：昵称为“元勋”，性别是“男”，年龄为“18 岁”，生日是“1 月 1 日”，星座是“水瓶座”，“所在地”这一项是空白的，“邮箱”这一项也是空白的，注册时间是“2018 年 1 月 21 日”。“6012431×06”这个 QQ 号没有与手机关联。南浩甫通过大数据侦查平台进入了“6012431×06”的 QQ 空间，发现它还活跃着，等级为“LV0”，个人主页是空白的，关注、粉丝为“0”，未实名认证，“说说”“日志”“相册”“留言”均为“0”。访客有166个人，都加了“好友”。南浩甫调取了所有“好友”的QQ，与已知被骗人的QQ进行了比对，对上了四个人。也就是说，被这个“元勋”骗的四个人涉及的四起案件并入了“8·11”案件。

“元勋”加入了十几个聊天群，群聊的内容有些杂乱。南浩甫将田晓络的姓名输入各个群进行检索，在“人间正道”这个群里发现了田晓络与“元勋”的聊天记录。他从聊天记录里找到了田晓络与李纪元的通话时间，也找到了两个人的视频片段。南浩甫通过大数据侦查平台直接进入“腾讯”进行“调证”，在“腾讯”管理员的协助下获取了田晓络与李纪元的视频数据。

他在视频聊天系统里播放了这些视频，仔细地看，仔细地听。李纪元，30岁上下，面无表情。看起来，他的动作很老练，似乎很清楚警察的办案流程。他让田晓络进行自我介绍，同时打开了笔记本电脑。

李纪元注视着田晓络，问：“田晓络同志，我们是海口市英秀区公安分局的民警，现在和你谈话。你要如实回答，知道吗？”

“我会如实说。”田晓络回答道。

“把你的姓名、家庭住址和身份证号报一下。”

“我叫田晓络，家住F省闽越市越北区铜盘路78号陶然红叶小区7号楼1202室，身份证号是‘350104198411120×46’。”

“把你的手机号说一下。”

“你们不是都知道了吗？”

“晓络同志啊，知道归知道，从你的嘴里说出来就不一样了。这叫程序，警察办案要按照程序，知道吗？”

“知道了。我的手机号是‘13723821×87’。”

“你为什么报案?”

“你们说我的手机卡涉嫌诈骗，我才报了案。”

“晓络同志啊，话要说得严谨一点儿。不是我们说，是有人向中国移动的法务部举报了，法务部转给了我们。我们一查，发现是你的手机。好了，这个不要紧的。告知一下你的工作单位!”

“F 省总工会财务部。”

“你是干什么的?”

“出纳。”

“嗯，财务人员。说你骗别人，还是可信的。”

“我不会骗，真的。你们一定要相信我，我爱人也是警察。”

“这样啊!”

正说着，一个穿警服的人出现在了镜头里。那个人向李纪元打招呼，李纪元问那个人：“老鬼抓到了吗?”那个人停住脚步，回答了一句：“抓到了，当然抓到了！咱们是谁啊!”李纪元向那个人挥了挥手，那个人离开了。紧接着，从室外传来了一阵鸣笛声。

“晓络同志，对不起啊，咱们刚才说到哪儿了？对，你爱人也是警察，我们是一家人嘛！不过，说句知心话，你的手机涉嫌诈骗的事，现在还不能告诉你爱人。搞不好，会影响他的前途。等事情搞清了以后，再对他说也不迟。明白吗?”

“明白。”

“明说了吧，你牵扯的网络诈骗案可是大有来头，你们闽越市的高级警官都被牵扯进来了，你可一定要注意保密啊！搞不好，这件事情不但会影响你爱人……还会影响你孩子的前程。记住了吗？自己人，多说几句。”

“好，我明白。”田晓络连连点头。

“好。现在，你来解释一下，你的海南手机卡是怎么回事？这个手机卡的卡号与一起特大网络诈骗案有关，你作何解释？”

“可能是我的个人信息被别人冒用了吧！”

“这件事，我们会继续查。”

李纪元坐在电脑前，不停地操作着。他不但在记录，而且在查阅资料。

“天哪！晓络同志啊！”李纪元睁大了眼睛，“你还在海南的工商银行开了账户啊！这件事，你怎么不告诉我们呢？”

“没有啊！一定是别人偷了我的资料……去办的！”

“不急，不急！关键是……你这张卡也牵扯到那起特大网络诈骗案啊！”

“警察同志，银行卡和手机卡……肯定是一回事。一定是别人盗用了我的信息资料！”

“这样吧，我刚才说了，那起特大网络诈骗案牵扯到了闽越市的高级警官，所以你要特别小心。除了保密，还要注意，假如有自称闽越市公安局民警的人给你打电话，你一定要问清对方的警号和姓名，并立即将情况告诉我。”

“好。”

“我把这起特大网络诈骗案主犯的照片传给你，你看一下！”

“收到了。”

“那一份是法律文书。”

“明白。”

“这个主犯是闽越市工商银行的大堂经理林在元。据他供述，他向你的海南账户转了18.9万元人民币。”

“我不认识闽越市工商银行的大堂经理林在元，也没有收到任何钱。手机卡、银行卡都不是我办的。真的，相信我！”

“好了，你作了解释，我们明白你说的了。我已经做了记录！千万记住，一定要马上删掉我们的对话记录。接下来的一周，你要定时与我联系，汇报你的行踪和活动情况。”

视频甚为完整，中间除了“警服先生”进来打岔以外，就没有人进来了。视频的声音很清晰，除了中间有警车鸣笛的声音以外，就没有别的杂音了。

那个李纪元稍微有一点儿“两广”口音。从外貌看，他具备“两广”人的一些特征。南浩甫没有根据这些情况去进行推断，而是直接截取了李纪元的“人脸”，连同那位“警服先生”的“人脸”。

他进入大数据侦查平台的人脸识别系统，进行了自动人脸识别。李纪元与广东省肇庆市怀集县冷坑镇坳仔村汶洽46号的钟天楚相似度达95%，与其他人的相似度均在85%以下。在显微镜下，他根据细节特征进行比对，确认李纪元就是钟天楚。钟天楚，男，身份证号为“441224199203023×52”。2018年7月1日以前，钟天楚在虚拟空间遗留下了活动的痕迹，然后便消失了。

那位“警服先生”与海南省定安县雷鸣镇后埇村天族77号的符有辰相似度达91%——经过人脸比对，得到了确认。符有辰，男，身份证号为“469021199311124×71”。他和李纪元一样，2018年7月1日以后就不见了踪影。

三、行骗者的身份

高支队长数了数，已并的案件有229起。除了孟希案以外，行骗者已经查清的案件还有罗则那个专案组负责调查的娄月潇案、李宸熙那个专案组负责调查的李普楷案、高支队长那个专案组负责调查的田晓络案和由“5·11”案牵出的“特派员”案，以及行骗者系李纪元的四起案件。此外，有220起案件需要新建专案组进行调查，挖出行骗者的底细。

针对这220起案件进行调查时，只须抓住“行骗者是谁”这个要素即可。要是调查不顺利，也不强求有所突破。

安支队长把已知服务器设在老挝的11起案件单列为一类，安排反诈支队的雷科长进行调查。他把剩下的209起案件按照行骗的手法分成了“获得机会类”“投资营利类”“消除隐患类”“碍于面子类”和“事件驱动类”。他把刷单、贷款、网购退款和中奖归入了“获得机会类”，把杀猪盘、荐股、虚拟货币、理财归入了“投资营利类”，把校园贷清理、冒充“公检法”、裸聊、恐吓归入了“消除隐患类”，把冒充领导、同事归入了“碍于面子类”，把利用地震、疫情等自然灾害实施诈骗归入了“事件驱动类”。209起案件，占了五种类型中的四种。其中，“投资营利类”案件有128起，占了60%以上。另外，“获得机会类”案件有37起，“消除隐患类”案件有33起，“碍于面子类”案件有11起。

分类之后，“碍于面子类”案件由反诈支队的林木森负责侦办。考虑到案件的数量多，“获得机会类”与“消除隐患类”案件各安排了两个人进行调查。他们抽调了反诈支队的王亚迪、单木仔、华川仪、杨帆，组成了两组“搭档”。“投资营利类”案件数量很多，有128起。高支队长把这类案件分成了“杀猪盘类”“荐股类”“虚拟币类”“理财类”等四个小类。其中，“杀猪盘类”有34起案件，“荐股类”有29起案件，“虚拟币类”有32起案件，“理财类”有33起案件。考虑到案件的数量，每小类都安排了两个人进行调查。高支队长算了一下，还需要八个调查人员。除了正在办理其他公事的人，反诈支队的人手已然不足。高支队长抽调了反诈支队的高天正、孙韵和谢中兵，经总队的陈总批准，借调了反黑支队的肖英力、康百川和游易盛。最后，高支队长把F省数源配侦公司的刘星和冯格林调了过来，补上了两个空缺。

高支队长结合《“8·11”专案动态并案图表》进行了讲解：“各位请注意，我们的主要任务是查这些案件中的行骗者。这个‘查’，是根据条件去查。有条件的要查，实在没有条件的就不查了。当然，条件是需要寻找和创造的，查是要讲究方法的。基本的方法是，根据已知的数据关联出更多的数据，然后从众多的数据中找到可以揭露行骗者真实身份的线索。利用这些线索，可以找到真正的行骗者。我们可以在大数据侦查平台上提供支持。查的过程中，如果遇到技术问题，可以请教宸熙或浩甫。”

“好的，明白。”大家纷纷回答道。

“各位，注意一下，每起案件的有关数据都很多、很杂。关联、挖掘之后，会更多、更杂。时间有限，这次不要求各位关联得太多，挖得太深。我们要做的是，从杂乱的数据中找到那些确实有利用价值的数据。打个比方，在查的时候，会发现好多手机号。有的手机号是虚拟的，对找人没有太大用处。如果发现行骗者不小心在哪儿留下了真实的手机号，那你就快要找到他了。另外，需要说明一下，我们建有‘电信网络诈骗高危省份人员库’。要是发现了行骗者的图片或视频，可以借助人脸识别系统进行识别，搞清行骗者的身份。”南浩甫说。

各小组各就各位，同时行动。在两天的时间里，经过数据挖掘、关联、排查，各小组陆续发现了可疑对象。负责侦办“杀猪盘类”和“荐股类”案件的两个小组，各找到了两起案件的行骗者。负责侦办“杀猪盘类”案件的小组找到的两个行骗者是：广西的江瑞丰，住址为“南宁市宾阳县宾州镇新邹村古椒93号”，身份证号为“450126199812282×97”；湖南的张良博，住址为“岳阳市华容县新河乡梅田村操军31号”，身份证号为“520324199803155×36”。找到的两个“荐股类”案件的可疑对象是：湖南的岳溢清，住址为“娄底市双峰县石牛乡锁帮村杏子33号”，身份证号为“431321199711120×52”；四川的叶富瀚，住址为“内江市资中县龙结镇发轮村水坝78号”，身份证号为“511025199602081×31”。负责侦办“虚拟币类”和“理财类”案件的小组各找到了一起案件的行骗者，分别是：贵州的方汉钟，住址为“铜仁市石阡县印江村松桃65号”，身份证号为“522201199412196×25”；云南的宋佳仕，住址为“云南省曲靖市陆良县活水乡三岔村大莫96号”，身份证号为“530322199309098×39”。雷科负责的那个小组找到了一起冒充“公检法”案件的行骗者：海南的庄新致，住址为“临高县波莲镇桐文村南宝45号”，身份证号为“469024199710111×93”。负责侦办“碍于面子类”案件的林木森小组找到了两起案件的行骗者：F省的董泰豪，住址为“刺鲤市溪可县感德镇蓝田村涓龙91号”，身份证号为“350524

199703072×73”；江西的许隆华，住址为“抚州市宜黄县丰南村仁崇33号”，身份证号为“361026199309182×94”。

至此，共找到了九起案件的行骗者。南浩甫核对了一下，发现已经找到的行骗者张良博、宋佳仕与“崇左八人”中的张良博、宋佳仕不仅姓名相同，而且住址、身份证号也相同。据此，可以进一步确认“崇左八人”出境后的去向。接着，警方调查了他们的行踪，发现他们与其他行骗者有一个相同之处，那就是2018年7月1日以后就消失了。

高支队长让南浩甫整理了一下，发现前前后后进入办案人员视野且身份明确的涉案人员有20多人。他们是：四川的何达乐——直接对孟希行骗的人；四川的赖其昌——把身份证卖给何达乐的人；贵州的郭顺天——“8·11”案件中受雇于王明德架设GOIP设备的人；F省的王明德——郭顺天的上线；湖南的袁启山——用已知的“17023225×82”这个手机号在“一心交友”平台上注册，且为“崇左八人”之一；还有“崇左八人”中的另外七个人——贵州的胡向南、湖南的陈元益、贵州的张良博、广西的刘华栋、广西的游园、云南的关明元和云南的宋佳仕。F省的赵玲梦、展源正在利用“微奇”行骗，李宸熙通过“技术渗透”发现并确定了这一点。另外，这个展源是马尼拉那边的网站搭建者、管理员和运维人员。欺骗田晓络时，广东的钟天楚担任主角。钟天楚与田晓络视频通话时，海南的符有辰在视频中出现过。此外，还有新建的专案组排查出的九个人：广西的江瑞丰、湖南的张良博、湖南的岳溢清、四川的叶富瀚、贵州的方汉钟、云南的宋佳仕、海南的庄新致、F省的董泰豪和江西的许隆华。在这九个人当中，张良博和宋佳仕在“崇左八人”之中，算是重复统计了。合并计算，在“8·11”案件中，已查明身份的犯罪嫌疑人有23人。

有两个人已经现身了，但是最终未能查明其身份。他们是王明德的上线——提供架设GOIP设备费用的老马，还有欺骗娄月潇的“小肯月”。

在已经查明身份的人员中，有三个人将涉案的服务器安置在老挝。他们是钟天楚、符有辰和庄新致……

安支队长让李宸熙把已知身份的嫌疑人信息加入了《“8·11”专案动态并案图表》。以嫌疑人情况、时间、种类、所属城市、引流手法、涉案APP、投资平台、手机号码、转账银行卡号、资金流水账号、被骗人姓名、被骗人性别、被骗人身份证号、涉案金额、案件管辖、案件侦办状态为基本要素的图表，比较完整地展示了“8·11”案件的内容。犯罪事实渐渐清晰，相关的证据浮出水面。

20多个犯罪嫌疑人的身份已经明确，他们是犯罪团伙的中坚力量。但是，犯罪团伙的组织者、高层人士和金主是谁，尚未查明。

安支队长让李宸熙和南浩甫按照图表制作了一个数据模型，挂在了大数据侦查平台上。20多个犯罪嫌疑人中的任何一个出现在境内，符合数据模型的某一个要素，就会作出预警。

那么多的资金，究竟流到哪里去了呢？

第七章　资金流转

一、“安链”来了

李宸熙再次梳理了“8·11”案件的资金流向，发现200多起案件的被骗资金均流入了绑定在“全球付”第四方支付平台上的账户。犯罪团伙利用无实际经营的“空壳公司”资料在支付宝、微信等第三方支付平台上注册了数十个账户，与无支付业务许可证的“全球付”第四方支付平台绑定，实现了资金转移。

被骗人在网站、APP上向行骗者提供二维码和账号，充值、转账后，交易系统即向第四方支付系统发出指令。系统随机调用已接通的“215870×99@qq.com”“325761×22@qq.com”“326831×53@qq.com”等支付账户，这些账户都是通过“空壳公司”注册的。被骗人每次充值、转账后，系统都会生成相应的交易信息，并将交易的结果发给被骗人，而资金则直接进入了支付账户。在“反诈平台资金查询系统”及其他系统中，暂时无法查到“空壳公司”账户的资金流向。骗子利用这一中断，另行处理了“空壳公司”账户中的资金。

他们通过反洗钱系统发现，“全球付”第四方支付平台上的账户牵涉虚拟货币交易。从已知的“215870×99@ qq. com”“325761×22@ qq. com”“326831×53@ qq. com”等账户流出的资金转至二级账户，即被转入虚拟货币交易平台进行交易。“虚拟货币交易平台”属于非备份平台，调查虚拟货币交易的情况要有特定的工具支持。

通常，中国人民银行数字货币监控中心拥有最先进的虚拟货币交易监控工具。但是，根据李宸熙掌握的情报，到目前为止，中国人民银行数字货币监控中心也没有对未备份的虚拟货币交易系统进行有效查控的工具。那里没有这样的工具，去了也白搭。要不要去呢？

李宸熙正想着，手机震动了起来。电话是中国人民银行反洗钱处的龚凡打来的。龚凡说，他周末与中国人民银行北京总部的朋友聊天时，说到了一件事。那位朋友说，杭州有一个叫“安链科技有限公司”的企业研发了一款专门查控虚拟货币流向的工具，交给中国人民银行数字货币监控中心试用过。龚凡问李宸熙，是否对这款工具感兴趣。真是巧了，这种工具正是李宸熙当下急需的。李宸熙连忙问了有关对接的事情，并从龚凡那儿要了安链科技有限公司的联系电话。

李宸熙给浙江安链科技有限公司的王总打了个电话。王总说，可以去一趟闽越，但是要等几天。李宸熙急着用这个工具，便和王总约了时间，直接去一趟安链科技有限公司。

李宸熙把去安链科技有限公司的事向高支队长进行了汇报，然后带上彭菲茗去了杭州。安链科技有限公司的董事长兼总经理王安平接见了李宸熙和彭菲茗。首先，王总说了一下“安链”这个名称的由来。他说：“安链者，安心链接也。使用安链追查系统者，可以保证资金流转的安全。同时，我取了自己名字中的一个字。”李宸熙说，“安链”这个名称取得确实很恰当。然后，王总介绍了“安链虚拟币追查系统”的研发理念、研发过程及功能定位。他说，现在虽然还在内测阶段，但是可以给李宸熙她们演示一下。于是，技术人员在一个模拟的虚拟货币交易平台上进行了操作。数据库里的数据不是在真正的虚拟货币交易平台上交易生成的，而是通过调集和存储生成的。李宸熙观看了技术人员的操作过程，确认这个“安链虚拟币追查系统”为当下搞清“8·11”案件资金流向所需的工具。只是，还不知道在虚拟货币交易平台上进行实际操作时，效果好不好。王总见李宸熙有些疑虑，便说：“不用担心，我们在真实的交易平台上测试过，好用。”

得知李宸熙正在办案，急需这样的系统，王总答应让她将系统带回去使用。

李宸熙表示感谢，并代表F省公安厅刑侦总队与安链科技有限公司签订了协议。然后，她便将“安链虚拟币追查系统”带回了闽越。

F省公安厅与中国银行保险监督管理委员会F省监管局之间有约定，共享数据资源。在F省公安厅刑侦总队设立大数据侦查平台时，就有了这个约定。当时，双方签订了协议，将打非处拥有的数据接入了大数据侦查平台。同时，打非处在对非法金融机构开展业务和变相从事法定金融业务进行打击时，可以使用刑侦总队的大数据侦查平台。刑侦总队建成大数据侦查平台之后，有过将打非处的数据接入平台的想法，但是由于工具的限制，即使接入了数据，也超越不了反诈中心发挥的作用。于是，打非处的数据便迟迟没有接入平台。需要时，办案人员可以直接到打非处查阅或调取相关数据。

引入“安链虚拟币追查系统”，可以使打非处的数据更好地发挥作用。在刑侦总队陈总的协调下，中国银行保险监督管理委员会 F 省监管局打非处的数据被接入了大数据侦查平台。通过刑侦总队的大数据侦查平台，可以直接使用打非处拥有的非法金融机构的数据和变相从事法定金融业务的数据。

李宸熙将“安链虚拟币追查系统”搭载在大数据侦查平台上，让它随着大数据侦查平台进入了包括“暗网空间”在内的网络世界。李宸熙知道，那天她查询之后，打非处的人一定将“全球付”的第四方非法账户及与其关联的账户数据存入了打非处的数据库。

“安链虚拟币追查系统”的主要功能有追踪、区块链浏览器、钱包地址监控等几个方面。这种基于大数据技术的追踪系统所展示的效果十分直观，追踪的结果以可视化图谱的形式展现了出来。正如王安平所言，这款工具功能强大，不仅能扫描互联网世界的交易数据，而且能穿透暗网空间。

李宸熙以“215870×99@ qq. com”这个账号为标的进行了追查。她打开区块链浏览器，查询了链上的交易、地址、区块等数据。接着，她用鼠标点击“链上交易节点”，通过进行地址标注、地址画像、地址特征点分析、聚类计算、筛选来查找交易路径，查到了“215870×99@ qq. com”这个账号的资金流向。

李宸熙第一次使用“安链虚拟币追查系统”，就操作得很自如。此类数据分析系统大同小异，摆弄几下就会了。她发现，“215870×99@ qq. com”这个账户的资金流入了一个虚拟货币交易平台。通过对特定时段资金进出交易平台的情况进行分析，她将进出平台的资金与相关账户进行了关联，实现了“215870×99@qq. com”这个账户的流入资金与相关虚拟货币的对应。

她依托“安链虚拟币追查系统”进行“渗透”，确认这个服务器搭建在马尼拉的虚拟交易平台上。这个非法平台仍然在正常运转，犯罪团伙在该交易平台上自行搭建了用于交易的私链。

她对虚拟货币的地址和账户进行了进一步分析，对加密货币进行了溯源，更多的线索被挖了出来。

依托“安链虚拟币追查系统”，她对一级账户进行了“穿透”。资金流入虚拟货币交易平台后，出现了资金数据与虚拟货币数字的混杂现象，以及多个账号之间的“撮合”。

李宸熙选择了孟希投的 267. 3 万元钱，进行跟踪和深挖。孟希的资金转入虚拟货币交易平台之后，被转到了 12 个交易账户上，与另一种数据混杂。通过辨别，李宸熙确认那是交易中的数据混杂。

267. 3 万元钱被转入 12 个交易账户之后，资金发生了变化，变成了 423 万元钱。接着，这笔资金又被转到了下一级账户。这次流转不是分拆，而是汇总。汇总到四个账户之后，资金从 423 万元变成了 643 万元，并且向一个账户汇聚。这个账户是支付宝账户，汇入的资金增至 3200 多万元。

李宸熙发现，资金的转入账户和汇总账户一共有 17 个，其中 12 个二级账户和四个三级账户的开卡人相互关联，都是 F 省的。李宸熙让彭菲茗进一步调查这些有关联的账户的开户情况。以内网的数据为依托，彭菲茗搞清了这些账户的开户人信息，其中的 16 个人来自刺鲤市溪可县虎邱镇龙泉村。经过仔细调查，她确认了这 17 个账户与 96 个卡号相关联。

李宸熙的脑子飞快地转动着。对资金进入交易平台的情形及后来的分拆与汇总情况进行分析之后，她觉得虚拟货币交易平台应该是一个自建的平台。虚拟货币的选择、放置、重叠、融合、交易、流转等，都由行骗者自行控制。搭建虚拟货币交易平台的目的是，切断“215870×99@ qq. com”这个账户的资金流出路径。

她利用“安链虚拟币追查系统”，进一步对交易平台服务器内的数据进行了调取与分析。结果，只确认了交易平台涉及的虚拟货币是泰达币（USDT），其他的未能“深透”。

效果似乎还不错，又冒出来了17个人。在这17个人当中，有16个人在同一个村子，只有一个人与其他人同县、同镇，不同村。

最终的汇聚账户是谁的呢？是龙元柯的！龙元柯也是溪可县虎邱镇人，与另外16个人不同村。龙元柯在感德村，离龙泉村很近。

彭菲茗调查了这17个人的情况，结论是：在17个人当中，有16个人是卖卡之人，把自己的身份证卖掉了，那个感德村的人除外。

依托“安链虚拟币追查系统”，李宸熙对并入“8·11”案件的其他收钱账户进行了追查。有相当一部分账户与“215870×99@ qq. com”这个账户的资金流向是一样的，流入了同一个虚拟货币交易平台，其他账户的资金流入了其他虚拟货币交易平台。资金不管流入了哪一个交易平台，最终都汇聚到了龙元柯的账户上。在“8·11”案件涉及的一系列案件中，资金的流转路径均为“流入平台—放置—融合—交易—分散—汇聚”。经初步核实，李宸熙发现融合和汇聚到龙元柯账户上的资金已达11300万元。

莫非龙元柯就是金主？

李宸熙让彭菲茗用“JASS 系统”查了一下龙元柯支付宝账户上的资金，发现这些资金都流到其他地方去了。

二、组织严密的诈骗团伙

罗则看到“龙元柯”这个名字时，脑海里瞬间闪现出了一名男子的影子。

那是三年前的事了。一名男子自建了一个投资平台，以发行虚拟货币的形式引导投资者投资理财。他以诈骗为目的，暗设机关，用机关操控“投资标的”的涨跌，再按照需求控制涨跌的幅度，吸引更多的人投资。后来，因为有投资人举报，再加上案件的特殊性，F 省公安厅经侦总队决定立案侦查。在侦查的过程中，那名男子脱逃了。当时，办案人员推测，那名男子大概是跑到澳大利亚去了。经侦总队在澳大利亚的关系人很少，尤其是线人。于是，他们便求助于刑侦总队的罗则。

罗则介入了案件的侦破工作，帮助经侦总队在澳大利亚物色线人。后来，经过其他途径进行调查之后，他们发现那名男子并未隐藏在澳大利亚。通过对资金流的监控，他们发现那名男子的妻子有向境外转账的记录。但是，由于侦查的工具有限，他们无法查清资金流转的路径。再后来，随着涉众型集资案件的增多，尤其是因“P2P 平台”的“茁壮成长”而陆续“暴雷”，经侦总队的人都忙于应付其他案子去了。于是，这起投资理财诈骗案就被搁置了。

在办案的过程中，流传着一个说法：那名男子以加密数字币的形式实现了资金流转。那名男子是业内人士，对虚拟货币的行当很熟悉。他通过业内的熟人找来了“矿工”，将妻子拉进来，建了群。那名男子负责谈价格，经“矿工”同意后，妻子就把款汇过去。然后，“矿工”便将密钥给了那名男子。那名男子身处境外，可以直接将虚拟货币兑换成他需要的法币。

当时，他们是这样判断的。后来，由于种种原因，他们就没有细究。不过，罗则清晰地记得那起案件的一些细节。那名男子名叫龙腾洋，有个搭档叫“龙元柯”。让罗则印象深刻的是，龙腾洋和龙元柯都是溪可县虎邱镇感德村人。

“8・11”案件中的龙元柯，是否就是龙腾洋的搭档龙元柯呢?仅凭姓名相同，是无法确认他们是同一个人的。但是，如果姓名相同，住址也相同，就可以确认他们是同一个人了。

当年，在办案的过程中，他们一直关注的人是龙腾洋。龙腾洋潜逃出境了，他们便上网追逃。那个龙元柯是不是和他一起逃跑了呢?他们是如何逃脱的呢?这些问题，都没有答案。

如今，龙元柯又出现了，成了电信网络诈骗犯罪团伙的头目，还有可能是金主。还有，那个龙腾洋与“8・11”案件有什么关系呢?

罗则在虚拟空间进行了全面搜索，没有发现龙腾洋的踪迹。近年来，龙元柯也没有在其他地方出现过，只是支付宝账号出现在了“8・11”案件中。

随着资金流转通道的明晰，诈骗团伙的结构也渐渐清晰了。犯罪事实是有据可查的，办案人员也知道一系列犯罪行为的实施者是谁。

李宸熙让彭菲茗把资金流转的要素并入了《“8・11”专案动

态并案图表》，在此基础上制作了《“8・11”案件犯罪组织动态结构图》。

她点击鼠标，相关的要素清晰地出现在了眼前。

这是一个什么样的诈骗组织呢?

忙乎了十几天，专案组的成员们再次聚集在了“研三”。

他们一如既往地保持着 F 省刑侦总队反诈支队的“标志性”穿着：上身穿 T 恤衫，下身穿牛仔裤，脚蹬便鞋。罗则精神抖擞地和李宸熙聊起了自己的孙子，脸上挂满了幸福。南浩甫在电脑前做着些什么，偶尔侧过头来与罗则和李宸熙搭讪。彭菲茗走到高支队长跟前，好像又在问要不要给大家买咖啡，高支队长笑着摆了摆手。周原梓坐在“研三”的另一个角落里，快乐地哼着小曲儿。他们暂时从虚拟空间跳出来，进入了柴米油盐的现实世界。

高支队长让罗则先发言。

“诸位，其实大家都知晓案情。高支队长的意思是，让我把案情理一理……对一些问题达成共识。”罗则习惯性地打开电脑，把一些要点以 PPT 的形式展现了出来，“这是一个把窝点设在境外的诈骗团伙。经过侦查，已知境外的主窝点有两个：一个设在菲律宾的马尼拉，一个设在老挝的琅南塔。窝点设在境外，而且是双窝点，给侦查工作增加了很大的难度。诈骗组织搞多种经营，不但以博彩投资的形式进行诈骗，而且以投资虚拟货币、荐股、网贷、理财、裸聊、冒充‘公检法’、冒充领导等形式进行诈骗。他们使用的投资平台有网站，还有各种 APP。他们使用的 APP 种类繁多，有正规的，也有非正规的。在通信方面，他们用到了 GOIP、VOIP 设备，通过没有支付业务许可证的第四方支付平台进行资金流转。进入第四方支付平台后，他们再借助虚拟货币交易平台实现‘转洗结合’。他们使用的虚拟货币交易平台的服务器在境外，犯罪团伙在该交易平台上自行搭建了用于交易的私链。这些情况让擅长追踪资金流转的宸熙也头疼了很长一段时间。不过，资金流转的路径……最终还是基本上搞清楚了。而且，金主似乎也浮出水面了。那个龙元柯，疑似金主。当然，只是疑似。究竟是不是，下一步还得查一查。”

“的确，这个诈骗团伙的资金流转手法是目前最先进的，很不好对付。多谢‘安链’了，否则面对虚拟货币交易平台，我们仍然会无从下手。”李宸熙说道，“在调查的过程中，我有一个新的发现：资金流入的账户都是‘空壳公司’注册的，没有在第四方支付平台上备案。这些骗子真是用心良苦啊！”

“在调查的过程中，我也有类似的发现。犯罪团伙的成员全都使用专门用来诈骗的通信工具进行招工、引流和欺诈，没有因为疏忽大意而暴露身份的现象。诈骗成功之后，他们就会停用或者弃用这些网站和 APP。这些都说明，诈骗团伙的成员都是经过训练的，他们的组织很严密。”南浩甫说。

“高支啊，并入‘8・11’案件的案子有点儿多啊！根据新发现的引流、通信、资金流转情况，如果继续并下去，何时才能完结？”彭菲茗有些疑惑。

“可能还会并入一些新案件，但案件的总量是有限的。一个犯罪团伙，人员再多，能量再大……在特定的时间里，能骗到的人、涉及的案子都是有限的。”罗则说。

“是啊，现在不要急着去并案！”高支队长说，“犯罪的要素，现在已经渐渐地明晰了。在相当长的一段时间里，这伙人集结在一起，使用各种工具，对不特定的对象实施跨境诈骗。他们专业化程度很高，分工明确，使用的工具很多、很杂。受骗者人数很多……各个层次的骗子，包括核心人物，渐渐地浮出了水面。那么，下一步应该怎么办呢?”

“高支啊，不要一个一个地说了！宸熙姐思路宽广、思维缜密，让她说一下，大伙儿再补充吧！这样效率更高……”周原梓坐到了高支队长的对面。

“也好，宸熙先说吧!”高支队长说。

“好吧。”李宸熙看了看笔记本电脑的屏幕，“‘8・11’案件的要素虽然已经明晰了，但是从犯罪组织、犯罪事实、犯罪证据等方面来看，还有相当多的问题需要解决。犯罪团伙在不停地犯罪，所以会不断地冒出新的犯罪团伙成员。新出现的16个犯罪团伙成员——家住刺鲤市溪可县虎邱镇龙泉村的16个售卡的人，必须查一下。那个龙元柯，也得查一下。我们陆续查到了一些犯罪团伙的核心成员，并且大概知道了他们在犯罪团伙中扮演的角色。但是，这些犯罪团伙的核心成员只是一部分犯罪嫌疑人。那么，犯罪团伙的其他成员呢？他们都是谁？他们在犯罪团伙中起到了什么作用？那个龙元柯是不是‘顶级金主’？龙元柯支付宝账户上的资金都流到哪儿去了？境外窝点的确切位置在哪儿，结构如何？至于密钥和助记词嘛……没有任何发现。犯罪团伙的成员都是训练有素的，他们具体是如何运作的呢？有好多问题，目前还没有搞清。”

说着，李宸熙停顿了一下。

“是啊，更难的还在后头!”罗则插话道。

“无疑，域外侦查是下一步的工作重点。”李宸熙接着说，“所谓的犯罪事实，会随着犯罪团伙的变化而逐渐增多。骗子具体在什么时间、依托什么样的空间、使用什么样的工具、采用什么样的手段、对什么样的对象实施诈骗……这些都要查清。我们在不停地搜集犯罪证据，在调取网上证据、获取云空间的电子数据等方面遇到了很多困难。特别是到了境外，协作有了局限性，取证会面临更多的困难。”

“是的，这正是我们要预判和讨论的。调查 17 个新出现的对象，并不是很难。汇入龙元柯支付宝账户的资金，又分流到了其他账户，咱们可以按部就班地查。艰巨的任务，自然在域外……”高支队长说，“罗总啊，您在这方面经验丰富，说一说吧。”

“咱们要把国家中心局那边的工作做通。出境啊，烧钱……还好，‘8・11’案件的体量够大，部里是会批的。要启动海外的关系人系统……这事有些麻烦。我已经退休了，关系人都转移了。实在需要我出面的话，境外的那些线人还是会响应的。我去过好多次马尼拉，对那儿比较熟悉。需要出境的话，算我一个。老挝的琅南塔，我不太熟……只去过一次，并不是为了电信网络诈骗案件。对了，宸熙去过那儿!”罗则把脸转向了李宸熙，李宸熙点了点头。

“对城市情况的了解和掌握并不难，即使一次也没去过，也可以在谷歌地图上搜出个大概……再实地探究两三天，就能掌握个八九不离十了。难点在于，找到窝点的确切位置，抓到骗子……获取窝点的证据，特别是服务器、网站的数据。”高支队长说，“话又说回来了，不难能叫侦查吗？这种技术先进的跨境网诈，本来就是难以应对的顶级犯罪。”

“我可不喜欢纸上谈兵！哪里需要，我就往哪里冲。”周原梓似乎是在表态。

“高支啊，出境的攻略就让我和菲茗来做吧！我们一定办得妥妥的！”南浩甫说。

“攻略嘛，确实要做！浩甫啊，想得细一点儿！需要带一些什么样的器材、设备，会遇到什么样的困难……这些都得写进方案。”高支队长看了看南浩甫和彭菲茗，“你们俩除了做出境的攻略以外，还得查一查龙元柯支付宝账户上的资金转移情况。罗总和宸熙应该去一趟北京……溪可县的 17 个人，我和原梓负责调查。”

三、龙元柯账户上的资金

高支队长去过溪可县很多次了，有好几次都是为了查卡证。溪可县作为 F 省电信网络诈骗的发源地，售卡的人不计其数。前些年，疏于管控，购卡和售卡成了家常便饭。好多村子里的老人并不觉得自己的证件有多重要，有人肯出两三百元钱收购，他们就把自己的身份证给卖了。有些人为了获取更多的利润，把手机卡和银行卡都给卖了。这几年，管控得严格了，不方便买卖证件了。但是，储备的卡证仍然够诈骗分子使用好几年。

根据上级的指示，他们搞了“断卡行动”，可是查着查着，又查到了溪可县。只要诈骗团伙没有被捣毁，他们收购的卡证就不会暴露。“8・11”案件的侦破工作正在进行，直捣犯罪团伙的核心。于是，隐藏在深处的卡证主人就暴露了。

彭菲茗查清了 17 个账户的户主基本情况，列出了清单。在 17 个户主当中，龙元柯较为特别，与另外 16 个户主不太一样。龙元柯出生于 1977 年，而其他人的年龄则在 65 岁至 78 岁之间。另外

16个户主近期的活动轨迹是可以查到的，而龙元柯却下落不明。高支队长把龙元柯的名字单独列了出来，又查了查另外16个户主的基本情况。在这16个人当中，有十名男子和六名女子。目前，已经掌握了13个人的手机号和15个人的银行卡号。在这16个人当中，有13个人的活动范围仅限于溪可县，有三个人去过刺鲤市。

高支队长决定，让刑警们再次进驻溪可县。他虽然去过虎邱镇，但是没有进过龙泉村，因为以前侦破的电信网络诈骗案并不涉及龙泉村。高支队长让周原梓调出了17个户主的其他信息，然后带上周原梓直奔溪可县。

车子刚拐进溪可县公安局的大院，他们就看见了在院子里等候的溪可县公安局刑侦大队副大队长肖溪梅。高支队长二话没说，让肖溪梅上车，和他们一同前往虎邱镇。

肖溪梅对这里很熟悉，给高支队长介绍了一下虎邱镇龙泉村和感德村的情况。两个村子虽然紧挨着，但是贫富差距很大——龙泉村很穷，感德村很富。龙泉村卖卡证的现象比较普遍，而感德村却很少有人卖卡证。肖溪梅说：“这是前几年的事了。这两年，村里的风气好多了，原因是扫黑除恶……这一扫一除，黑恶势力的确收敛了许多。尤其是村干部，不再受恶势力左右了。”

正说着，龙泉村到了。龙泉村的位置并不偏僻，离县城只有40分钟左右的车程。

肖溪梅让周原梓把车开到村委会，他已经和龙泉村的村委会陈副主任约好了。

村道比省道窄了许多，路边的野草覆盖了水泥路面。此时，进出村子的车辆并不是太多。

他们很快就抵达了村委会，周原梓把车停在了空地上。这是一幢占地 150 多平方米的砖混结构的二层小楼。楼前的空地上，有一些龙眼树。

一个 40 来岁的小个子男人从树荫下走出来，迎向了车子。肖溪梅介绍说，他就是龙泉村的村委会副主任陈水荣。高支队长伸出手来，想与陈水荣握手。陈副主任怯怯地笑着，用手碰了碰高支队长的手。

骄阳似火，晚夏的溪可县依然被酷暑包围着。尽管躲在树荫下，但陈副主任仍然是浑身冒汗。见他们下了车，陈副主任急忙招呼大家向村委会走去。

村委会的会议室里，大电风扇摇着头，发出了“吱吱”的响声。陈副主任为大家准备好了茶水，让大家落座。

高支队长说明了来意，陈水荣连忙解释说：“这两年，情况不一样了。很少有人卖身份证，也没有人敢来这里收购身份证。现在，村干部都配齐了，每周都有村干部值班……干部也都拿一些补贴，不一样了。要是前几年啊，这时候我是不会在家的。”

高支队长知道，扫黑除恶以后，村里的情况的确变了，村干部负起责任了。见陈副主任有顾虑，怕被追责，高支队长进一步说明了来意。

龙泉村的地盘不算太大，高支队长决定快速地访问一下在家的卖卡老人。

陈副主任引路，车子顺着村道向西开去。田里的庄稼品种很杂，在太阳的暴晒下，有些已经变得枯黄了。南边，有很多田地还荒着。正如陈副主任所言，村里人并不多，能外出的都外出务工了，留下的一般都是老人和孩子。车子经过村里的小学时，他们没有听到读书声，有很多孩子都随父母外出务工了。

村里有不少新建的二层小楼，类似村委会的小楼，是砖混结构的。大多数小楼，烧结砖露在外面。少数小楼，在烧结砖的外面贴上了色彩艳丽的瓷砖。

陈副主任让周原梓把车子停在了路边。他说，路边的屋子里住着卖卡人王国跃。王国跃住在陈旧的土制平房里，墙体有些缺损。陈副主任说，王家人丁不旺，儿子有残疾，是村里的困难户。高支队长进屋后，发现屋内光线很暗，一位老人眯着眼睛坐在屋角的靠椅上。陈副主任走过去，用本地话大声喊着什么，老人频频点头。陈副主任说：“老王是你们要查的人中年纪第二大的，76 岁了。他耳朵不好使，听不懂普通话。你们要问什么，我可以翻译。”

高支队长问老人有没有身份证，老人没有给他明确的答复。陈副主任翻译的是：老人说，他不记得身份证的事了，也没用过身份证。

高支队长明白这是一种什么样的状况，不想再追问下去。他让周原梓做个记录，就往下家去了。

第二个卖证人叫郭平德，69 岁。他家离村道远一些，高支队长他们步行到了他家。郭平德住的也是平房，也不会说普通话，也得让陈副主任翻译。郭平德对身份证的事有些印象，只记得那是两三年前的事了。至于怎么卖的、被什么人买了，他记不清了。郭平德说，现在都用医保卡，几乎不用身份证了。

于是，他们便开着车，顺着村道前行。第三个要找的人是一位女士，名叫“陈水利”，68 岁。她丈夫几年前就去世了，孩子外出打工去了。她说，当时是她的家人把证给卖了。至于如何卖的，她也不清楚。他们问她："没有身份证怎么办?"她说："我不怎么出门，用不上身份证。"

他们过了桥，到了村子的另一侧。这里的庄稼长势要好一些，村民大都姓林。他们要找的林姓卖证人有四个，其中有一个叫"林金财"的，是16个人里年纪最小的。有些事情，他已经记不清了。他的儿子刚好从刺鲤回来，还记得当时卖证的情形。他说："那是2016年春节时候的事了。好多老人都卖了……不认为是犯法的事。证件嘛，也没什么用。当时，能卖300元左右，不卖白不卖。如果真的要用，可以去补办。当时……满不在乎。"

询问了13个人之后，他们发现陈元模最清楚这些事情。尽管他已经73岁了，是一位留守老人，老伴儿过世了，但是他和这个村子里的其他老人不一样。他不会一天到晚待在村子里，他会经常去刺鲤，偶尔会去一趟厦门。他还记得，卖证的时间是2017年年初，与林金财的儿子说的一样。他说的卖证原因，也与林金财的儿子说的相同。一个没什么用的东西，能卖300元钱，还可以补办，为什么不卖呢? 不过，陈元模说，把证件卖了之后，他有些后悔。身份证经常要用，所以卖了之后，他很快就以丢失为理由补办了一张身份证。他说，当时来购证的有两个人：一个年长一点儿，40多岁；一个年轻一点儿，20多岁。那个年长一些的人是旁边感德村的，姓龙。具体名字，他忘了。那个后生是谁，他不知道。当时，那个人说是做生意需要身份证。他还说，如果有其他的卡愿意卖，他也收购。

买卖卡证的情况，他们基本上搞清了。有三个人外出了，高支队长不想再追问了。

这些卖证的人有两个共同的特点：一个是穷，一个是身份证用的不多。买证的是两个人，其中一个姓龙的，估计就是龙元柯。收购卡证的人以做生意需要为理由，不仅收购身份证，而且收购银行卡和手机卡。至于收购的对象，当然不止这16个人。

肖溪梅已经联系上了感德村的人，当天值班的是村委会主任龙金彪。

虽然中间只隔了一条小溪，但是两个村子里的景象却有着天壤之别。感德村不仅路宽，而且楼房又高又漂亮。烧结砖外露的楼房很少，大部分楼房的外面都装上了彩色瓷砖或者涂上了各种涂料。

肖大队长说，两个村子差距很大。龙泉村穷，感德村富。龙泉村有很多人卖证，感德村很少有人卖证。而且，感德村有很多人买证。肖大队长还说，原先感德村有很多人去搞电信网络诈骗，现在好多了。

高支队长他们进村时，龙金彪主任已经在村口迎接了。午后，太阳西斜，气温有所下降，但是村道的水泥路面仍然冒着浓浓的“紫气”。龙主任戴着草帽，缩在路旁的树荫下。见高支队长他们的车子来了，他连忙挥手示意。

感德村的人大都姓龙。龙主任自我介绍说，他是正宗“龙的传人”。龙主任十分热情，说话时带着浓重的本地口音，但是高支队长都能听明白。

高支队长来到感德村，主要是想了解一下龙元柯和龙腾洋的情况。高支队长提到龙元柯时，龙金彪直拍大腿，叹着气说：“我们是一起长大的啊！他聪明过头了，要不这村委会主任的位置就是他的了。”高支队长问龙主任说这话是什么意思，龙主任解释道：“我和元柯是小学同学。他很会读书，一直是班长。后来，他考上了大学。再后来，他就不知去向了。这几年，他一点儿音信也没有，不知是死是活。”

没过几分钟，车子就到了村委会门口。感德村的村委会比龙泉村的气派多了，占地面积大，楼层多，内外装饰都很好。接待室里安装了空调，桌上放着好几盒茶叶。龙主任拿起其中的一盒，招待高支队长他们。

对龙元柯和整个感德村的调查，好像在龙主任这儿就能搞定。

龙主任承认，以前感德村有很多人去搞诈骗，走村串户地收购卡证。现在，情况有所不同了，搞诈骗的人少了。大家都搞茶叶的种植、加工和销售了，收入颇丰。

他们问到“龙元柯会不会再搞诈骗”时，龙主任不置可否。他低声说道：“有可能……我真的不知道。”

高支队长提到龙腾洋时，龙主任愣了一下，说道：“他呀，他可是村里的‘神’啊！他只比我大四五岁，却像个长辈似的……离我们远着呢！”

高支队长让龙主任说一说龙腾洋的情况，龙主任说道：“我们还不知道生意是什么的时候，他就已经挣了几千万。他捐了几百万，修了村道，盖了小学的教学楼。他呀，生意做得可大了！不过，他在哪儿做生意、做什么生意，我不知道。”

高支队长问：“您和龙腾洋是不是很熟？”龙主任回答说：“一点儿也不熟，没说过几句话。”高支队长问：“捐款修村道、盖小学的教学楼，是不是要和村干部打交道？”龙主任回答说：“那时候，是其他人当村干部。”

高支队长看出来了，龙主任对龙腾洋很感兴趣。高支队长继续问：“龙主任，关于那个龙腾洋，您还有什么要说的吗？”

龙主任把“公道杯”里的茶水倒到大家面前的“品茗杯”里，思考了一下，说：“他离我们很远。他是我们村的第一个大学生，读的是名牌大学。后来，他还继续读……据说，他什么都会。他啊，神秘得很！像‘流行话’说的那样，神一般的存在！我真想找到他，可是真不知道他在哪儿。几位领导，能否帮忙找一下？”

高支队长回答道：“他前几年犯了罪，跑到国外去了。”

龙主任脸上的表情有些失落：“听说他出事了，村里的人都不信，我也不信。唉，可惜啊！”

问及龙元柯和龙腾洋在村里都有哪些亲戚和族人时，龙主任想了想，回答说：“亲戚嘛，好像没有。族人嘛，是有的……连村委会主任都是。不过，走得很近的族人嘛，几乎没有了。他们长期在外地，很少回乡，亲人也逐渐变得不亲了。”

一群人从接待室里走出来的时候，村委会主任再次拜托高支队长他们帮忙寻找龙元柯和龙腾洋。

村委会主任带着高支队长他们到村子里去转了转。和龙泉村一样，感德村显得十分安静。大多数楼房大门紧闭，偶尔有几户人家开着门，只有老人坐在门口的椅子上，光着膀子，吹着凉风。

李宸熙去北京的前一天晚上，南浩甫特地邀请她共进晚餐。当然，彭菲茗也去了。说是请吃饭，其实是南浩甫要向李宸熙请教下一步该如何调查资金的事。在“安链”的支持下，他们已经查清了资金的出境路径，并且弄清了被骗资金放置、融合、交易、分散、汇聚的过程。不过，汇聚后的资金被分配或分散了，最终的去向不得而知，必须查清。不然，他们仍然会是两手空空。

资金到了境外，有可能继续在境外的系统中流转，也有可能被转回境内。因此，下游的资金查控工作会变得越来越复杂。李宸熙说：“从在虚拟货币平台上交易到汇聚资金，实现了第一次洗钱。只要条件允许，犯罪嫌疑人仍然会继续洗钱。汇聚后的资金再次分流的过程，就是一个再次洗钱的过程，也是资金再次‘分派’的过程。以往的电信网络诈骗，在追赃的环节，追查起来往往会不太顺利。有很多案件，在这个环节……甚至无法进一步追查。不太顺利或追不下去，是因为资金在境外的系统流通或通过地下钱庄流转。”

根据以往的经验，李宸熙对汇聚之后的资金分流的路径进行了分析。她认为，分流的主要路径有五条。第一条路径是分账，即将赃款分给诈骗团伙的各个头目。通常，赃款是从一两个账户流到几个、十几个，甚至几十个不同人注册的账户上。这只是一部分支出，占的比例很小。第二条路径是把赃款转到诈骗据点所在国的账户上。比如，在菲律宾设置据点，把赃款注入菲律宾，赃款就会被转入菲律宾金融系统的账户。通常，通过这条路径转入的资金不会太多。第三条路径是把赃款转入地下钱庄。通常，这样的地下钱庄会与对公账户混为一谈。这条路径特别隐蔽，转入资金所占的比例较大，特别难查。第四条路径是把赃款转到诈骗据点所在国的数字金融支付系统。比如，犯罪窝点在菲律宾，资金就会被转入“Mynt 交易系统”。通常，这条路径也不容易细查。第五条路径是在支付宝的系统内循环。在东南亚，大多数国家都可以用支付宝支付。所以，骗子有时候就不挪动资金了。在这种情况下，赃款是很容易查到的。

“根据查控的需要，反诈平台的资金查控系统、经侦资金查控平台，还有‘JASS 系统’‘安链虚拟币追查系统’……都得用上。即使把这些查控工具都用上，也未必能全面地进行查控。”李宸熙笑着说，“有些路径，资金的查控，还得靠……金主归案后的交代。你们先去摸索一下吧！”

就像李宸熙说的那样，南浩甫和彭菲茗使用各种工具，从不同角度切入，进行了查询。于是，赃款再次流转的情况便浮出了水面。他们很快就查清了分账路径的资金，一共流走了2000多万元，流到了18个账户。具体的账户，暂时没有查清楚。转入菲律宾的资金很少，只有60多万元。具体流入了哪个账户，也是查不到的。地下钱庄和对公账户的确是“主流通道”，11300万元中的8000多万元流入了地下钱庄。南浩甫和彭菲茗使用了各种工具，在中国银行保险监督管理委员会F省监管局打非处的帮助下，仍然没有查到这8000多万元钱的具体流向。有100多万元钱通过“Mynt交易系统”转到了菲律宾数字交易系统，同样无法查清。有400多万元钱仍然在支付宝系统内流转，他们用“JASS系统”查清了这笔资金涉及的支付宝账户，发现这个支付宝账户的注册人就是龙元柯。

尽管没能查清所占比例大的赃款的去向，但是南浩甫、彭菲茗仍然觉得，已经达到了预期的效果。有些资金的流向，任何人都查不清。正如李宸熙所说，得等犯罪团伙的核心人物交代了，才能找到赃款的真正去向。如果赃款被转成了虚拟货币进行交易，就得搞到密钥、助记词之类的东西。通过分账路径查到的18个账户十分重要，它们应该就是犯罪团伙“中层领导”的收款账号。转入这18个账户的资金，大概是小头目们的分成和小喽啰们的工资。可惜，具体的账户还没有查清。

第八章　境外调查

一、中心局的支持

一般来说，需要支持的时候，F 省公安厅的人会去北京的中心局，而 F 省刑侦总队的人会与公安部刑侦局的易副局长对接。当 F 省刑事案件的侦破工作需要公安部领导的支持时，通常会由公安部刑侦局的易副局长出面协调。

在刑侦局东侧的小会客室里，易副局长会见了罗则他们一行人。他们是老熟人了，稍作寒暄便直奔主题。

李宸熙简略地进行了汇报。听完汇报，易副局长对派人出境开展调查的事情不置可否。易副局长说，“8・11”案件的体量够大，侦查工作推进到这个程度，出境是很有必要的。出境调查本来就是侦查工作的组成部分，关键是要好好斟酌一下，此次出境调查到底是公开进行还是秘密进行。

为此，易副局长、罗则和李宸熙进行了讨论。罗则扼要地谈了一下“8・11”案件出境调查的初步思路。他说：“在菲律宾，从 F 省出去的侨胞比较多。我和那边的几位挺有名望的侨胞关系不错，这是出境调查的优势。同时，我们在那边还物建了线人，可以为我们所用。也就是说，在菲律宾的马尼拉，不管是公开进行调查还是秘密进行调查，都行得通。至于老挝的琅南塔，我们也不是人生地不熟。宸熙去过那边很多次，在琅南塔搞过秘密调查。所以，在这两个地方搞调查，我们有一定的基础。到时候，如果局里能给予支持，就更好了。”

罗则说完，易副局长说：“虽然‘8・11’案件由F省公安厅主办，但如果涉及出境调查，就是国与国之间的事了。给予支持，是职责所在……刑侦局一定会全力支持。必要时，可以向菲律宾那边的大使馆寻求帮助，也可以动用刑侦局的海外力量。”

罗则对易副局长表示感谢，然后说：“侦破‘8・11’案件，只出一次境是不够的。这次出境，只是进行外围调查，实地调取一些证据，查一查嫌疑人隐藏在哪里。有可能的话，查一查窝点在哪里。我认为，还是秘密调查比较合适。这样一来，我们就能占据主动……也更自由一些。”

易副局长对罗则的意见表示赞同：“先立足于秘密调查……万一秘密调查进行得不顺利，还可以转为公开调查。不过，即使公开了，也要把握公开的‘度’，不能打草惊蛇，让犯罪团伙的主要人物有所察觉。特别是，不能让金主再次转移赃款。”

他们又讨论了一些细节，谈到了下一次出境。罗则让易副局长放心，在他们来北京之前，F省公安厅已经把出境的费用问题解决了。关于下一次出境的费用，F省公安厅的领导们也商议过了。他们认为，深挖“8・11”案件，追回赃款的数量会远远大于这些花费。要是能够实现“全链条打击”，成功地侦破案件，不但“社会效益”有保障，“经济效益”也是会显而易见的。

听了罗则的分析，易副局长满意地点了点头。

谈到下一次出境，李宸熙说："破案的条件成熟时，是要抓人的。那时，就需要当地警方配合了。下一次，最好是公开的……"

与易副局长一同到场的小京坐在圆桌的另一侧，默默地做着记录。

易副局长知道，罗则退休后被返聘了，而且没有薪金。他握住罗则的手，由衷地对罗则的奉献精神表示敬佩。

易副局长往中心局打了个电话，让小京陪着罗则和李宸熙去了中心局。

在公安部刑侦局的支持下，罗则和李宸熙顺利地获得了中心局的批文。

获得了批文，就意味着获得了出境调查许可。当然，只是许可而已。双方商讨的结果是：出境的各种条件，由 F 省公安厅刑侦总队自己去创造；出境的经费，由 F 省公安厅刑侦总队去筹措；在境外开展工作，要由出境的侦查人员自己去想办法克服一切困难。虽然国家中心局的那个小伙子只是淡淡地说了一句"你们可以出去了"，但是这句话却充满了力量。罗则明白，这个授权意味着他们有了靠山，强大的祖国就是他们的依靠和支撑。

国家反诈中心就在公安部刑侦局大楼西侧的综合楼内。罗则、李宸熙每次到部里办事，都要到反诈中心去瞧一瞧。他们很顺利地获得了中心局的出境授权，便腾出了更多的时间去"拜访"反诈中心。

罗则已经与反诈中心的老林约好了，所以从刑侦局的大楼里出来之后，他们便径直向西边的综合大楼走去。

尽管已经是夏末了，但是北京的天气仍然十分炎热。他们从装有空调的大楼里出来，感觉到的只有闷热。公安部的大楼不算太高，却把院子挡得严严实实，让人感觉不到一丝的风。就连在“火炉城市”闽越待惯了的罗则他们，都有点儿不太喜欢这儿的燥热。

国家反诈中心的各个功能区好像没有什么变化。与一年前相比，外围协作区的面积似乎扩大了一些，引入的互联网企业也比以前多了。内区的监控、快打、攻坚、预警、反制等小组仍然按照一年前的次序排列，各功能区的面积也与以前大同小异。不过，老林介绍说，公安部与网信办、工信部、中国人民银行的协作更加顺畅、密切了。预警模型实现了规模化，国家反诈中心成为了真正的资源整合中心、情报研判中心和实战指挥中心。

罗则、李宸熙比较自由地在各区走了走、问了问。国家反诈中心的功能的确是增多了，运作也更加规范了，但是在罗则和李宸熙眼里，仍然存在着不足。办理跨境电信网络诈骗案件的一些技术手段，反诈中心未能完整地予以提供。在犯罪动态把握、犯罪手法提炼、犯罪线索推送、犯罪预警反制、国际执法司法合作等方面，国家反诈中心的确有很大的威力，但是针对具体案件，在打击的技术、手段的运用等方面仍然存在着不足。对新技术的敏感度，国家反诈中心并没有超过F省的刑侦总队。国家反诈中心虽然引进了一些应对虚拟货币的新技术，但是并未在侦破案件时使用。如果F省的反诈中心与F省的大数据侦查中心和情报中心联合起来打击电信网络诈骗，那么他们的手段和技术实际上已经超越了国家反诈中心。不过，F省与工信部、网信办、中国人民银行合作的深度和广度远远不如国家反诈中心。

罗则坦率地和老林聊了聊，老林十分诚恳地接受了罗则的建议。老林说，他会向有关领导反映，尽量补上短板。老林还说，公安部的有关领导特别关注电信网络诈骗的立法问题，想通过立法有力地推进对电信网络诈骗犯罪的有效惩治。

老林的话提醒了罗则和李宸熙，李宸熙趁机向老林询问了与“反电信网络诈骗的立法”有关的设想。老林回答说：“基本设想是有的，只不过是初步的。立法的事……也没有什么可保密的。我可以把有关的材料提供给罗则……”

与“针对电信网络诈骗犯罪的专门立法”有关的事情，罗则他们来北京之前没有想过。他们快速地看了看老林给他们的材料，发现立法的设想包括通信治理、金融治理、互联网治理、其他防范措施、法律责任、总则、附则等内容，挺全面的。罗则想，有了这样的法律保障，将来他们打击电信网络诈骗犯罪就更有底气了。

李宸熙很关心与资金流查控和跨境打击有关的规定，但是在立法中，这两方面的内容并没有涉及太多。罗则也发现了这个问题。他知道，具体的侦查技术、侦查手段和侦查方法不宜过多地写入法条。关于跨境打击，老林补充道：“国家正委托公安部国合局起草《打击网络犯罪公约》，会在合适的时候提交给联合国，通过联合国大会进行审议和谈判，使其成为《联合国打击网络犯罪公约》，取代 2001 年 11 月由欧洲理事会在布达佩斯签署的《网络犯罪公约》。当然，《联合国打击网络犯罪公约》即将成为打击跨境电信网络诈骗犯罪的主要依据。”

听着老林的介绍，罗则和李宸熙默默地点着头。他们想看一看《联合国打击网络犯罪公约》的初稿，恰巧老林手里有一份，就复印了一份给他们。

围绕着马尼拉和琅南塔，南浩甫和彭菲茗分头去做出境攻略，不约而同地选择了谷歌地图作为基础工具。

马尼拉是菲律宾的首都和最大的港口，位于菲律宾最大的岛屿——吕宋岛的马尼拉湾东岸，也称“小吕宋”。它濒临天然的优良港湾——马尼拉湾，建在巴石河两岸。

河流把城市分成了南北两大部分，六座桥梁把城市的南北两部分连接了起来。马尼拉的人口接近1500万，是个大城市！南浩甫在地图上“游走”的时候，感觉到了这座城市的庞大。尤其是那个“马尼拉大都会区”，是个“特别的设置”。

1901年7月，马尼拉成了美国统治菲律宾的基地。美国统治菲律宾期间，在巴石河北岸盖起了很多大楼，那里成了商业区。二战期间，日本统治菲律宾的时候，巴石河北岸的大楼曾经遭到过炮火的摧毁。1946年，马尼拉成为菲律宾首都后，便进入了“逐步扩张与繁华”的轨道。

诈骗窝点会在哪里呢？南浩甫试图发现一些蛛丝马迹。

巴石河以北的岷伦洛区是商业中心，号称“世界上最大的唐人街”。奎阿坡区是电子产品和手工艺品的集散地，到处都是店铺。在三巴洛区，教育机构林立。圣米格尔区是中央部会和各国驻菲使馆、办事处所在地。圣塔克鲁兹区是卫生署所在地。圣尼古拉斯区和圣塔梅莎区没有什么特色，而汤都区则是人口密度最大、面积最大、最落后的贫民区。

巴石河以南的王城区位于马尼拉的市中心。艾米塔区是个旅游区，与马拉提区相似，酒吧、沙龙、豪华饭店及大型商场云集。潘达坎区与北部的圣米格尔区相似，中央部会和各国驻菲使馆、办事处比较集中。帕西格区、港区、圣安礼布基区、圣塔安娜区没有什么特点。

骗子的窝点到底隐藏在哪里呢？都说马尼拉是“罪恶之都”，好像哪儿都适合隐藏诈骗窝点。

在虚拟空间转了半天，南浩甫还是没有发现什么特别的东西。犯罪与治安状况之间往往会有某种关联，治安不好的区域容易隐藏犯罪窝点。但是，南浩甫心想，“涉电信网络诈骗犯罪窝点”所在地呈现出来的通常不是治安状况不好，而是一种公司能够正常运营的安定态势。所以，根据治安状况无法判断此地是否隐藏着犯罪窝点。南浩甫又想，这个犯罪团伙中的骗子大多数是华人，会不会选择华人区作为犯罪窝点呢？

看来，在这种虚拟空间进行检索，只能形成大概的印象。犯罪嫌疑人的所在地和窝点，要等落地后好好地调查一番才能知道。

听李宸熙说，琅南塔市小得可怜。那年她去琅南塔搞“秘调”时，那里的居民还在用柴油发电机发电。那时，傍晚才开始供电，只供电四个小时就停了。那一年，李宸熙是秋末去的，气候宜人，就是蚊虫比较多，一不留神就会被咬出几个肿包。

在老挝，琅南塔市虽然是琅南塔省的首府，但却落后得很。这是个小城，人口不足一万人。这里没有高楼大厦和车水马龙，映入眼帘的都是些山林和稻田。宁静的小平原上，最显眼的要数琅南塔和与琅南塔属性相同的佛教建筑。

近年来，琅南塔热闹了许多。外来人口增加了，来琅南塔旅游的人也多了起来。在外来人口当中，有来自老挝各地的，也有来自中国的。游客大多来自中国……

通过全方位的检索和分析，彭菲茗差不多搞清楚了把窝点设在琅南塔的诈骗团伙的“来头”。

老挝从中国购电，一条长长的输电线路从中国的磨憨口岸直通老挝的纳堆。有了电，外面的人也就来了。琅南塔的地理位置决定了它的优势，那就是很方便地用到中国的通信资源。这个优势吸引了很多来自中国的骗子，因为跨越边境是很方便的。

尽管琅南塔的情况比原来复杂多了，但是在这个小镇上寻找犯罪窝点，比在马尼拉寻找容易多了。

二、临行前的磋商

专案组向刑侦总队进行了汇报，陈总队长向郑副厅长提出了申请。厅里召开了会议，经过研究，同意了专案组提交的出境方案。于是，专案组的出境经费便有了着落。高支队长留守，专案组的其他成员出境。

尽管人民币在菲律宾和老挝是通用的，但高支队长还是让内勤人员兑换了一些比索和基普，并组织专案组成员针对出发前的准备工作进行了商讨。

高支队长确认了“犯罪窝点位于马尼拉和琅南塔”这个信息的可靠性。“如果逻辑的起点错了，那么出境将是一场空。哈哈，经过多次核验，‘8·11’专案的关键窝点位于马尼拉和琅南塔……应该是确定无疑的。”高支队长半开玩笑地说，“是啊，如果老窝都弄错了，那就成笑话了……出境就真的成了旅游，不得了了。”周原梓看了看在场的各位同事。

“出境是有时限的……要紧凑。最好分成两组，分头行动。”罗则看了一眼李宸熙，“当然，分组只是暂时的。一个组的任务完成了，就要往另一组靠……支持另一组。”

大家对罗则的提议表示赞同，开始商议分组的事。从能力、特长、体能等方面考虑，高支队长提出了建议：罗则带上南浩甫和彭菲茗，组成“马尼拉组”；李宸熙带上周原梓，组成“琅南塔组”。

“出境的人力好像有些单薄……不过，这次出境主要是取证，而且是秘密取证。人不在多……人多了反而不合适。”罗则接着说道。

南浩甫和彭菲茗分别汇报了出境的攻略。大家一听就明白了，这种攻略的确是纸上谈兵。在网络上搜一搜就把犯罪窝点给挖出来，简直是异想天开。

周原梓说：“的确，马尼拉那边比琅南塔这边复杂多了。罗总啊，琅南塔这边一完工，我们就赶过去增援你们。”

“磨刀不误砍柴工，各位还是商议一下如何开展境外调查吧。”罗则拿起签字笔，在桌面上轻轻地敲了敲，“前面做攻略，其实是为了提高效率。大家商议一下，还可以用什么办法提高效率……”

“按理说，调查应该随机应变。鉴于各位缺乏境外调查的经验……我看，还是请罗总向我们传授一下经验吧！”李宸熙笑着说道。

“是啊，罗总出境的经验很丰富！说一下，免得大家走弯路。”高支队长说道。

“好吧，说一下吧……无外乎是安全、效率问题。”罗则说，“一旦出境，危险系数便会大大提升。不管是去琅南塔还是去马尼拉……有一些缺乏经验而又不做准备的人，在境内是一条龙，到了境外就成了一只虫……很多人有过这样的经历。因此，在去之前，要熟悉当地的地理环境、风土人情、风俗习惯和治安状况。

如果我们做到了‘知彼’，像熟悉本地一样熟悉当地，就不会因紧张而无所适从了。的确，有很多国家的治安状况比较差，使用武器也比较自由。如果我们不知道人家的运行套路，就有可能招来麻烦，从而陷入困境。特别是我们这些警察……如果没有做对，就要比其他人更被动。”

“是啊！菲律宾的枪支管理很混乱，私人拥有枪支的现象比比皆是，就连保安公司都可以使用极具杀伤力的长枪。警匪片里的枪战，在那里经常能够看到。上一次去菲律宾的时候，我就特别关注这个现象。”南浩甫附和道。

“琅南塔的治安比马尼拉要好很多。但是，他们对枪械的管控不够严格，军用枪支经常被狩猎者使用。这件事……我专门考察过。”李宸熙说道。

“当今的世界……毋庸置疑，咱们国家的治安状况良好。正因为治安状况好，我们前往治安不好的国家时，才会心虚。唉，现在太平静了……实战不够啊！哪像罗总啊，身经百战，无所畏惧！”周原梓感叹道。

“少贫嘴，回归主题！任何时候都要把安全放在第一位！安定久了，对混乱不太适应。所以，出境之前，我们要把心态调整好。该准备的……准备充足了，就好办了。出境的经历……除了我，宸熙、浩甫也有过。只是，这次任务完成起来的确比较困难……节奏要快，效率要高。做攻略、开会磋商，都有利于提高效率。为了提高效率，我们要明确出境的目的。明确出境的目的很重要，否则就很容易走弯路。咱们出境的目的是取证……在境外取证，谈何容易？要想取证，就得找到证据承载物。要想找到证据承载物，就得找到证据承载物所在地。在证据承载物所在地，会有电脑、手机、服务器和其他办公设备，还会聚集许许多多的人……这些人就是骗子。”罗则站起来，走到了屏幕前，“大家想想，就算是在境内去找这样的场所……容易吗？更何况，是在境外……”

“谈何容易！前一段时间，为了寻找通信工具所在地，我们动用了大批人力……还有建模什么的，费了九牛二虎之力。”高支队长说道。

“是啊！这一次在境外取证，咱们只有两三个人，还得秘密进行。难啊！”周原梓说道。

“人少……行动方便，成本低，但是取证会比较困难。不过，各位可得搞明白，这次在境外取证，不是细取……我称之为‘面取’。找到犯罪窝点所在地，做一下‘初步固定记录’，初步搞清犯罪窝点和相关人之间的关系。至于细取、细挖，就是下一步要做的事了。”面对屏幕上的地图，罗则一边说，一边指指点点。

“所以，其他功课也得好好做啊！我在家坐镇，给大伙儿提供强有力的保障。”高支队长说道。

“内外配合是必须的！各位要把已知的案情吃透！已知的犯罪嫌疑人要记熟，特别是姓名、年龄、外貌……哪里人。要把这些情况融入记忆……”面对《“8·11”专案动态并案图表》，罗则说道。

彭菲茗在电脑上操作了一番，屏幕上出现了李宸熙再次整理的 20 多个已知境外嫌疑人的姓名、身份证号、照片等。

周原梓盯着屏幕，轻声念叨着：“那个对孟希行骗的人叫何达乐，四川人……得盯住他。湖南的袁启山，也就是‘崇左八人’的头儿，应该也在菲律宾。剩下的七个人，应该也是马尼拉团伙的成员。赵玲梦和展源这对男女都是 F 省人，一个在前台，一个在后台，也是马尼拉团伙的成员。新建的专案组排查出的九个人当中，有两个人就在‘崇左八人’当中。这两个人当中的一个，就是那个叫庄新致的……看来，要归到琅南塔那边了。那么，另外六个人是谁呢？他们是广西的江瑞丰、湖南的岳溢清、四川的叶富瀚、贵州的方汉钟、F省的董泰豪和江西的许隆华。老马和‘小肯月’，我们发现了他们的踪迹，却未能查清他们的身份……估计不能作为追查的重点。咱们琅南塔组的工作可是简单了！广东的钟天楚，是欺骗田晓络的主角。海南的符有辰，钟天楚和田晓络视频通话时，在视频中出现过。还有庄新致……已知的就这三个人。”

“这些人啊，在境内都有姓名、住址、身份证号和照片！那几个有可能是组织者的人，也是要关联的。龙元柯、龙腾洋在哪里？要是能发现他们的落脚点……就大功告成了。”李宸熙说。

罗则说：“我们要依靠海外的力量，用上那些线人……还得依靠华人华侨，特别是使领馆的人。”

“必要的工具，一定要备齐。要带上技术工具……在通信繁忙的区域，实时捕捉工具可不能忘了。”南浩甫说道。

“骗子们会把工作机和生活机分开使用，但生活和工作的场所却是同一个。他们在窝点行骗，也在窝点吃住。因此，‘从人到窝点’这个路径不见得行得通。”高支队长说道。

大家针对一些具体的细节进行了商议，南浩甫和彭菲茗再次汇报了他们做的攻略。

南浩甫说，到马尼拉去，选择从厦门到马尼拉的航班最节省时间，也最实惠。如果从闽越起飞，还得到广州去转机，得花一整天的时间。从厦门的高崎国际机场上飞机，直达马尼拉的尼诺·阿基诺国际机场，时间和价钱都能节省一大半。

彭菲茗说，她和李宸熙商量了一下，认为“从闽越飞到西双版纳，乘大巴走昆磨高速路抵达磨憨口岸，再从磨憨口岸前往琅南塔”是比较好的路线。以前，李宸熙去琅南塔时，走的就是这条路线。

此时，罗则想到了线人小尼。小尼实在、可靠，十分靠谱，为罗则他们做过不少事。罗则想通过单线联系，在专案组出发前将犯罪嫌疑人的情况发给小尼，让小尼先查一查。

罗则与自己熟悉的一位马尼拉华侨取得了联系，在出境之前进行了“云调查”。

后勤人员为这五个人办好了出境手续，特意为“李宸熙组”准备了从老挝绕道马尼拉时要用的证件。

高支队长问罗则是否需要翻译，罗则摆了摆手，说：“无须，无须！琅南塔那边的人说话与景洪那边的人相似……到了菲律宾，实在需要翻译的话，请一位华侨即可。”

高支队长为他们准备了新手机，安装了“MESSENGER”“WHATSAPP”“VIBER”“钉钉”等聊天软件。在国外，如果微信被封号了，可以使用这些软件聊天。

陈总也寒暄了几句，问他们有什么问题需要解决。老罗久经沙场，不论是在境内出差还是去境外出差，都不在话下。周原梓没有什么牵挂，巴不得有这么个出差的机会。彭菲茗知道，境外比较危险。不过，她觉得，只要罗则在，就不会出问题。李宸熙和南浩甫都有孩子，但是他们早就习惯于长期在外了。

李宸熙想了想，决定轻装上阵。包里多了一部新手机，笔记本电脑也是新的。笔记本电脑是两个人共用的，里面安装了必备的工作软件。移动硬盘里面的软件并不多，需要时可以到总部的工具库里下载工作软件。专用的硬件工具，她只带了照相机、VOIP“猫池”实时捕捉仪和电子数据综合取证箱。李宸熙他们小组懒得带侦察无人机，支队的那台小型多功能侦察无人机就让“马尼拉组”带上了。

飞了一整天，他们从嘎洒机场出来的时候，景洪市公安局刑侦大队的岩罕已经在出口等候了。岩罕是李宸熙曾经的战友孙谦安排的，是他们在当地的接头人。孙谦是云南省公安厅刑侦总队的副总队长，几年前和李宸熙他们一起受公安部委派，前往老挝执行过任务。从闽越出发前，李宸熙向孙副总队长说明了情况。孙副总队长安排了一名熟知当地风土人情的傣族侦查员与他们对接，这名侦查员就是岩罕。孙副总队长用微信向李宸熙介绍了岩罕的情况，还把岩罕的照片发给了李宸熙。因此，一到出口，他们就互相认出来了。岩罕穿着很平常的 T 恤衫和牛仔裤，没有任何傣族人的特征。他说着纯正的普通话，毫无西南少数民族的口音。岩罕说，他是从云南警官学院毕业的，在昆明读书时矫正了发音。

已经是下午 6 点多了，天仍然很亮。雨过天晴，阳光普照大地，地上却湿漉漉的。此时的西双版纳，有了秋天的味道。西斜的阳光照在身上，并不觉得热。一阵风吹来，让人有了些许凉爽的感觉。

岩罕说，现在是雨季，雨总是下一会儿，停一会儿。雨停了，太阳就出来了。过一会儿，雨又下起来了。

岩罕说，这个时候，直接赶到磨憨口岸不太方便，最佳的入住地点是磨丁的黄金城特区。他们的车辆沿着昆磨高速路向前行驶，两个小时左右就到了黄金城特区。那里什么都有，吃住十分方便。岩罕已经在那里订了酒店，他们可以到酒店去用晚餐。

李宸熙表示听从岩罕的安排，周原梓自然也没有什么意见。

不过，周原梓问岩罕："为什么入住磨憨口岸会不方便呢?"

岩罕回答说："那里住的地方不多，没有预订是不行的。而且，吃东西也不太方便。从黄金城特区到磨憨……还得几十分钟。"

岩罕的车子向东南方向驶去。路上车辆稀少，他开车的速度极快。道路两侧是茂密的树林，小小的车子仿佛在树林中穿梭。公路旁偶尔会露出小小的山谷，谷外是大片的森林。在李宸熙的记忆里，从西双版纳出境，走的并不是昆磨高速路。当时，昆磨高速路好像并未投入使用。她问了岩罕，岩罕回答说："这条路，才启用了三年多……"

于是，岩罕和李宸熙聊起了磨憨口岸。现在，出境、入境十分方便。有了黄金城特区以后，那里便成了中老两国的"共用区"。中国人从口岸进入磨丁，老挝那边查一下身份证就可以通行。有时候，从黄金城特区到老挝的其他地方去，也没有人管。岩罕经常从磨憨口岸进出，和边检站的工作人员很熟。李宸熙他们出境后，住在琅南塔……白天去，晚上回，都很方便。

上次去琅南塔，是四年前的事了。这几年，不知道琅南塔有了什么变化。李宸熙想从岩罕那儿了解一些琅南塔的情况。岩罕说："你算是问对人了。这两年，我经常经过磨憨口岸去琅南塔，有时候一个月要去两三次。这几年，琅南塔热闹了许多。特别是昆磨高速路通车以后，从磨憨口岸出入境的人增加了不少。有很多人出境是为了游玩，也有不少人出境是为了诈骗。景洪警方得到了一些情报，到琅南塔搞诈骗的人可真不少。不过，对情报的核查，似乎还没有提到议事日程。”

说话间，李宸熙想到了几年前的琅南塔。那时候，琅南塔可是清静得很。人们在田间劳作，杂货铺的小伙计无精打采地盯着卧在柜台旁的狗儿。偶见游客经过，他便轻轻地吆喝几声，说话的口音和腔调与西双版纳人无甚区别。犬吠之时，从远处的琅南塔传来了低沉的钟鸣声。傍晚时分，突然传来了发动机的响声。来电了，琅南塔仿佛活了起来。于是，只有零星旅客住宿的农家旅舍里便充满了嘻哈之声。孟素岗小院里的达磨还在经营他的“奕沙万”吗?

他们开展警务工作，经常需要当地警方的支持。有许多外地警察难以搞定的事，本地警察也许不费吹灰之力就能搞定。李宸熙来过这一带，在琅南塔待过一段时间，但是与经常从磨憨口岸进进出出的岩罕相比，对当地的地理环境和风土人情了解得就不是那么透彻了。

快要到达黄金城特区时，天色终于暗了下来。此时，在他们的眼前出现了一束亮光。随着车子的行进，这束光越来越亮。岩罕说，前面就是黄金城特区了。放眼望去，一座座高楼拔地而起，灯火辉煌。在这么偏远的地方出现这样的小城，真是出乎李宸熙的意料。一直迷糊着的周原梓突然来了精神，感叹“蓦然回首，进入了万家灯火阑珊处”。

三、琅南塔并不平静

第二天，他们早早地就出发了。前一天晚上用餐时就定下来了，由岩罕送李宸熙和周原梓去琅南塔，以便驻扎在那里展开调查。岩罕是有准备的，接送李宸熙、周原梓的车子是“境内外两用车辆”。在磨憨换了车牌之后，他们就可以从磨憨进入磨丁了。

在琅南塔，开辟了几条新路，增添了不少新院落，不像以前那么安静了。此时，从远处传来了钟鸣声，夹杂着早市小贩的吆喝声。李宸熙还记得孟素岗小院的位置，便指挥岩罕驱车左转右拐，不一会儿就到了“奕沙万”的院子前面。

看到了那个门庭，李宸熙的心里就有数了，达磨还在经营“奕沙万”。李宸熙让岩罕先回去，返回嘎洒之前会给岩罕打电话。

达磨的小女儿磨月出现在了房门口，李宸熙认得她。那一年，李宸熙入住达磨家的时候，磨月还小。如今，她已经长成大姑娘了。磨月似乎也认得李宸熙，怔怔地看了李宸熙一会儿，轻轻地叫了一声“姐姐”。李宸熙走上前去，拉住了磨月的手。磨月伸出手去，同时把李宸熙的行李接了过来。周原梓在一旁笑着说道：“熙姐，你们跟亲人似的。”

一位老者立在外院的门口，他就是达磨。李宸熙自然认得他，连忙走上前去。达磨愣了好一会儿，终于认出了李宸熙。离别后的四年里，他们没有任何联系，却仍然彼此记得。

李宸熙喊道：“达磨师傅！”

达磨笑了笑，说：“小李！”

李宸熙再次想起了住在达磨家的日子，达磨他们全家无微不至地关照她和两位战友。半个月的时间里，他们彼此关心，结下了深厚的友谊。完成任务的那天晚上，孙副总队长做东，请达磨他们全家吃了顿饭，在磨丁打工的大儿子磨杰也回家了。晚宴上，达磨打钹，达磨的妻子敲锣，达磨的两个女儿翩翩起舞。达磨说，他们的祖辈是来自云南的基诺族。他给儿孙起名时，会遵照基诺族的习俗。他的小女儿跳的是基诺族的舞蹈，是咪烤教的。

李宸熙把周原梓介绍给了达磨。达磨知道他们有公务在身，便没有多问。他们没有主动提问的习惯，但是会很有耐心地回答李宸熙他们提出的问题。

于是，磨月就把李宸熙他们领到了内院。

李宸熙发现了达磨家的一些变化，他们在外院与内院之间的空地上盖了一间新房。磨月解释说，这些年，住宿的人多了，母亲就加盖了这间房，用作饭堂。

周原梓说，他有一种回家的感觉。这里的人都说云南话，柜子上摆放的食品、生活用品都是中国造的，就连方便面都是他所熟悉的“今麦郎”“康师傅”……内院的房屋很像他老家的老屋，看着很亲切。刚才，他看到几位客人用微信支付，与在国内毫无二致。

来不及过多地交谈，李宸熙和周原梓立刻行动了起来。琅南塔这边用的是黄金城特区的网络，由中国的通信运营商运营，国内的通信工具在这里也可以正常使用。

“奕沙万”在高处，对实施VOIP“猫池”实时捕捉很有利。周原梓带上VOIP“猫池”实时捕捉器，来到了“奕沙万”后面的小山头。他打开开关，捕捉了起来。东、西、南、北、中，到处都有正在运行的VOIP“猫池”发射的信号。周原梓见状，十分兴奋。此时的他，就像一位垂钓者，因为发现暗流之下有好多鱼而兴奋不已。

他使用捕捉器进行搜索，捕捉到了几十处VOIP“猫池”的安置处。犯罪窝点如此密集，没有任何伪装，说明此处从未受到

“打击电信网络诈骗者”的“关注”和“打扰”。行骗者收放自如，放心大胆地使用 VOIP 进行诈骗。正如岩罕所说，景洪警方获取了“骗子在琅南塔行骗”的情报，但是来不及应对。离琅南塔最近的景洪警方尚且如此，其他地方的警方就更不用说了。

密密麻麻的“猫池”装置如同摆在李宸熙面前的一道道难题，等待着她去破解。这么容易就找到了诈骗窝点，似乎一出手就可以把它们全都端掉。但是，能这么轻易地就出手吗？不能，绝对不能。这一次，“李宸熙组”的任务是找到钟天楚、符有辰、庄新致所在的犯罪窝点。如果盲目地去找，找到了其他窝点，只会惹来麻烦。当然，过不了多久，这些窝点就都会被铲除。

那么，钟天楚、符有辰和庄新致会躲在哪个窝点呢？周原梓提议，把钟天楚、符有辰和庄新致的躲藏地简称为“钟符庄”。李宸熙也觉得这样称呼很方便，于是就有了“钟符庄”这个称呼。

李宸熙继续向达磨了解情况。达磨说，来到此地的中国人增加了很多，不知道都来干什么。开始，他以为他们是来旅游的，可是有的人一待就是好多天。

李宸熙把钟天楚、符有辰和庄新致的照片拿给达磨看，达磨摇了摇头，表示没见过。

达磨问李宸熙：“可不可以把照片拿给我的家人看看？”

李宸熙说：“当然可以。”

达磨的家人看了照片之后，纷纷摇头，表示不认识。

从 VOIP“猫池”的运转情况来看，琅南塔的确聚集了不少搞“电诈”的中国人。根据“电诈”犯罪的规律和特点来分析，骗子基本上缩在窝点里，能不露脸就不露脸。因此，“从人到窝点”并不是好的调查路径。

“奕沙万”那边还没有开工，员工们都闲着。李宸熙和周原梓看准了时机，分头在院内找人寻问。

李宸熙还记得，那位厨师是四川人。只是，不知道那个人是否还在“奕沙万”。李宸熙往外院走的时候，见到了厨师老卢。老卢站在新饭堂旁，手里拿着一个盆。李宸熙和老卢打了一声招呼，加快脚步迎了上去。老卢说，老达对他好着呢。他一直在“奕沙万”，并且会继续干下去。这几年，客人多了起来，大多是从国内来的。老卢问客人们来干什么，他们说来旅游。李宸熙问老卢，是否听说过中国人来琅南塔搞诈骗的事情。老卢回答说，听说过，但是没见过。

在外院的东侧，李宸熙遇到了周原梓。周原梓正在跟一个小伙子聊天，见李宸熙走过来了，连忙打招呼：“熙姐好！这是小戴，从安徽过来的，知道一些情况。”

小戴是一名管理员，一年前到琅南塔来旅游，在“奕沙万”遇上了达磨。那时候，“奕沙万”那边缺人手。小戴很喜欢琅南塔，觉得达磨人挺好，在“奕沙万”的收入也还可以，就留下来了。那一年，小戴来琅南塔的时候，在车上遇到了一伙人，好像就是搞诈骗的，路上一直在商议搞“电诈”的事。

周原梓问小戴：“你是不是和那伙人一起到琅南塔来的？”

小戴回答说：“是的。”

周原梓又问：“后来，那伙人去哪儿了？你是否知道他们的姓名？后来，你和他们有没有联系？你有没有再见到他们？”

小戴回答说：“到了琅南塔的车站，我就和他们分开了……好像有人到车站去接他们，我不知道他们的姓名。有一次，我在南塔河边碰到了那伙人中的一个。那个人在河边玩，我和他打了招呼，但是没有留下联系方式。”

小戴20多岁，与那些搞“电诈”的中低层人物年龄相仿。此时，让小戴协助调查是可行的。李宸熙让小戴看了看“钟符庄”的照片，小戴说没见过这些人。李宸熙和达磨商量了一下，想让小戴帮忙干一些事情。达磨很自然地同意了，但是“亲兄弟明算账”，“李宸熙小组”用了达磨的工人，自然是要付费的。

到目前为止，琅南塔仍然是电信网络诈骗犯罪的天堂。明知道骗子到处都有，李宸熙他们也不能轻易出手，只能去找“钟符庄”的犯罪窝点。

根据初步获取的信息判断，在这小小的琅南塔，应该有一千多个中国人。无疑，诈骗分子就混在这些口音各异的中国人当中。当地人大都讲云南话，如果有人说话时不带云南口音，说的又是中国话，那么他十有八九是骗子。

李宸熙和周原梓再一次观看了与“5·11”案件有关的视频，仔细研究了一下李纪元和田晓络对话的场景和细节。那个人的真实姓名是“钟天楚”，与田晓络对话好像是在二楼。钟天楚讲话时略带广东口音，而符有辰讲话时则带有海南口音。他们没有听到庄新致的声音，但是有他的照片。通过观看视频和照片，他们发现这两个人的长相的确符合广东人和海南人的特征。

这些骗子蜷缩在一个并不局促的空间里，大概在至少有两层的建筑物里。在那个空间里，存有手机、电脑、VOIP设备和服务器等，均能正常使用。因此，那个空间应该具备使用这些设备的条件。

在琅南塔，中国人如何能够拥有这样的空间呢？答案是：自己搭建或租赁。很显然，自己搭建这样的空间是不切实际的。根据电信网络诈骗的犯罪嫌疑人选择犯罪窝点的规律来判断，租赁最为常见。基本上可以肯定，“钟符庄”会去“租赁场地经营”。

怎样才能找到“钟符庄”的犯罪窝点呢？他们经过整理，有了点儿眉目。这个建筑物至少有两层，里面放有各种行骗用的设备。有很多人正在使用这些设备，其中就有“钟符庄”。很显然，这个窝点是骗子租来的。

在国内，摸排此类犯罪窝点的时候，可以依托“出租屋管理系统”。可是，“钟符庄”的窝点在老挝。在琅南塔，租赁房屋十分自由。房东和房客自主签订租赁协议，交了钱便可以入住。房东根本不用理会房客在出租屋里做什么，更不要说动用“出租屋管理系统”了。

因此，要想让摸排工作顺利进行，还得另想办法。

于是，他们研究了一下琅南塔的建筑物。这里的建筑物大都不高，两层的结构。比如，“奕沙万”的建筑物就是砖混结构，分上下两层，内外墙都涂了薄薄的彩色涂料。楼层似乎不是缩小侦查范围的关键因素，只有与发射 VOIP“猫池”信号叠加起来，才能使侦查范围缩小。

周原梓心想，在这种情况下，摸排工作会很难进行。在国内搞一次大规模的摸排行动就会有结果，可是在这儿行不通。没有人力，更重要的是不能让骗子察觉……

李宸熙打开了出发前下载的琅南塔地图，周原梓再次检测了 VOIP“猫池”发射信号。周原梓报出经纬度，李宸熙把“点”标了出来。剔除了一层建筑的“点”之后，共标出了 89 个“点”。李宸熙一边标注，一边说：“下次进行大规模‘端点’的时候，就不用再标了。”

哪个“点”会是“钟符庄”的窝点呢?

挨个查?量太大,而且这类窝点是不会轻易让外人进入的。

怎么找呢?

李宸熙想到了钟天楚欺骗田晓络时使用的电话号码。除了用VOIP设备改出来的那些电话号码,他们还查出了“17023225×76”这个GOIP网络号码,是中国联通的虚拟运营商运营的。可以试着用“17023225×76”这个号码与有关的“生活机”进行关联,以便发现“钟符庄”窝点的位置。

一旦关联上了“生活机”的号码,就可以通过技术侦查手段定位了。但是,对这些正在使用的境外电话号码进行技术定位,不是一件容易的事。李宸熙认为,搞到“生活机”的号码之后,可以找借口直接给机主打电话,问清他的具体位置。他的具体位置,就是“钟符庄”窝点的位置。

李宸熙给高支队长打了个电话,说明了情况,希望高支队长能够利用刑侦总队大数据侦查平台的“701系统”协助调查。

下午,李宸熙带上周原梓和小戴,顺着标识线查看了一番。那些发射VOIP“猫池”的地方大都没有门牌,院门紧闭。登上附近的高地,往院子里看,有时会发现许多人在活动。周原梓试着去敲门的时候,有的院子里面的人不愿意开门,有的院门口出现了保安。保安问“有什么事”,周原梓只好撒了个谎。

傍晚时分,高支队长来电话说,他们费了九牛二虎之力,终于发现了一些线索。“17023225×76”这个号码处于停用状态,却关联了三部“生活机”。这三部“生活机”的号码前三位分别是“170”“139”和“131”,这些号码仍在使用。

他们商量了一下,李宸熙决定让周原梓假冒琅南塔供电局的工作人员，用当地的电话给“生活机”打电话，弄清用户的确切地址，交代用电问题。周原梓虽然讲话时略带口音，但是语言表达能力极强。那些西南的“官话”，他一学就会，一般人听不出差别。电力对琅南塔人来说十分重要，供电局的人确实会打电话与市民谈论供电的事情。三部“生活机”都是可用的，都可以联系。当然，如果给一个“生活机”打电话就把问题解决了，就无须再打其他的了。

夜间，并不是很适合打电话。晚餐后，李宸熙带着周原梓，顺着标识线继续查看。这个小城已经不像原来那么平静了，街道两旁摆满了大排档，有不少人来吃夜宵，喝老挝的啤酒。琅南塔的人口数量与中国的一所中型大学的人数差不多，但琅南塔的面积却比中国的中型大学大多了。李宸熙和周原梓不停地走啊走，才走了不到一半路……

周原梓查了琅南塔供电局的电话号码，从总部的数据库里下载了一个改号软件。第二天一早，周原梓便以供电局工作人员的身份拨通了“131”开头的手机号。机主是个男的，说着不太标准的云南话。周原梓并没有问他的姓名，只是核实了所谓的住址。机主不假思索地说出了地址：“南塔河东岸……丰沙里路……沙湾拿院。”

挂断了电话，周原梓说：“他好像听出来了！接电话的人在学云南人讲话，本来应该讲海南话。”周原梓觉得，接电话的人很有可能是“钟符庄团伙”的成员。

于是，周原梓冒充供电局的领导拨打了“131”开头的手机号，理由是到沙湾拿去检查水电，需要机主配合。他还问了机主的姓名，机主说他叫“苏辰”。周原梓心中暗喜，因为他听出来了，机主在瞎编。

在这个“电诈”的天堂，骗子是不会怀疑打电话的人的身份的。不过，李宸熙还是想化装成供电局的工作人员进行侦查。她向小戴、磨腊借了衣服，向达磨借了电工装备，还带上了小戴。

稍微装扮了一下，三个人都有了不小的变化，成了妥妥的当地电工。

他们驾驶着达磨家的工具车，出发了。和“奕沙万”的房子一样，沙湾拿的房子也是二层的结构，只不过没有外院和内院之分。院门的结构很简单，院子内外都没有保安守着，只有一幢二层小楼立在院子中央。

周原梓喊了一声“苏辰”，一名男子走下楼来。天哪，这个人正是符有辰！

于是，周原梓便让苏辰带着他们四处检查。苏辰在前面带路，周原梓、李宸熙和小戴紧随其后。周原梓、李宸熙和小戴都背着电工袋——达磨家的袋子可真多！

有不少人在电脑前操作，还有人在使用手机。除了正在使用的手机，桌子上还放着其他手机。屋角叠放着好几台旧电脑，还有一些路由器。典型的诈骗现场！

见此情景，周原梓说道：“老兄啊，挺热闹的！公司……很景气啊！”

苏辰回答说：“还好，还好！”

服务器放在一楼西侧的房间里，上下两层都是诈骗场所。二楼的房间被打通了，庄新致坐在东北角的座位上。

李宸熙和小戴不停地查看，周原梓用“针孔”设备偷偷地录了下来。

只是，没有见到那个叫“钟天楚”的人。他离开了吗？

李宸熙发现东侧的一个房间关着门，便让苏辰把门打开。

苏辰说：“老板在里面。”

周原梓回答说：“那也要看！”

苏辰敲了敲门，门开了。眼前出现了熟悉的场景：里面有两个人，一个是钟天楚……另一个是谁呢？

周原梓对李宸熙使了个眼色，李宸熙会意地点了点头。她也认出来了，另一个人就是龙元柯——龙老板！

第九章　喧嚣的马尼拉

一、小尼

罗则说："大家就怀着走亲戚的心情去马尼拉吧！"

的确，罗则有好多亲戚在马尼拉。罗则心里有数，亲戚是可靠的。于是，他决定让专案组的成员住在他的亲戚家。

他的这个亲戚叫"吴辉奕"，是他的表弟。20 世纪 90 年代，为了接管财产，吴辉奕去了马尼拉，罗则帮他办理了出境手续。

罗则去过吴辉奕家很多次，到菲律宾去办案时就住在吴辉奕家。吴辉奕有很多房产，每次都会腾出一层楼甚至一整栋楼供罗则他们使用。

吴家的房产大都在巴石河以北的岷伦洛区，那里华侨众多。在马尼拉，除了这位表弟，罗则还有几个远房亲戚，住在汤都、帕西格等地。

从厦门直飞马尼拉，省时又省钱，是正确的选择。"李宸熙小组"出发后，第二天上午，"罗则小组"就从闽越到了厦门，又从厦门的高崎国际机场起飞，傍晚就到了马尼拉的尼诺伊·阿基诺国际机场。

天色渐暗，微风轻拂，这里的气温好像比闽越还低一点儿。罗则他们照例穿着T恤衫和牛仔裤，走出了机场。

吴辉奕派车在机场的出口迎接罗则他们一行人，把他们送到了吴家。当晚，安排妥当之后，吴辉奕携家人宴请了罗则他们一行人。

为了寻找犯罪窝点，罗则想出了许多招数，但他觉得都不是高招。他们来到境外寻找电信网络诈骗窝点，这种情况并不多见。以前到境外寻找犯罪窝点，都是知道窝点之后，简单粗暴地公开行动。这一次有所不同，需要秘密进行境外调查，找到骗子，还要把骗子与窝点联系起来。

在闽越，他们使用了GOIP“猫池”实时捕捉技术辅助查找法。但是，在马尼拉，这种方法根本行不通。马尼拉的骗子把GOIP的主要设备架设在中国境内，而不是马尼拉。即便骗子把GOIP的主要设备架设在马尼拉，在闽越使用的“建模寻找GOIP主要设备法”也无法在马尼拉使用。在马尼拉，没有“出租屋管理系统”支持，也无法调集那么多协查的人力。

将涉案的电话号码与新的号码进行关联，是需要考虑的。尽管在境外，但是也需要手机定位，必要时还要使用侦察无人机。

无论如何，都要先缩小侦查范围。要想在马尼拉的大都会圈寻找“8·11”案件的犯罪窝点，真是比登天还难。除非缩小了侦查范围，知道了窝点在哪一个区域……手机定位啊，无人机啊，就能派上用场了。即使手机定位和无人机不管用，也可以用土办法找到犯罪窝点。

罗则准备带上南浩甫和彭菲茗，先到马尼拉去看一看。有了初步的认识之后，他们再制订具体的行动方案。

吴辉奕安排了一辆“库柏”车给罗则使用，还说他有很多车，随时都可以借用。他问罗则是否需要司机，罗则说不需要，可以让南浩甫开车。在马尼拉，车辆方向盘的位置与中国大陆相同，交通法规也和中国大陆差不多。

保安们雄赳赳地列队向前走，肩膀上扛着长枪。彭菲茗听说菲律宾的保安很牛，都配了长枪，现在终于看到了。彭菲茗甚至在想，长枪里究竟有没有子弹？会不会只是一种摆设？

不时地有猫狗蹿到马路上，有时还会跑出来几头猪。大家见怪不怪，各走各的路。摩托车轰鸣，“吉普尼”急停，不时地从车里跳下来不穿鞋的小伙子。路上的行人蹦跳着，一路小跑。

以何达乐为代表的十几个骗子的形象深深地印在了各位专案组成员的脑海里。真希望从哪儿能冒出来其中的一个，但却没有……当然，没有是正常的。正如大家所想，按理说，应该“从人到窝点”……但是，那些骗子要是缩在窝点里不出来，可就不好办了。从犯罪的特征来看，恰恰会是这样。

其实，出来溜达，除了让大家对马尼拉有初步的认识，还可以去会会小尼。

几年前，罗则物建了小尼这个境外线人。那一年，为了侦破一起跨国贩卖人体器官案件，罗则通过老乡的关系物建了几个“专案线人”。结案后，有的线人断线了。有的线人从“专案线人”变成了“情报线人”，小尼就是其中的一个。说是“小尼”，其实他已经30多岁了。他长期靠近黑灰产业和黑灰区域，可谓“近黑而不黑”。他懂得规矩，服从安排，人很实在，既靠谱又灵活，是经得起考验的好线人。罗则很放心地用了他好几年，本想把他转给其他刑警，可是还没来得及转就又用上了。

一直以来，罗则和小尼保持着单线联系。可是，这一次，他想把小尼介绍给南浩甫和彭菲茗。将来，小尼还能派上用场，所以他想借此机会把小尼转给南浩甫。

在闽越的时候，罗则就给小尼布置了任务。

罗则让南浩甫把车停下，可是附近没有停车位，南浩甫不知道应该把车停在哪里。

罗则用手指了指东面，笑着说道：“小南，你看，那儿有个车位！你不懂，这城市里啊……只要有空位就能停。”

“也是……我忘了，以为在家里。”说着，南浩甫把车子停在了车位上。

小尼在“Coffee Project”和罗则他们一行人见了面，罗则介绍他们认识了。小尼一开口，南浩甫和彭菲茗就笑了。

“喝个早茶，现在人少……到了下午，人可就多了。”小尼带着地道的闽南口音说道。

小尼把罗则他们一行人领到了咖啡屋的东侧，那里没人，比较清静。虽然顾客不多，但是室内的灯全开着。暗红色的地面、浅蓝色的墙壁、原木色的桌椅，到处都很干净。罗则抬头一看，发现了一个阁楼。阁楼上有一个玻璃柜，里面放各色的咖啡豆，有草绿色的、橙黄色的，还有深褐色的。“Project”的装潢以花园为主元素，别具一格。

彭菲茗四处瞧了瞧，对马尼拉的印象大为改观。小尼强调说，在马尼拉，咖啡屋分布密集、花样繁多，可谓“一大景观”。

服务员很快就端来了咖啡和甜点，这是小尼事先点好的。

“尝尝吧，大众口味……就不征求各位的意见了。”小尼拿着小勺，轻轻地敲了敲咖啡杯。

“没事，我们什么味道都能适应。尝尝，尝尝！”罗则说。

紧接着，服务员又端来了紫薯糕、卡卡宁、福建芋泥糕等点心，摆了一大桌。

大家也不客气，边吃边聊。

小尼看了看彭菲茗和南浩甫，罗则会意地说：“不碍事，什么都可以说。”

小尼啜了一口咖啡，说道：“以前，我关注过这件事。老罗不需要这方面的情报，我也就没太上心。我听说过，来了很多搞诈骗的，通过网络诈骗。罗总关心的是，这些人都躲在哪儿。这几天，我打探了一下。有知情人告诉我，窝点啊，大部分在南边……帕西格区、港区、圣安礼布基区、圣塔安娜区都有。那位老乡说了，一般人以为他们会选岷伦洛区建窝点，其实不然。这些骗子啊，不愿意选择唐人街。他还说，在华人区建窝点不方便，容易被举报。我想了想……也是啊！如果发现自己人骗自己人，是会被举报的。”

在马尼拉，有大大小小 16 个区。缩小侦查范围之后，只剩下了四个区。情报是真的还是假的呢？

那个知情人说的挺有道理。一般人会认为，骗子最有可能混在华人多的区域设置窝点。其实不然，因为华人会举报——中国人骗中国人，在华人区一定比在别的区容易被举报。

在逻辑上说得通……仅仅是在逻辑上说得通而已。小尼提供的情报，还得通过其他途径加以验证。

罗则试探着问小尼，是否见过可疑的诈骗窝点。小尼摇了摇头，说：“我也不知道窝点长啥样。”

离开之前，罗则要付给小尼“特费”。小尼说，用微信转账即可。两天过去了，微信仍然可以正常使用。

罗则把何达乐等犯罪嫌疑人的照片留给了小尼，让他协助他们查一下这些人躲在马尼拉的什么地方。

小尼问罗则：“可不可以发朋友圈？”

罗则想了一下，点了点头，说：“可以。”

骗子把窝点设置在巴石河以南，离罗则他们住的地方比较远。罗则心想，要不要转移到南边去住？

还是要先理一理，结合马尼拉的实际情况理一理。

在这种地方，一些基本的要素是不可或缺的：要有可以容纳几十人甚至上百人的场所，水电供应正常，可以在那里做事，也可以在那里吃住。那里要有很多电脑、手机和服务器。最重要的是，要有网络，而且要畅通。

这种场所一定不是诈骗团伙自有的，因为骗子来自中国。这种场所一定是当地人提供的，可以是出租的，双方或多方合作。

这种场所一般不太好隐藏，流量的使用和电力的使用会很明显。只可惜，在异国他乡，调查出租屋的电力和网络使用情况很难。

罗则让彭菲茗看了看地图，确认了帕西格区、港区、圣安礼布基区、圣塔安娜区的位置。罗则决定，先到这几个区去打探一下。

港区离他们住的地方最近，圣安礼布基区离他们住的地方最远。罗则决定，先到圣安礼布基区，再到圣塔安娜区，然后折回帕西格区，再到港区，最后回住地。

车子很快就上了岷伦洛—王城桥。这是一座有四条行车道的“桥系钢杆搭桥”，桥上交通拥堵，车辆行驶缓慢。巴石河水流和缓，水上漂浮着成片的绿色水葫芦。

为了避开拥堵路段，南浩甫打开了“北斗”手机导航系统。车子慢悠悠地行驶了将近两个小时，终于进入了圣安礼布基区。大家根据自己的构思，寻找着适合设置窝点的建筑物。见南浩甫不时地四处张望，罗则连忙提醒道：“找个合适的地方，把车停下来，探个究竟。”

南浩甫找到了一个空着的停车位，把车停了进去。

“罗总啊，也许窝点就在这种类型的建筑物里！”彭菲茗抬头看了看眼前的建设物，“有好几层，空间挺大。可以在里面搞诈骗，还可以吃住。用电是不成问题的，只是不知道网络的使用情况。”

“是啊，基本条件是符合的！可是，这样的建筑物太多了。多了，就难找了。”罗则说道，“不过，我倒是受到了启发。或许骗子就租住在这样的建筑物里……方便。对大的团伙来说，那种居民楼反而不太合适。”

“是啊，楼主要是与骗子合作，就更便捷了。”南浩甫说道。

“我们还是先到处瞧一瞧吧！真希望何达乐他们这帮骗子能从哪儿冒出来！”罗则说道。

一见到可疑的建筑物，罗则就让南浩甫把车停下来。三个人围着建筑物溜达了几圈，彭菲茗还用照相机把建筑物连同周围的环境都拍了下来。

从表面上看，圣安礼布基区有不少华人。只是，不知道他们是华侨，还是来自中国的游客。

发现有一个人长得像中国人，罗则便上前搭讪。一问便知，这个人是华侨。据说，除了岷伦洛区，马尼拉的其他区也有华侨，只不过人数不太多。偶尔会碰到一些从中国来的游客或生意人，还有来求学的学生。他问了五六个人，就是没有来找工作的……

罗则心想，那些骗子就算被问到了，也不会说是来打工的，一定会说自己是来做生意的。的确，他们把诈骗当成了做生意。

骗子要是打着做生意的幌子租用场所，就名正言顺了。

他们来到圣塔安娜区，见到的情景与圣安礼布基区大同小异。帕西格区比较热闹，华人的面孔出现得比圣安礼布基区和圣塔安娜区多了一些。港区的街道十分喧嚣，行人多了起来，华人的面孔出现得更多了。

虽然不觉得饿，但是他们三个人还是在港区吃了一顿便餐。他们点了“Champorado”“配对普陀”和“pancit”，风味独特。

吃饭的时候，彭菲茗有些心不在焉。她若有所思，嘴里念叨着：“一个场所，里面有好多人，大都是中国人。他们在使用手机、电脑，还有服务器。网络畅通，水电不缺……”

林立的高楼、喧闹的人群……犯罪窝点到底藏在哪儿呢？

寻找建筑物用的数据模型做出来了，可是建筑物在哪个区还有待确认。来自小尼的情报具有一定的合理性，但是不能不经过验证就全部相信。上午的考察的确让他们对这里有了感性认识，但是并不能证明犯罪窝点就在帕西格区、港区、圣安礼布基区和圣塔安娜区。

南浩甫提议，让后方的人员进一步提供技术支持。罗则觉得，可以再试一试。

他们尝试了好一阵子，高支队长回复说：“简单地监测了一下，‘8·11’专案以及并入‘8·11’专案的案件，涉及的网站IP、域名，包括‘www.cdw.com.cn’，并没有被重新使用……从境内渗透，仍然没有什么进展。”

涉案的 GOIP 电话号码通过 GOIP 设备实现了来电转接，无法定位。因此，罗则让高支队长设法关联上涉案的手机号。高支队长的回复是：在境内，依旧无法关联。

罗则有些不甘心，想再碰碰运气。

罗则把南浩甫、彭菲茗叫过来，想在当地试一试。

罗则把从国内带来的笔记本电脑、手机定位仪和移动硬盘拿出来，摆到了桌上：“骗子的确花了本钱……弃用的网站没有重新启用。在国内，想关联涉案的‘生活机’是很难的，没能实现。浩甫啊，咱们在这儿试试，看看能不能关联上！”

南浩甫从移动硬盘里下载了一些应用软件，放到了笔记本电脑里。他将中国手机主运营商与菲律宾手机主运营商的系统捆绑起来，构建了一个“两地手机卡号关联系统”。他随机选择了 229 起案件涉及的手机号，选定了不同的时段，进行关联。他尝试了一个又一个号码，持续了近一个小时，仍然没能关联上。

这样的关联，在理论上是站得住脚的。但是，在实践中，南浩甫是初次尝试，能否成功还未可知。

时间如此宝贵，却要花去这么多时间，投入这么多精力，真是累心啊！

天色渐渐地暗了下来，他仍然没有收获。

在彭菲茗的记忆里，那些与“迪纬通”相关的虚拟手机号码都是要重点关联的。这些虚拟号码之间是有区别的，已知电话号码的使用情况是不同的。彭菲茗调出《“8·11”专案动态并案图表》，对电话号码进行了梳理，挑出了 17 个虚拟号码中未被使用的号码，提交给了南浩甫。

终于关联上了!

“罗老师,有了!”南浩甫兴奋地拍了拍彭菲茗的肩膀,“菲菲啊,你给我的第一个号码……就关联上了。运气好啊!”

关联上一个号码,就算大功告成了。南浩甫趁机又关联上了几个号码,最终用“170”开头的未用虚拟号码关联上了Globe运营商的号码“09173697×86”和“09165648×86”,还有Smart运营商的号码“09121690×53”。

有了这些“活的”马尼拉手机号码,就不愁找不到犯罪窝点了。

二、“吉普尼”

专案组的民警们不分昼夜地连续奋战了20多天。到了马尼拉之后,他们马不停蹄地投入了调查工作。罗则决定,当晚就去了解夜幕下的马尼拉。

彭菲茗提议,乘坐“吉普尼”去进行调查。她说,外观五彩斑斓的“吉普尼”怪有意思的,不坐一下对不起自己。罗则笑了笑,完全同意。

“吉普尼”随叫随停,即使没有空位了,司机也会让乘客上车。司机一边接过比索,一边喊道:“挤挤吧!”没等乘客站稳,“吉普尼”便“嘭嘭”地向前驶去。还好,“吉普尼”行进得慢悠悠的。还好,没过多长时间就有人下车了。

“FILIPINEPERI”沿着罗哈斯海滨大道向南驶去。这条大道十分宽阔,两侧长着高高的椰树。道路两旁的街区高楼林立,灯红酒绿。那些建筑物别具特色,有别于欧式建筑和中式建筑。

“FILIPINEPERI”进入了港区，彭菲茗四处瞧了瞧，指着高楼对南浩甫说：“窝点会不会就藏在这类建筑物里?”

南浩甫调侃道：“没有摸清情况之前，一切皆有可能。要不，咱们下去瞧瞧?”

“好吧!”罗则说着，向车门走去。他拍了拍车门，车便停了，三个人下了车。罗则向灯火辉煌的地方奔去，彭菲茗和南浩甫紧随其后。

当然，他们并不是真的要去寻找犯罪窝点。他们拦下了一辆去黎刹尔公园的“吉普尼”，发现车厢里没有人，车顶上却躺着好多人。司机上身穿着黑色T恤衫，下身穿着红色短裤，脚踩“人字拖”，右手的五个手指间夹满了比索，左手握着方向盘，悠闲地将“JAMINMANILA”往前挪动。

罗则知道，来到马尼拉，一定要看一看黎刹尔公园。这个公园因纪念菲律宾的民族英雄黎刹尔而得名，面积很大，游人颇多。登上公园里的小山坡，你会看到庭院里挂满了各式各样的灯饰，五彩缤纷、辉煌灿烂。

晚上10点钟，他们开始往回赶。罗则想，还得去见见表弟。如果犯罪窝点真的在巴石河南岸，就得把办公场所移到南边去。

用完早餐，南浩甫继续在笔记本电脑上安装定位软件。在菲律宾，使用的是GPS系统。于是，南浩甫便尝试着对三个号码进行GPS定位。折腾了半天，也没有能够获取移动手机的位置信息。一个不行，两个不行，三个都不行……南浩甫意识到，骗子在搞反侦查。他们大概是对“生活机”的GPS定位模块进行了处置，导致GPS定位系统无法捕捉到三个手机号码的位置。

南浩甫将手机定位仪和笔记本电脑进行了连接，进入

“Globe”“Smart”体系，调集了“Globe”“Smart”基站数据，试着对“Globe”的“09173697×86”“09165648×86”和“Smart”的“09121690×53”进行定位。

南浩甫不停地点击鼠标，定位仪并未响应。这几部马尼拉手机处于被使用状态，为什么不能定位呢？难道是狡猾的骗子耍了什么花招儿？

南浩甫瞧了瞧彭菲茗。彭菲茗摇了摇头，表示不明就里。这时候，罗则刚好不在。即便罗则在这里，此类问题恐怕也难以搞定。尽管罗则是信息技术应用方面的高手，但是这么具体的技术活儿，他也未必能干得明白。南浩甫想了想，还是打算请教李宸熙。在“电信网络诈骗犯罪侦查支队”流传着这样的口头语：“就没有熙姐不会的……如果熙姐也不会，那就老老实实地认输吧！”

不愧是熙姐，听南浩甫这么一说，就差不多知道搞不定的原因了。

李宸熙认为，无法定位，可能是因为软件冲突导致定位仪无法关联菲律宾的运营系统，所以建议改用其他对接软件。

南浩甫从总部的软件库里下载了几个对接软件。试到“Y号对接软件”时，定位仪有了响应。

“哈哈，成了！熙姐，高明！”南浩甫拍了拍彭菲茗的肩膀，“菲菲啊，告诉熙姐，搞定了……顺便关心一下他们那边的情况。”

“09173697×86”“09165648×86”和“09121690×53”的位置相继定了下来。位置基站对应的经纬度分别是东经121度、北纬15度，三个号码的使用地在同一个区域。进一步缩小范围，基站的位置大概在马尼拉的帕西格区。不过，基站之间的间隔有些大，没有信号覆盖的区域比较多，难以精准地定位手机号码。

恰在此时，罗则回来了。

南浩甫向罗则汇报了定位的情况。目前，只差最后的确认了，犯罪窝点应该在帕西格区。

罗则看了看电脑，点了点头，说："应该是帕西格区。刚才，小尼也说了，有人在帕西格区看见我们让小尼盯着的人了。一会儿，我去会会小尼。"

彭菲茗趁机说道："报告罗总，刚才向李宸熙请教时，顺便了解了一下他们那边的情况。熙姐说，他们那边挺顺利的，明天就有可能来咱们这边了。"

"哈哈，顺利！我正担心人手不够呢！"罗则笑着说道。

罗则让南浩甫进一步确认，他带上彭菲茗去见小尼了。

小尼约罗则在洲仔岸19号的"香啡缤"咖啡屋见面。他说，"香啡缤"到处都有，小心走错了路。他给罗则发了个定位，强调那个咖啡屋离罗则的住处很近。

罗则没有让小尼来自己的住处，也没有介绍小尼与吴辉奕认识。罗则有自己的规矩，认为与线人单线联系是必要的。如果让小尼和吴辉奕走得太近，就有可能使小尼失去线人的价值，使从小尼那里得到的情报受到"污染"。

洲仔岸19号离罗则的住处不远，罗则本想走路过去，可是突然下起了大雨，罗则只好让彭菲茗去开车了。

彭菲茗穿着蓝色牛仔七分裤，上身穿的T恤衫换成了浅蓝色衬衣。她脚上穿着白色帆布鞋，走起路来特别轻快。彭菲茗快速向停车场走去，罗则大步流星地跟了上去。

走在前面的彭菲茗，无论是穿着打扮还是长相，都无法与侦查员的身份相提并论。可是，彭菲茗就是侦查员啊！而且，她是一名合格的侦查员。所以说，在新的时代，再也不能用老的标准去衡量侦查员了。

小尼说，他把照片发给了不同区域的几个可靠的朋友，让他们帮助寻找照片上的人。一个叫“小布”的朋友在帕西格区的马卡提和SM商场对面发现了一个人，偷偷地用手机把那个人拍了下来。

小尼拿出手机，把照片发给了罗则。这不就是那个技术员展源吗？在展源的旁边，站着一名年纪稍轻的男子。

彭菲茗用手机快速核实，确认了照片上的人就是网站的搭建者、管理员、运维人员展源。

展源出现在帕西格区的马卡提和SM商场对面，而南浩甫定位的窝点也在帕西格区。看来，犯罪窝点的位置可以确定了。

前一天晚上，罗则将有可能转移到南岸开展工作的事告诉了吴辉奕。

吴辉奕问：“转移到哪个区？”

罗则没有明确地回答。

现在，犯罪窝点确定了，是时候对表弟说了。

听说要去帕西格区，吴辉奕笑着说道：“表哥啊……小事！那边也有……什么时候去都行。”

罗则听说，吴辉奕在马尼拉发展得不错，但是没想到他有这么多房产。刚才听表弟说起这件事，感觉有点儿像开玩笑。

傍晚时分，李宸熙专门给罗则打了个电话。飞机要是不延误的话，他们第二天中午就能到马尼拉。罗则问李宸熙，行程是怎么安排的。李宸熙回答说，他们计划傍晚从嘎洒飞往马尼拉的尼诺伊·阿基诺国际机场，中间在广州转机。周原梓特地插话说，他们在琅南塔见到了龙元柯。

真是神速啊！一级金主龙元柯的现身让罗则他们受到了莫大的刺激。罗则觉得，必须继续提高效率，以最快的速度发现窝点，尽快收网。

“快过来啊！熙姐、小周……正缺人手啊！”罗则大声说道。

晚饭后，罗则他们一行人准备搬到帕西格区。吴辉奕让他们把这两天正在使用的车子开过去，还派了一个用人跟着他们。

新入住的吴宅是一幢三层小楼，四周立着围墙。南墙的高处挂着一个牌匾，上面写着“奕辉大厦”四个金色大字。罗则想，这个表弟可一点儿也不低调啊！

“奕辉大厦”坐落在帕西格区的黄金地段，离马卡提不到一公里。

罗则打心眼儿里感谢自己的表弟，感谢他如此慷慨地帮助他们。想想也是，罗氏家族的人大多具有这样的特质。如果换作罗则，也会对来自远方的亲戚、朋友鼎力相助。

小布说，展源的说话声把他吸引了过去。他看见展源时，展源正在和一名男子一起从 SM 商场往外走。他们一边走，一边争论着“华为”手机和“苹果”手机哪一种好用。他们说的是刺鲤语，小布能听懂，便好奇地凑了上去。小布离他们很近，抬眼细看，感觉那个年纪大一点儿的人有些面熟。再想想，小布突然想起来，这个人不就是小尼给他的照片上的几个人中的一个吗？感觉很像，小布就偷偷地拍了照片。

展源是李普楷被骗案中的“微奇投资平台”APP 服务器管理员和运维人员，与那个王思雨（真实姓名是“赵玲梦”）是搭档。

赵玲梦是女人，而这次出现在展源身边的是个男人。这个男人有什么来头呢？

展源和一名男子从SM商场走出来，慢慢地向马卡提方向走去。

一个服务器、网站的管理和运维技术人员出现在SM商场附近，想要干什么呢？

他向马卡提方向走去，说明他住的地方或者工作的地方有可能在马卡提。

展源选择了步行的方式，说明他工作或居住的地方离SM商场不太远。

那个和展源走在一起的人，有可能是他的工友，也有可能是他的同伙。根据电信网络诈骗的“工作地与居住地不分开”这个特点来分析，犯罪窝点离SM商场不会太远。

罗则的大脑在不停地转动，下一步该如何行动呢？

“数流共查”是基本思路和方法，可是在这儿，不能大张旗鼓地找。有些工具用不上，有些工具不好使，这是事实。

在这种情况下，需要好好动一动脑筋。

侦查范围从马尼拉大都会缩小到了帕西格，又从帕西格缩小到了马卡提方圆三公里的范围内。但是，在这方圆三公里的范围内，符合条件的建筑物仍然很多。

要是在国内，在方圆三公里的范围内寻找这样的犯罪窝点，简直是“小儿科”。可是，他们是在马尼拉……

罗则想了想，与小尼取得了联系，让小尼安排小布继续到SM商场附近溜达。要是再遇到那个讲刺鲤话的人，就偷偷地跟上去，看他到了哪儿、住在哪儿。

南浩甫来到“奕辉大厦”，又试着定位了几次，可是定位的范围只能是以马卡提为中心，方圆三公里。在马尼拉，基站之间的间隔比较大，想通过手机定位来搞清窝点的准确位置，不太可能。

南浩甫想起了出境前做的攻略。可以在“从 SM 商场到马卡提”的范围内，根据数据模型，有针对性地把攻略做下去。

南浩甫调出了“谷歌地图”。

符合模型条件的场所有数千个。剔除“单纯住宅”的要素，仍有数百个建筑物符合条件。符合条件的建筑物和窝点不是一一对应，每个符合条件的建筑物里都可以容纳很多个符合条件的窝点。以奥迪加斯中心为例，高度是 200 多米，有 60 多层，可以容纳数千人，把几百个窝点建在那儿都不在话下。

因此，必须想办法去重点排查。

三、锁定“OCC”

罗则带上南浩甫和彭菲茗，向 SM 商场走去。

从“奕辉大厦”往南几十米，就到了卢克索大街。沿着卢克索大街往东走几分钟，就到了马卡提。马卡提是一座综合性大楼，位于卢克索大街南侧，类似于国内的“万达”综合体，只不过没有那么大规模。SM 商场是一个大型商场，类似于国内的百货大楼。从一楼到六楼都是商场的门店，里面摆放着各式各样的商品。SM 商场位于卢克索大街北侧，从马卡提往东 40 米。

SM 商场西门外面有一个小广场，小布就在这里看见了展源。

后来，展源向马卡提方向走去。

罗则他们爬上了一辆向东行驶的“吉普尼”的车顶，抓住了上面的扶手。卢克索大街的道路渐渐变窄，两侧的建筑物依然密集。“吉普尼”一直向南行驶，进入了戴拉萨街，两侧的建筑物少了许多。车辆行驶了一阵之后，罗则他们下了车，换上一辆向西行驶的“吉普尼”，进入了维拉街。然后，他们换乘往北的车子，再向东、向南，用了一个多小时的时间，以马卡提为中心粗略地巡视了一番。

“窝点有可能就在我们刚刚划定的范围内。”罗则他们登上马卡提的最高处，向四周望去。远处，有很多比马卡提高的楼。不过，在方圆三公里的范围内，高大的建筑物并不是太多，最抢眼的就是不远处的奥迪加斯中心。

那么，马尼拉的涉案窝点究竟在哪儿呢？

罗则望了望天空，说道：“宸熙、原梓还在飞机上，中午就到。他们到了以后，咱们开个会商量一下吧。”

吴辉奕派车把李宸熙、周原梓接到了“奕辉大厦”。

简单地用过午餐之后，他们就开始开会了。罗则问李宸熙和周原梓是否需要休息一下，李宸熙瞥了罗则一眼，说道：“罗总啊，几天不见，生分了！不缺那点儿觉，开会吧！”

周原梓附和道：“上！”

会议在“奕辉大厦”的会议室里召开，那里的设备很齐全。吴辉奕说过，他也在这个会议室里开过会。

的确，会议室的规格很高。

“老挝那边还算顺利，看到了大金主……大家很受鼓舞。马尼拉这边也算顺利，只不过窝点还没有找到。请各位好好动动脑筋，争取找到捷径。”罗则把“谷歌电子地图”投到屏幕上，用电子笔在屏幕上画了个圈，“范围就这么大，窝点就在里面，应该不会有问题。我跟小彭说了，要是在国内，在这么小的范围内找个窝点，简直是小儿科。可是，在这儿……有很多不便。不能公开查找，不能惊动窝点里的人……工具不好用，技术不好使，把数据调出来也很难。各位，怎么找呢?”

“是啊，通过基站定位手机……基站之间的距离太远，只能大概定一下位。本来想通过 GPS 定位，可是发现狡猾的骗子对定位模块进行了反定位设置。我们根据数据模型查找，发现符合条件的建筑物太多了。我们想去调取房屋出租、水电使用、网络使用的数据，但是在这儿行不通。使用无人机侦察，恐怕也不合适。挨个去查，即使不暴露，时间也不允许……”南浩甫把电子地图上的马卡提区域放大了，“在这个范围内，符合条件的有几百处……”

“在这儿不太好施展手脚，老做法就派上了用场。我给线人布置了任务，展源如果再出现，我会及时得到反馈。”罗则说。

“嘿，这里和琅南塔真的是太不一样了!”周原梓说。

“不是需要数据吗?收买掌握数据的人，就可以拿到数据了。”彭菲茗说道。

“找到窝点的路径很多，方案也很多。可是，怎样才能找到捷径，制订出最佳方案呢?买数据，是个办法。但是，通过数据发现窝点，并不是件容易的事。即使获取了房屋出租、水电使用、网络使用的数据，也确定不了窝点的位置。这里的确和琅南塔有所不同!各位，请看!”李宸熙用鼠标点击了一下电子地图，“属性相同的建筑物太多了，有可能出租了……用了很多水、电和流量。到时候，我们又要在很多目标中选择……效率不高。”

“那么，就只能用土法了吗?”周原梓问。

“这里与琅南塔的不同点，关键在于通信系统不同。”李宸熙说，“因此，最主要的是让通信系统相互融合。也就是说，咱们要立足本地，把自己当成本地人，搞清本地人使用通信工具的思路和习惯……去找窝点。”

“熙姐，我不太明白。”周原梓说道。

“刚才，我看了一下材料。你们关联上了三个‘生活机’的号码，干得漂亮！为什么不把这三个号码当成基本号，进行扩展关联呢？这样，就可以关联上新的号码了。我们把自己当作本地人，使用手机……使用‘菲律宾全套’，加入当地的运营系统，使用当地的交友软件，就可以与那些新关联上的手机号‘打成一片’了。到时候，我们对新关联上的手机用户稍加渗透，就可以进入这些用户的虚拟空间了。进入虚拟空间之后，便可以掌握这些用户的活动情况。通过他们的活动情况，便可以找到有价值的线索。根据这些有价值的线索，便可以确认目标的活动空间。通过目标的活动空间，便可以找到窝点。”

“是啊，行得通！我知道，在这里，手机入网简单得很，不用实名……”彭菲茗说。

“有点儿复杂，但是我能理解。”周原梓说。

“本来，我们可以对新关联上的手机号码进行定位，因为没有进行反定位设置。但是，使用这些号码的人并不一定与诈骗案有关。因此，对他们的手机进行定位，意义不是太大。”李宸熙说道。

“嗯，听明白了，有道理！”周原梓说，“可以开张了！”

“是的，还是宸熙的脑子好使！”罗则点了点头，“这可是个技术活儿!”

南浩甫立即用“09173697×86”“09165648×86”“09121690×53”这三个号码继续关联，果然又关联上了“09281697×75”“09152697×64”“09162420×71”等七个号码。这七个号码当中，有四个是“Globe”运营商的号，有两个是“Smart”运营商的号，有一个是“Sun”运营商的号。

彭菲茗和周原梓将从闽越带来的新手机分别加入了“Globe”系统和“Smart”系统，还把罗则的新手机加入了“Sun”系统，并安装了“菲律宾全套”。手机里已经安装了“messenger”“WHATSAPP”“VIBER”“钉钉”等菲律宾人常用的聊天软件，这一次就不用安装了。

关联上的七个号码都在“messenger”“WHATSAPP”“微信聊天”等APP上进行了注册，其中的三个号码还在“VIBER”和“钉钉”上进行了注册。

李宸熙亲自进行渗透，进入了这些人的聊天空间，发现他们与“09173697×86”“09165648×86”“09121690×53”这三个“生活号”之间有着“密切联系”。

李宸熙让周原梓盯住他们，果然发现他们在谈论工作、生活时，谈到了工作场所和居住地。

他们在交流的过程中，不知不觉地提到了“OCC”大楼，还说他们的居住条件很差。他们这些涉嫌诈骗的人不断地提到“OCC”，说明“OCC”很有可能是诈骗窝点。

那么，“OCC”到底是什么呢？在哪儿呢？

“One Corporate Centre”简称“OCC”，是一个综合体，地处维拉街与蒙地亚路的交界处。在这里，工作和生活的设施十分齐全。许多家银行、证券公司和网络公司进驻了“OCC”,“Golden Millennial Quickpay”网络交易平台就设在“OCC”综合体内。

“各位,‘OCC’离咱们这儿很近,看看吧!”彭菲茗用鼠标点击了一下电子地图,“就在这儿,‘奕辉大厦’近在咫尺,向南1.5公里……”

“啊,真是‘蓦然回首,她就在我身旁’。”周原梓说道,“咱们到现场去看一看吧!”

“不急!去之前,咱们得理清思路……先做什么,后做什么。不能盲目行动!一旦暴露,就会前功尽弃。”罗则说,“隐藏好身份……初探。选好搭档,伺机而动。”

马尼拉总是不停地在刮风,快速吹散了天空中飘动的云朵。午后的阳光被薄云遮着,照在身上暖暖的。

李宸熙和周原梓走在前面,南浩甫和彭菲茗紧随其后,罗则在两对搭档间游走。

“OCC”综合体坐落于街区的东南角。这个街区由卢克索大街、蒙地亚路、维拉街和萨默塞特大街组成。街区的北面是一片低矮的建筑物,与卢克索大街相连。街区的东面,隔着一个小广场,与蒙地亚路相连。街区的南面紧邻维拉街,西面隔着东北、西南走向的萨卢溪与英马卡小区相望。

“OCC”综合体是一个U型建筑,其边缘因有萨卢溪穿过而变得一边长、一边短。主楼有28层,附楼有20层,连接主楼与附楼的是略低于附楼的裙楼。

“李宸熙小组”向主楼移动,“南浩甫小组”向裙楼推进。罗则站在萨卢溪畔的芒果树下,看了看上上下下的货梯,然后进入了附楼。

罗则的意思是，下午各组只是走马观花地初探一下，深度调查要等拟订了新方案再说。

十几分钟后，他们就撤回来了。

在“OCC”大楼，主楼的北侧、东侧与裙楼的连接处都有客梯。裙楼的东侧有两个入口，都有客梯。“OCC”大楼“U 底”的内侧、附楼的北侧有货梯。附楼的南面临街有两个入口，均有客梯。

主楼主入口的墙壁上挂着写有“聚英培训”“黄梅索兰压缩机”“融金汇通电子”“谷为房地产”“永达企业管理”“海山信息技术”“动力科技”“大柚子投资”“梦飞集团”等字样的牌子。

附楼主入口的墙壁上挂着写有“双鱼世界”“联泓交通”“至诚在线”“醉悠茶业”“地道餐厅”“九哥食堂”“菲马大虾”等字样的牌子。

写有“友邦保险”“BDO 证券”“野村证券”字样的三个长条状大牌子挂在裙楼另一个入口的墙壁上。

在主楼的高处，可以看到写有“斯坎迪酒店”字样的红色大牌子。周原梓说，斯坎迪酒店在主楼的三层和四层。写有“达希里度假酒店”字样的金色大牌子挂在附楼的高处，面向维拉街。罗则发现，达希里度假酒店位于附楼的 18 层和 19 层。

彭菲茗发现，裙楼的 13 层和 14 层是公寓。

李宸熙说，网上提到的“Golden Millennial Quickpay”网络交易平台设在主楼的 15 层。在那一层，主楼、裙楼和附楼相通。

南浩甫插话说，他踏勘了一番，发现在十层以下，裙楼、主楼和附楼互不相通，而十层以上则是相通的。罗则点了点头，表示同意。

李宸熙说，她和 15 层的保安人员聊了几句，得知“GMQ”用的是“Globe”网络，而斯坎迪酒店用的是“PLDT”。

萨卢溪的水哗哗地向巴石河的方向流去，溪边的芒果树被风吹得摇摇晃晃。

一阵风吹来，从树上落下了几个成熟的金黄色芒果。周原梓说，他好想捡起来吃，但是不知道为什么，就是不敢动手。

窝点到底在哪儿？一定在眼前的“OCC”大楼里！可是，在这座可以容纳两三千人的大楼里找到窝点，并非易事。

罗则让大家先撤回“奕辉大厦”，对“OCC”大楼有了大概的认知之后再拟订具体的方案。

“除了酒店区域以外，其他楼层似乎都有设置窝点的条件。”周原梓说，“说不定，这里的某一家公司就是搞诈骗的……”

“与其他类型的犯罪窝点相比，电诈窝点通常具备‘工作、吃、住在一起’的特点。骗子会根据诈骗的进展情况，调整工作时间。因此，对他们来说，加班是常有的事。他们工作、吃、住在一起，是为了随时开展工作。是这样，夜里亮着灯，在加班的……是窝点的可能性大。”南浩甫说，“还有，在这些场所要有诈骗必备的工具……就像‘8 · 11’专案中的服务器。”

“我在想一个问题……窝点会不会不止一个，不仅仅在一层呢?”李宸熙若有所思。

“完全有可能。从过去破获的电诈大案来看，具体搞诈骗的人在一处，技术人员在一处，负责洗钱的财务人员在一处，金主老板在一处……是很正常的。”罗则说，“‘8 · 11’专案是一起电诈大案，犯罪窝点分散在几处是完全有可能的。”

“是啊！那些人会在哪儿呢？刚才，我们一个也没见着！他们躲在哪儿呢?”彭菲茗自言自语道。

“这还用说吗?他们缩在窝点里啊!我们没有找到窝点……找到了窝点,就看到他们了。”周原梓说。

“我的意思是,那个展源不是走出来了吗?其他人就不会出来走走吗?我希望碰巧能遇到哪位……”彭菲茗说。

“是啊!怎样才能深入调查,找到以何达乐为首的那帮骗子呢?怎样才能将窝点与骗子进行关联呢?”罗则说,“调查要秘密进行,不能暴露……效率要高。”

“浩甫说的对。骗子要想成功行骗,就得‘工作、吃、住在一起’。因此,只要确定了夜里哪些楼层的灯还亮着,哪些楼层有人在加班……亮灯的楼层,有可能就是犯罪窝点所在的楼层。”李宸熙说,“确定了范围以后,就得深入调查……这样的话,就得化装侦查了。”

“好啊!一会儿,我们去瞧一瞧。”周原梓说,“要不要用无人机?在夜幕的掩护下,那个红外线的……飞几下?”

“再等等,不要紧张。大家先吃饭,天黑了再行动。”罗则站起身来,“这不,议一议就有招了。”

按照吴辉奕的意思,厨师做了一大桌菲律宾菜肴。大家无心大吃大喝,草草地吃完饭就去了“OCC”大楼。

一些楼层的灯相继灭了。

14 层,好多房间的灯亮了又灭,灭了又亮。

15 层,全层房间里的灯亮到晚上 10 点,最终还是灭了。

16 层,全层房间里的灯一直亮着。

17 层,裙楼房间里的灯一直亮着。

18 层,裙楼三个房间里的灯一直亮着。

19 层的同一个位置，三个房间里的灯一直亮到凌晨两点。

半夜 12 点一过，周原梓就熟练地操纵那架红外线无人机，悄悄地绕着“OCC”大楼飞了一圈。他在拍摄的同时，获取了“OCC”大楼的数据。回到“奕辉大厦”之后，在南浩甫的帮助下，他连夜制作了“OCC”大楼的三维地图，那些亮灯的房间一目了然。

彭菲茗通过网络资料进行关联，核查了“OCC”大楼的 16 层和 17 层裙楼的“使用归属”。经过多方核验，确认了以上楼层的房间属于马尼拉的大柚子投资公司，注册地是菲律宾，法人是赖其昌。

天哪，赖其昌又出现了！他可是“F 省天交企业管理有限公司”的法人！他到菲律宾来开公司了吗？这个“赖老头儿”明明还在四川省达州市宣汉县……

赖其昌的出现，进一步印证了“OCC”大楼的主楼 16 层和裙楼 17 层与“8・11”案件有关，并且与马尼拉的大柚子投资公司密不可分。

那里留有大柚子投资公司的电话号码，并且是真的。

于是，李宸熙想出了一个办法。他们可以装扮成“Dito”网络运营公司的工作人员，以推广网络使用业务为理由，接触一下大柚子投资公司的人。罗则打算亲自出马，假扮“Dito”的销售主管，用加禄语和大柚子投资公司的代表进行交流，请与他一同前往的李宸熙进行翻译。周原梓装扮成罗则的助手，讲英语，必要时可以打圆场。

罗则看了看打扮后的李宸熙和周原梓，又看了看自己，都有了当地人的模样。

考虑到骗子的作息时间，11 点的时候，周原梓与大柚子投资公司的人取得了联系。在电话里，他含含糊糊地说“Dito”网络运营公司的工作人员要登门拜访。然后，他们带上礼品，开着库柏车去了“OCC”大楼。

到了“OCC”大楼，周原梓悄悄地打开了“针孔”设备。他们直接上了 16 层，周原梓拎着礼品走在后面。

在保安的查问下，周原梓用英语解释了一番，说已经约好了。保安放行之后，他们便从主楼的大门进去了。三个人快速前行，不停地四处张望。主楼的 16 层被分隔成了若干个区域，完全是公司的办公场所。办公桌上摆放着笔记本电脑和手机，工作人员坐在桌前忙碌着。大柚子投资公司的人好像都上班了，每把椅子上都坐着人。李宸熙发觉，这个办公场所的布局与琅南塔沙湾拿院的布局十分相似，那个何达乐就坐在靠南墙的座位上。

罗则他们走到中间位置的时候，一个女子迎了上来。来者不是别人，正是那个以“思雨”的名义骗了李普楷的赵玲梦。赵玲梦用英语问：“有何贵干?”罗则用加禄语回答说：“我们是 Dito 网络运营公司的，来联系业务。”赵玲梦摇了摇头，表示没听懂。李宸熙连忙翻译：“已经跟大柚子投资公司的老板说好了……谈业务。”赵玲梦一脸的茫然。罗则故意摊开双手，左顾右盼。三个人继续往前走，见到了广西的江瑞丰、湖南的岳溢清和四川的叶富瀚。

确定无疑，这就是窝点。不过，袁启山没有出现，展源没有现身，也不知道龙腾洋在哪儿。

李宸熙用英语问赵玲梦：“老板在哪儿?”赵玲梦摆了摆手，让罗则他们出去。

周原梓用英语对赵玲梦说：“我们要找老板……老板在哪里?”赵玲梦用手向上指了指。周原梓问：“是不是在楼上?”赵玲梦点了点头。

罗则他们与赵玲梦交谈时，坐在角落里的何达乐一直没有吭声。

他们向裙楼走去，如法炮制……

裙楼的保安多问了几句，然后就让他们进去了。他们走着走着，就看到了贵州的方汉钟、F省的董泰豪和江西的许隆华。

再走几步，就看到了广西的游园、云南的关明元和云南的宋佳仕。

这座裙楼，索性就没人管——这里的人毫无警惕性，大柚子投资公司的人根本不设防。与对手机进行反定位设置完全不同，这里的人没有采取任何反侦查措施，就连应有的警觉都没有。这是一种疏忽，还是一种蔑视?是因为松散，还是因为不以为然?也许大柚子投资公司的人根本就没有想到中国警察会到马尼拉来管他们诈骗的事。太过平静、安全了，他们也就没有必要警觉了。

他们往西走，发现附楼那边还有一些不认识的人。附楼的深处，好像被他们改造成了居住区。

他们继续上楼，到了裙楼的17层。在那里，他们见到了湖南的袁启山、陈元益，贵州的胡向南、张良博，还有广西的刘华栋。

展源和龙腾洋仍然没有出现。

到了18层，他们见到了几个不认识的人。

在19层，他们终于见到了展源和两个不认识的人。

龙腾洋还是没有出现。

抓到了龙元柯，就能问出龙腾洋的下落。因此，罗则示意，让大家撤退，不再寻找龙腾洋了。

周原梓气鼓鼓的，袋子里的礼品始终没有送出去。

尽管罗则有些心急火燎，但是发现并确认窝点的那一天，他并没有带领专案组的成员们离开马尼拉。在这里，罗则的表弟又一次宴请了罗则他们一行人。彭菲茗带上李宸熙和周原梓，又坐了一次“吉普尼”，还观看了扛着长枪昂首阔步地前行的保安。他们去了黎刹尔公园，还饮用了异国风味的“香啡缤”咖啡。

第十章　收网

一、筹划

回到闽越，已经很晚了。不过，罗则还是决定当晚和专案组的成员们一起向陈语全总队长进行汇报。窝点的位置已经搞清楚了，如果不赶快抓捕，嫌疑人有可能就消失了。因此，罗则认为，出境抓捕迫在眉睫。这种消失，有可能是内因所致。犯罪团伙的成员一旦觉察到自己暴露了，就会转移。这种消失，也有可能是外因所致。窝点一旦被其他打击犯罪的组织发现了，就会被端掉。其他打击犯罪的组织把犯罪团伙给灭了，似乎是一件好事，却会影响侦破“8·11”案件的进程，导致事实不清、证据残缺、链条断裂。

琅南塔是“犯罪的天堂”，从未受到过打击。犯罪团伙如此猖獗，肆无忌惮地对中国人进行诈骗，迟早会引起中国警方的关注并被清剿。除了“8·11”案件的涉案窝点，琅南塔的其他窝点该如何处置，还有待商榷。马尼拉那边，骗子们麻痹大意，警惕性低，正是抓捕的最佳时机。骗子们一旦警觉起来，就有可能毁证灭迹、转移资金，甚至有可能逃离菲律宾。这样一来，可就麻烦了。

再急迫，准备工作也是要做的。这种大规模的出境行动，涉及面很广，千头万绪。稍有不慎，便会打草惊蛇、前功尽弃，甚至会违背国际惯例、违反国际法、影响国与国之间的关系、损害国家的形象。

因此，要好好地协调、统筹，有序地推进，落实到位。

尽管F省公安厅党委已经批准了与“8·11”案件有关的出境调查行动，但是针对大规模出境抓捕，并未专门商议过。罗则想向陈总队长进行汇报，尽快拟订针对“8·11”专案的出国抓捕方案。

陈总队长十分赞同专案组的意见，完全同意尽快开展抓捕行动。

在陈总队长的督促下，厅党委再次召开会议，专门研究针对“8·11”专案的出国抓捕事宜。会议决定，由F省公安厅刑侦总队负责出国抓捕，要求出入境管理部门和边境检查机关全力配合。

受刑侦总队的委托，罗则和李宸熙再次联系了公安部刑侦局。在公安部刑侦局的支持下，他们顺利地从国家中心局获得了批文。

公安部刑侦局函告国际合作局，要求国家移民局支持这次出国抓捕行动。

公安部函告外交部，照会菲律宾驻华大使馆和老挝驻华大使馆，共商跨国警务执法合作事宜。依照《联合国打击网络犯罪公约》《关于落实〈中华人民共和国政府与东南亚国家联盟非传统安全领域合作谅解备忘录〉的行动计划》和《联合声明》，两国驻华大使馆欣然接受了合作事宜。

谈及具体的合作事宜，罗则有些犯愁。他知道，一旦“信息交流不当”，就有可能导致泄密。一旦泄密，就会直接影响抓捕的效果。

菲律宾方面提出，可以让菲律宾移民局配合这次行动。对此，我方不置可否。但是，为了让行动方案能够顺利地实施，我方没有过早地向菲方透露具体抓捕方案。

老挝方面提出，由磨丁警署来配合这次行动。对于磨丁警署，我方心中是比较有数的。

F省公安厅刑侦总队的刑警们和云南省公安厅刑侦总队的刑警们坐在一起，商议了出境开展警务合作的具体事项。主要议题是，如何解决对“8·11”案件的涉案窝点以外的电信网络诈骗窝点进行“冲击”的问题。经过沟通，F省警方可以向云南警方提供窝点所在地的具体位置和一些其他信息，云南警方表示愿意参与。他们想通过对窝点的“冲击”，实现“从人到案”的侦查。作为回报，他们会安排20名精干的民警配合F省警方进行抓捕。

F省公安厅刑侦总队决定，由总队长陈语全负责指挥“9·11”跨国警务合作行动。罗则担任马尼拉行动组的负责人，李宸熙担任琅南塔行动组的负责人，高安柏担任协调保障工作组的负责人。

罗则首先想到的是需要调集多少人，以及调集一些什么样的人参与马尼拉行动。他估计了一下，要从“OCC”窝点抓捕的犯罪嫌疑人有50多人。抓捕这些非暴力的犯罪嫌疑人，“1.5对1”即可。可以调集50个人参与这次行动，由菲律宾移民局派出25个人进行配合就可以了。抓捕犯罪嫌疑人的警械和武器，要事先准备好。他们除了抓捕犯罪嫌疑人，还要对窝点进行清查和勘查，所以技术人员必须到场。时间有限，对处在多个楼层的巨大窝点进行细致的勘查是不可能的。他们的主要任务是：对窝点进行固定，扣押犯罪现场的电脑、手机、服务器等网络通信工具。根据窝点的规模和技术人员的任务，调集 20 名精干的技术人员就可以了。

因此，按照“马尼拉点”需要外派 70 个人计算，回来时多出了 50 个人以上，还有一些扣押的物品。这些物件不包括服务器，因为服务器又大又沉，最好当场取证或者拆解硬盘。

100 多个人，外加那么多东西，最好的交通工具自然是飞机。飞机的事，就交给高支队长了。

从尼诺伊·阿基诺国际机场到“OCC”大楼，再从“OCC”大楼返回机场，都需要乘坐交通工具。而且，返回机场时还要运送大量扣押的犯罪工具。因此，这类交通工具要准备好。这件事情很好办，让罗则的表弟办就可以了。

服务器没有运回国，但他们并没有置之不理。他们要把服务器转移到一个合适的地方，以便拆解硬盘，然后封存。在哪儿进行拆解和封存呢？罗则想到了“奕辉大厦”。

如果需要对一些人进行突审，那么在哪儿审比较合适呢？从 16 层到 19 层，都是可以的。不过，根据现场的环境和当时的情况判断，裙楼的 18 层最合适。

此时，罗则在考虑如何调集这 70 个人。50 名抓捕犯罪嫌疑人的民警，从刑侦总队电信网络诈骗犯罪侦查支队和其他支队，以及闽越市公安局刑侦支队、特警支队，还有靠近 F 省公安厅的越北公安分局抽调即可。20 名技术人员，从 F 省公安厅网安总队和刑侦总队的电信网络诈骗犯罪侦查支队、刑事技术支队，以及闽越市公安局网安支队抽调即可。

罗则还想到了“琅南塔组”的统一行动。如果 F 省公安厅和闽越市公安局人手不够，可以调用刺鲤市公安局的警力。

“李宸熙小组”要从琅南塔抓回来 30 多个人。云南省公安厅的行动与“9·11”跨国警务合作行动之间没有关联。F 省公安厅与云南省公安厅协商的结果是：打个时间差。“9·11”琅南塔跨国警务合作行动开始以后，也就是“李宸熙小组”控制了沙湾拿院之后，云南警方就可以开展大规模行动了。

抓捕 30 个人，以同样的警力进行配合，需要调集 45 个人。云南警方答应派出 20 名民警进行支援，李宸熙这边只需要调集 25 个人就可以了。此外，根据沙湾拿院窝点的情况，需要十名技术人员快速地对窝点进行清查和勘验。为此，要调集 35 个人。

与罗则协商之后，决定从刑侦总队电信网络诈骗犯罪侦查支队抽调五个人，再从刺鲤市公安局刑侦支队、特警支队抽调 20 个人，总共 25 个人执行抓捕任务。由 F 省公安厅网安总队调派两名技术人员，再由刺鲤市公安局反诈中心、合成作战中心调派八名技术人员，总共十个人执行清查和勘验任务。

最让李宸熙感到头疼的是交通问题。那天，她和周原梓去琅南塔，飞机经转是没有问题的。但是，带着那么多犯罪嫌疑人，中途转机就不合适了。火车没有直达的，总不能押着那么多犯罪嫌疑人转火车吧。一大群人站在站台上等火车，实在是不妥。李宸熙思考了一下，觉得应该像马尼拉行动一样——包机。

这件事也交给南浩甫去办了。

周原梓说，从嘎洒机场到琅南塔，交通工具由他来搞定。他直接在网上租了三辆大巴车，其中的一辆用来运送作案工具。

李宸熙决定，将窝点的服务器带到景洪市公安局进行拆解和封存，已经让岩罕去谈妥了。

琅南塔的突审地定在沙湾拿院，那里最合适。

高支队长办过包机的事，熟门熟路。他赶到厦门航空公司闽越分部，到承办包机的部门去办理了手续，并把需求告诉了他们。他们询问了使用多少架飞机，以及使用飞机的时间、路线、事由，还有一些其他信息，高支队长一一作了答复。包机部的同志报了价，高支队长把承运的人员和物资的数量告诉了他们。最终，他们根据人员和物资的数量确定了机型。飞往马尼拉和西双版纳的飞机均为价格较低的“波音737”，高支队长支付了定金，包机部的同志给他开了发票。高支队长、陈总队长、罗则和李宸熙确认了具体的起飞时间之后，结合出境的准备情况，决定两天后启程。飞机起飞的时间是2022年9月11日，刚好是“8・11”案件立案一个月。

高支队长向包机部提供了这两条航线机场代理的联系方式，并约定了当日迎候乘客的具体时间和地点。

包机部的同志说，与国内民航局、闽越市乐平机场、菲律宾民航局、马尼拉尼诺伊・阿基诺国际机场、嘎洒机场的沟通和调度工作，由厦门航空公司包机部负责。

高支队长还在考虑把带回来的这些犯罪嫌疑人关押在哪里合适。顺利的话，可以先在办案中心进行审理，然后再把他们关进看守所。不管是办案中心还是看守所，都必须能够同时关押100多名犯罪嫌疑人，这两个地方最好离得近一些。高支队长在脑海中搜索着，符合这些条件的当数闽越市公安局越北分局。那里的办案中心面积很大，有很多审讯室，离闽越市第三看守所很近。闽越市第三看守所也很宽敞，关押100多个犯罪嫌疑人没有任何问题。而且，越北分局离F省公安厅刑侦总队很近，使用面积

2000多平方米的反诈中心也在越北分局附近。还有，经常配合刑侦总队反电诈支队工作的F省数源配侦公司也在那一带。越北分局可谓占据了地利、人和之优势，是不二的选择。

根据出境开展警务合作的需要，高支队长办理了相关的法律手续，搜查证、拘留证、勘查证、查询冻结通知书、调取证据通知书等一应俱全。

一切准备就绪，"9·11"跨国警务合作行动组以F省公安厅政治部的名义，通知所有参战人员于9月10日下午抵达闽越市，15时在西湖宾馆左海厅集结。

行前会议由刑侦总队的陈语全总队长主持。

陈总队长感谢大家按时集结，并代表专案组感谢厅党委对本次行动的关心和支持。专案组提议将本次行动命名为"'9·11'跨国警务合作行动"，他认为很合适。不管对内还是对外，都可以使用这个称呼。陈总队长专门介绍了三个组的负责人，强调大家要服从命令、听指挥。

紧接着，由罗则分配任务。按照流程，罗则给大家介绍了行动的具体任务。他强调，马尼拉行动组吃喝都在飞机上完成。到达马尼拉尼诺伊·阿基诺国际机场后，大家乘车直奔"OCC"大楼。抓到人之后，负责抓捕的民警直接乘大巴把嫌疑人带回机场。负责勘查窝点的技术人员要快速记录，办好手续，扣押需要带走的涉案设备、工具。完成对窝点的勘验后，要立即携带扣押物乘坐大巴返回机场。从机场出去，前往"OCC"大楼，一路都有人指引。罗则说，专案组将派南浩甫、周原梓早去一天，与菲律宾移民局、磨丁警署做好对接。到时候，前期参与侦查的专案组成员李宸熙、彭菲茗、罗则会在场。

罗则讲完话，李宸熙针对“琅南塔组”强调了三件事。一是参与琅南塔行动的人员来自F省公安厅、云南省公安厅和老挝磨丁警署。云南省公安厅派出的是西双版纳州公安局刑侦大队、特警大队、治安大队的20名民警，老挝磨丁警署大概有十个人参战。二是嘎洒机场离琅南塔有三个多小时的车程，大家要有心理准备，尤其是返程。三是第二天云南警方要参与行动，冲击其他窝点，大家要控制好时间差。

最后，由F省公安厅的郑海田副厅长讲话。郑副厅长向大家敬了个礼，站着说：“大家好！这是一次重要的会议，是布置任务会，也是行前动员会。明天，在座的各位就要出征了，去往琅南塔和马尼拉。在此，我预祝‘9·11’跨国警务合作行动高效、顺利！近几年，电信网络诈骗犯罪十分猖獗。骗子缩在境外，疯狂地对我国公民实施诈骗……老百姓的财产受到了巨大损失，给国家带来了极度的困扰。这一次，我们重拳出击，通过‘五流联查’，查清了犯罪事实，摸清了犯罪结构，挖到了犯罪窝点，掌握了犯罪证据……意在全面捣毁境外的诈骗窝点，实现真正的全链条打击，为受骗群众挽回损失，把诈骗分子绳之以法。明天，各位就要出征了，就要完成全链条打击的重要一环了。有了你们的行动，就有了全链条打击的真正落地。在此，拜托各位，一定要遵纪守法、听从指挥、振奋精神、同仇敌忾，遵循国际惯例，搞好国际合作，圆满完成公安厅党委交给我们的光荣任务！谢谢！”

厅领导离开后，罗则安排即将出征的人员观看了马尼拉“OCC”区域三维地图、马尼拉“OCC”窝点内部视频和琅南塔沙湾拿院内外的视频。

去闽越市乐平机场的民航大巴已经联系好了，9月11日8时将准时到西湖宾馆接人。

二、龙老大不见了

在乐平机场，李宸熙接到了周原梓用微信发来的语音信息。他已经等候在磨丁警署了，来自西双版纳州的20个兄弟将在磨丁警署聚齐。磨丁警署安排了十个人配合他们的工作，负责人叫“柯乌·阿罗海”。磨丁警署的警察很尊重中方的意见，表示服从安排。

李宸熙给“西双版纳州协助行动组”的领队刀海清打了个电话，问了一下具体情况。刀海清，傣族，云南省西双版纳州公安局政治部副主任。配合F省跨境警务合作的云南省公安厅领导说，他们派出的是能力强、讲政治、负责任的干部。

云南省公安厅的领导说的没错，这位傣族领队的确很负责任。李宸熙给刀海清打电话时，刀副主任严肃认真地反映了备勤的情况：“我们已经整好了队伍，进行了动员……严阵以待，随时接受F省警方的检阅。”不知是因为政治觉悟高，还是因为少数民族说话的方式与众不同，刀副主任的这番话把政治和业务融合得天衣无缝，让李宸熙觉得有点儿滑稽。

与刀副主任通完电话之后，李宸熙倒是放心了。尽管云南警方没有参加前一天的动员会，但是有刀副主任主持，队伍的组织性和纪律性差不到哪儿去。周原梓说了，磨丁警署确定了配合中国警方行动的负责人。

组织上是有保障的，集结地点就定在磨丁。到时候，可以开个短会，简单部署一下，就可以投入战斗了。

包机的确是一种快捷方式。中午，他们到达西双版纳的嘎洒机场时，立刻就被大巴接走，直奔磨丁警署。

此时，刀海清已经带领西双版纳参与本次行动的队伍到达了磨丁警署。李宸熙带领 F 省“琅南塔组”的成员抵达磨丁警署时，阿罗海、刀海清等人已经站在磨丁警署的门口迎接他们了。周原梓站在阿罗海身旁，向远道而来的同志们敬礼。

就这样，三支队伍在磨丁警署集结完毕。按照事先的约定，他们在磨丁警署用午餐，周原梓负责支付费用。

饭后，大家来到磨丁警署的会议室，准备开个短会。

李宸熙介绍完前期开展的工作之后，安排了前往琅南塔要执行的具体任务。

“我们的目标是这儿……将这个窝点的骗子捉拿归案。”李宸熙点开电子地图，箭头指向了沙湾拿院，“同时，我们要清理作案现场，扣押作案工具。藏在这个院子里的骗子，大概有 30 个。我布置一下具体任务，安排一下警力……”

磨丁警署的警员们负责警戒，由阿罗海队长带队。西双版纳州公安局的同志们负责抓捕沙湾拿院一楼的骗子，由刀海清带队。剩下的民警分成两组，负责抓捕二楼西侧办公大厅和二楼东侧房间里的骗子，由周原梓负责。二楼的任务重一些，安排了七名技术人员，而一楼则安排了三名技术人员。

李宸熙负责排兵布阵。阿罗海队长突然举手，想问一下他们警署的人可否穿警服参加行动。

李宸熙想了一下，认为还是不穿警服为宜，主要是为了不让窝点里的人那么快就明白是警察在冲击窝点。骗子一愣神儿，毁灭证据的速度就没有那么快了。

阿罗海队长问，是否可以带武器。李宸熙回答说，骗子不是暴徒，带上警械即可。

布置完任务之后，周原梓举起手，喊了一句：“兄弟们，出发！”

小小的个子，能量还挺大——周原梓发出的声音颇有震撼力。

大巴车从嘎洒机场出发，在前面开路。来自西双版纳州公安局的大巴车紧随其后，后面跟着一辆准备装载服务器的货车。

车子进入琅南塔城区之后，站在车前部的周原梓凑到司机跟前，给司机指路。

三辆车直接停在了沙湾拿院的门口。按照预先的安排，阿罗海队长指挥磨丁警署的警员们开始行动了。他们有的守着院门，有的冲进院子……

在周原梓的带领下，“李宸熙小组”的成员们直接向二楼冲去。刀海清带领着西双版纳州的民警们紧随其后，快速进入了一楼办公区。

他们的行动畅通无阻，没有受到保安或其他人的阻拦。骗子们还来不及反应，就被戴上了手铐。

李宸熙看见符有辰、庄新致被带到了院外，而钟天楚和龙元柯却并未出现。李宸熙快速来到二楼东侧紧邻大厅的房间，看见钟天楚正在反抗。不一会儿，周原梓和刺鲤市公安局特警支队的小丁便将其制伏了。

此时，龙元柯并没有在东侧的房间里。周原梓问钟天楚“龙元柯在哪里”，钟天楚没有理睬。

见钟天楚默不作声，李宸熙说道：“钟天楚啊，你要好好配合！”

钟天楚瞥了一眼李宸熙，仍然不吭气。

“钟天楚，广东省肇庆人……你不说也没关系，你的哥们儿符有辰会说的……”李宸熙不紧不慢地说道，“都到这个地步了，聪明的选择是配合……”

见两位技术人员要进来，李宸熙说：“钟天楚，龙元柯——龙老板到哪儿去了？快点儿说！说了，就给你记着……不说就没机会了！”

钟天楚又瞥了一眼李宸熙，说：“这又不是保密的事，都知道的……走了，离开了。”

李宸熙明白钟天楚说的“离开了”是什么意思。她从符有辰那儿得到了确认，龙元柯已经回到了马尼拉。于是，李宸熙立刻把龙元柯已经返回马尼拉的信息传递给了罗则。

技术人员有的拍照，有的录像，有的编号，有的造册，有的制作笔录。周原梓强调，要把进入现场时的原状记录下来，并且将电脑桌面和手机屏幕进行“固定”。

按照周原梓的安排，技术人员对庄新致和符有辰工位上的涉案工具进行了重点勘验。根据从电脑、手机里调取的信息初步判断，庄新致和符有辰在同一个小组，主要搞的是裸聊、冒充领导和恐吓类的诈骗。

他们在二楼东侧紧邻大厅的房间里找到了钟天楚的工位，旁边摆放着四部电话机和一堆“VOIP”“GOIP”工具。据此判断，这是一个冒充“公检法”的诈骗场所。

技术人员对涉案的电脑、手机进行了初步勘验，扣押了现场的全部犯罪工具，包括 86 台笔记本电脑、349 部手机、八部电话机和网络通信工具“VOIP”“GOIP”各 15 套，以及 15 个摄像头、24 个路由器、七个移动硬盘、78 个 U 盘、18 个不间断电源，还有一堆充电器、ADSL 猫、光纤收发机、网关、文件、书籍等。

服务器在一楼西侧的房间里，有三台，是那种大型的网络服务器。周原梓负责指挥，四个人搬一台，十分艰难地将服务器转移到了货车上。

行动小组的人继续向东区搜索，在二楼东边紧邻宿舍的 204、206 房间里各发现了两个人。房门开着，屋里的人正盯着电脑屏幕。行动小组的人进入房间时，他们默不作声、面面相觑。

参加行动的人员把情况向李组长进行了汇报，李组长急忙带着技术人员去房间里查看。根据现场的摆设及文件进行判断，204 房间是技术人员的工作室，206 房间是管理人员的工作室。

那份文件好像是花名册，上面有庄新致、符有辰的名字，还有周彬、李彬、苏婷、梁有元、王文才、黄鲜吉、查正稳、陈定、唐方、黄孝伟、金华文、潘炜、刘宏奖等人的名字，每个名字后面都有银行卡号和开户行名称。周彬的农业银行卡号是“623520150016137375”，李彬的民生银行卡号是“6226193402996316”，苏婷的交通银行卡号是“6222621110006271498”……很明显，苏婷是个女人的名字。可是，在抓到的人里并没有女人。难道苏婷是个男的，或者是……

于是，李宸熙便继续追问钟天楚。钟天楚说，苏婷请假了，到万象去玩儿了。

名单后面有分配方案和提成的比例：经理提成 12%，组长兼核心业务员提成 16%。其中，组长提成 14%，核心业务员提成 7%。另外，还要抽取 5% 作为平台的担保金和租金。组员的工资从组长的工资中抽取，转账给组员。管理人员、技术人员、财务人员、转钱人员（负责洗钱的人被称为“转钱人员”）和平台客服的工资由老板直接支付。

另一个行动小组在宿舍里发现了正在休息的两位工友。警察问他们为何没去上班，他们俩回答说："生病了，需要休息。"

周原梓带着两名队员继续向东搜索，在东区一楼走廊的尽头发现了一个关着门的房间，里面藏着一大堆废旧的器材。

除了回到马尼拉的龙元柯和去了万象的苏婷，其他嫌疑人全部到案。算上管理人员和技术人员，一共抓获了33个人。

李宸熙即将从沙湾拿院撤离时，接到了云南省公安厅刑侦总队孙谦副总队长的电话。孙副总队长说，他们那边的行动很顺利。根据F省警方提供的情报，他们对李宸熙标注的VOIP"猫池"安置处进行了冲击。他还说，他代表云南省公安厅对李宸熙表示感谢，感谢她提供了如此重要的情报。

载着行动组成员和作案工具的大巴车和货车行进在琅磨省道上。

行动组速战速决，只用了不到两个小时就对沙湾拿院窝点进行了有效、彻底的冲击。从磨丁口岸出来的车辆载着原班人马返回了磨丁，只不过那辆从嘎洒机场驶来的大巴车后部增加了一大堆手机、电脑、电话等物品。

服务器放在货车里，与其他作案工具分开包装，将被运到景洪市公安局，岩罕正在那边候着。周原梓和F省公安厅网安总队的傅再胜一起留下来继续工作。李宸熙给他们分配了任务，让他们搞清沙湾拿院广主的情况及其与骗子的交易情况之后，去景洪市公安局拆解三台服务器的硬盘，并设法擒住苏婷。

天色渐暗，下起了小雨。货车的车厢是密闭的，里面的服务器不会被雨淋湿。

李宸熙看了看双手被铐住的男人们和用包装袋包着的各类作案工具，心里有一种说不出的滋味。这些年轻人看起来很正常，为什么去做骗人的事呢？琅南塔怎么就成了电诈的窝点呢？

此时，参与“冲击”沙湾拿院行动的警务人员还没有用晚餐，磨丁警署的警员已经回到了磨丁警署。刀海清带领着西双版纳州公安局的警察们，正在帮助F省的警察把作案人和扣押的作案工具转移到飞机上。

傍晚7点钟，飞往闽越的“波音737”飞机起飞了。

这个时候，高支队长已经带人在乐平机场等候了。

三、来去匆匆

飞机一落地，大巴车就将行动组的成员们运到了“奕辉大厦”。

集结地是罗则定的，跟吴辉奕商量过了，吴辉奕一点儿也不忌讳。吴辉奕说，他和移民局的人打过交道，认识移民局的领导。罗则心想，表弟真是神通广大！

来自菲律宾移民局的25个兄弟身着绿色短袖迷彩服，到达了“奕辉大厦”。他们不停地说着些什么，在院子里来回晃荡，神气十足。可是，当领队接到上司的电话之后，他们的面貌有了明显的改观。领队尤利迪斯主动找到吴辉奕，向他鞠躬敬礼。

吴辉奕认识移民局的大头目，和这帮人的头儿关系很好，能镇得住他们。

吴辉奕很了解这些人，他们都有英文名字，却有一部分人是华人的后代。这些人中有很多人的前辈是通过认亲进入菲律宾的，吴辉奕和这些前辈很熟。所谓的“认亲”只是托词，其实是花钱入籍。花点儿钱，找个“二哥”，直接办理一套菲律宾的出生证、税卡、ID卡、护照，再一登记，就成了菲律宾人。以这样的方式入籍安全得很，极少受到干预。

移民局的小头目把尤利迪斯领队的底细告诉了吴辉奕，所以吴辉奕对尤利迪斯并不陌生。见尤利迪斯变得懂礼貌了，吴辉奕便和他聊了聊。尤利迪斯自报家门，说自己是华裔，让吴辉奕叫他“小宋”即可。小宋把站在旁边的副领队拉了过来，说副领队苏尔伦也是华裔，叫他“小苏”即可。

吴辉奕给每一位移民局的兄弟都发了一盒包装精美的中国茶，请大家尝一尝。吴辉奕说，马尼拉行动组的组长是他的表哥，请大家给予大力支持。

这些移民局的人很讲义气，稍加鼓动就来劲儿了。他们举起靠在肩头的长枪，哇哇地吼道：“支持，支持！”

中午，F省的行动队抵达了“奕辉大厦”。吴辉奕在大厦的院子内外摆了十几桌，请大家吃顿便饭。

吴辉奕把罗则介绍给了领队小宋。小宋为了套近乎，说他们的小头目去过闽越，在那边的警察学院培训了十几天。

罗则当场发放了补贴，移民局的参战人员每人领到了2000元人民币。

领到了茶叶，又有补贴，任务也不太重，大家非常满意。

吃饭的时候，罗则给他们分了组。通过前几天的观察，罗则决定让菲律宾移民局的25个兄弟承担警戒任务。结合三维地图，罗则指出了需要重点警戒的区域。一层的进出口安排四个人，16层安排14个人，17层安排五个人，领队和副领队负责指挥和调度……

根据各楼层骗子的大概人数，罗则在主楼的 16 层安排了 20 个人，在裙楼和附楼的 16 层安排了 15 个人，在裙楼的 17 层安排了十个人。剩下的七个人中，有四个人承担了在裙楼的 18 层抓捕犯罪嫌疑人的任务，有三个人负责在裙楼的 19 层进行抓捕。

20 名技术人员中，有七名被安排在主楼的 16 层，有五名被安排在裙楼和附楼的 16 层，有四名被安排在了裙楼的 17 层。在裙楼的 18 层和 19 层，各安排了两名技术人员。

南浩甫大声宣读了各组的名单和各小分队负责人的名单，彭菲茗用英语翻译了一遍。

罗则问大家是否明确岗位和任务，大家齐声喊道：“清楚了！”

行动组、技术组和菲律宾移民局的人分别登上了三辆大巴车，后面跟着两辆货车。不到五分钟，车子便驶入了“OCC”区域。这时候，有个保安走过来询问，挡在了车前。移民局的领队派了一个壮小伙儿，对挡道的保安说了几句话，保安就放行了。

在罗则的指挥下，五辆车掉了个头，齐刷刷地停在了“U 底”的货梯前面。

于是，各分队分头奔向了目标区域。

三个菲律宾移民局的人很规矩地守住一楼的出入口，其他人挤进电梯，上了 16 层和 17 层。

主楼的 16 层由南浩甫负责，裙楼和附楼的 16 层由闽越市公安局刑侦支队副支队长关小波负责，裙楼和附楼的 17 层由闽越市公安局特警支队的乔家辉负责。18 层的指挥任务交给了刑侦总队刑事技术支队的宛兴凯，而 19 层则由 F 省公安厅网安总队三支队的柏开友负责。

彭菲茗紧跟着罗则，协助罗则全面地进行指挥和调度。

南浩甫带领着小分队快速进入了主楼的16层。眼前的方汉钟，南边的何达乐，北边的赵玲梦……南浩甫见到了那些熟悉的面孔。大家分头行动，快速贴近，在技术人员的协助下进行抓捕。很快，处于惊愕之中的骗子们便被戴上了手铐。行动组的成员们没有作过多的解释，立即开始搜身。从犯罪嫌疑人身上搜到的东西，放在了他们的工位上。他们将主楼办公场所的人悉数拿下……

紧接着，技术人员开始对现场进行处置。为了回去之后便于重建，在拍照、录像、编号和做笔录的时候，他们更加注意分区和序号的编排。

他们没有急于停用作案工具，让技术人员记录了原始状况，并对那些关机后有可能会消失的电子数据进行了必要的固定和提取。

记录完之后，他们切断了电源，在尽可能保持原状的情况下，对笔记本电脑、手机、电话机、网络通信GOIP工具、摄像头、路由器、移动硬盘、U盘、不间断电源、ADSL猫、光纤收发机、网关等进行了包装。那个戴着眼镜的小个子警察在包装的外面贴上了标记卡。

裙楼和附楼的16层是连着的。在拐弯处向西望去，100多米长的附楼里，比较宽松地摆放着桌子、椅子和各式行骗工具。在关小波的指挥下，大家开始抓捕犯罪嫌疑人。坐在北墙边的小伙子拒捕，没挣扎两下就被制伏了。他们进入附楼东侧的居住区进行搜寻，推门进了一个房间，发现下铺上躺着一名年轻女子，立即把她擒获了。

关小波他们抓捕犯罪嫌疑人时，技术人员快速地对现场的犯罪工具、痕迹物品进行了勘验和检查。他们按照罗则的交代，认真地将现场的原状进行了固定，把正在运行的作案工具记录下来，对一些容易遗失的电子数据进行了提取，对需要扣押的犯罪工具进行了打包和标记。

乔家辉带领着十人小分队快速赶到了裙楼的17层，惊动了过道边坐得比较靠前的女子。这名女子的尖叫声引起了屋里那些男人的注意，他们纷纷站了起来。见此情景，菲律宾移民局的五个兄弟相继冲到屋内，喊叫声四起，室内瞬间一片混乱。乔家辉大声吼了起来："不许叫！站在原地，双手抱头！"见有穿制服、带枪的人冲进来，屋里的人安静地站在那儿一动不动。

小分队的队员们靠了上去，给屋里的人都戴上了手铐，然后进行搜身并带离，干净利索。

技术人员按照流程对现场进行勘查，对犯罪现场的空间结构进行了固定，对犯罪现场的情况进行了记录，并提取了电子数据，进行了打包、标记和扣押。

18层的三个涉案房间的门都开着。房间很宽敞，里面有工作台，还有床铺和一些生活用品。1811号房间里有两个人，1812号房间和1813号房间里各有一个人。他们要把房间里的人带走时，罗则和彭菲茗出现在了1812号房间的门口。罗则认识1812号房间里的那个40多岁的男人，他就是龙元柯。

龙元柯不是在琅南塔吗？罗则正在纳闷，李宸熙打来了电话，说龙元柯已经回马尼拉了。

这名男子的确是龙元柯。于是，罗则让即将被带走的几个人返回了房间。进入1812号房间后，罗则叫了一声"龙元柯"。龙元柯瞥了罗则一眼，没有吭声。罗则粗略地观察了一下1812号房间，发现桌上有几张纸。他顺手拿起一张纸，看见上面有几行打印的文字——经理提成12%，组长兼核心业务员提成16%。其中，组长提成14%，核心业务员提成7%。抽取5%作为平台的担保金、租金……组员的工资由组长从其收入中抽取，转账支付。管理人员、技术人员、账务人员、转钱人员、平台客服的工资由老板直接支付。很显然，这是诈骗团伙的分配方案。

根据房间的结构和桌上的文件判断，18层应该是管理人员工作和居住的地方。

罗则突然觉得，住在19层的那几个人也是关键人物。他让宛兴凯带领行动队的队员和技术人员看管18层的这几个人，他自己则快速赶到了19层。

此时，F省公安厅网安总队三支队的柏开友已经把在19层抓获的三个人转移到了电梯口。罗则看了看这三个人，认出了其中的一个“高个子”——展源。罗则让柏开友把他们分别带回了1911号、1912号和1913号房间。罗则到各个房间里去看了看，发现这几个房间的结构与1812号房间相同，既是工作的地方，又是住宿的地方。一个大大的显示器正在运转，技术人员正在进行查勘。罗则核实了一下，确认19层是技术人员的工作区和生活区。罗则简单地问了展源几个问题，便回到了18层。

罗则再次进入1812号房间，大声说道：“龙老板，知道我们为什么要把你带走吗?”龙元柯仍然没有吭声。

“没关系，事情已经很清楚了。我只是想问一下，龙大老板，你的亲人龙腾洋现在何处?”罗则靠近了龙元柯。

但是，龙元柯还是没有吭声。

此时，罗则的手机响了。罗则一边从裤袋里掏出手机，一边对龙元柯说：“不急，等会儿再问你。”

电话是南浩甫打来的。南浩甫说，他们在停车场遇到了麻烦，有一伙人携带枪支阻拦他们。

罗则简单交代了一下，就匆匆地向电梯口走去，边走边给移民局的小宋打电话。

站在几个穿便装的人旁边的是一队穿制服、扛长枪的人，挡在了南浩甫他们和犯罪嫌疑人前面。

罗则从“OCC”主楼的大门口走向停车场的时候，尤利迪斯出现在了“OCC”大楼的“U口”南侧，后面跟着一队穿制服的人。

罗则和尤利迪斯的队伍靠近大巴车时，从人群里冲出一名身材魁梧的男子，站在高处，用英语吼道：“这里是我的地盘！谁让你们来抓人？”

一听便知，说话的人就是“OCC”大楼的楼主。据罗则了解，这位楼主名叫“欧天枫”，是一位华裔商人，与尤利迪斯的父辈们有相同的经历。

尤利迪斯并不认识这位楼主。听到楼主大吼，尤利迪斯没有客气，用英语大声喊道：“我们是移民局的！你要干什么？这座楼里有很多非法移民……证据确凿，我们是来抓人的！”

“手续呢？拿来看看！”楼主的声音小了一些。

在抓捕的过程中，发生冲突是难免的。对于冲突，罗则的主张是“尽量化解”。当下最要紧的是，快速转移犯罪嫌疑人和犯罪工具，任何阻碍都对行动不利。

罗则走上前去，对楼主说：“我是本次行动的负责人。欧先生，咱们借一步说话!”

于是，楼主跟着罗则走到了花坛边。罗则看了一眼楼主，说：“欧老板，我听说过您。我们是在执行公务，手续齐全。要抓的人不仅非法居留，还涉嫌犯罪。他们搞电诈，骗了很多中国人，骗了很多钱……您知道吗?”

欧老板摇了摇头。

“16 层和 17 层的租户都是谁，欧老板知道吗?”罗则指了指“OCC”大楼的主楼。

“知道啊，是大柚子投资公司!”

“大柚子投资公司的老板是谁，欧老板知道吗?”

“这个……我得问一下。”

“不用问了，我们早就查清楚了。大柚子投资公司是一家诈骗公司……租您房子的老板叫赖其昌，是个冒名顶替的……这些情况，欧老板知道吗?”

欧老板没有说话。

“大柚子投资公司搞诈骗的事，如果欧老板不知情，就赶紧让路。如果欧老板知情，就是有意阻拦……这就不好办了。”罗则表情严肃地说道。

欧老板转头看了一眼旁边的人。

不知道吴辉奕从何处得到了消息，也赶到了“OCC”大楼。吴辉奕用中文向欧老板打了招呼，欧老板亲切地回应了一句。吴辉奕走到欧老板跟前，拍了拍欧老板的肩膀，说：“哈哈，老兄，真是大水冲了龙王庙啊……自家人啊! 天枫兄弟，这是我表哥——罗则。我不知道他们到你这里来……是为了行动啊! 得到消息后，我马上就赶过来了……真是时候!”

欧老板笑着说道：“听说有人到我这里抓人，我很生气啊！没告诉我一声……就抓人啊！”

“不知道就对了！要是知道了，来个通风报信的，可就麻烦了。老弟啊，听我表哥安排吧，不会有错的！”吴辉奕笑着说道。

欧老板向那些挡道的人摆了摆手，那些人就散了。

接着，又有犯罪嫌疑人被带到了停车场。

吴辉奕把尤利迪斯叫过来，介绍给了欧老板。几个人用汉语聊了几句，便称兄道弟了。

罗则和欧老板聊了聊大柚子投资公司的老板，发现欧老板并不知道大柚子投资公司的法人与实际的老板不是同一个人。

把犯罪嫌疑人顺利押上车之后，罗则、欧天枫和吴辉奕互相道了别。欧天枫让自己的队伍撤了，紧挨着吴辉奕向“奕辉大厦”走去。

罗则再次上了楼。在16层，犯罪工具大都已经装箱、打包了，两名技术人员正在到处搜寻服务器。服务器和电脑的连接线藏得比较隐蔽，他们暂时没有找到服务器。

罗则认为，除了主楼的16层，裙楼的16层、17层、18层、19层都有同样的问题。与其这样找服务器，不如直接问展源。

他让彭菲茗与南浩甫取得联系，让南浩甫和柏开友一起把展源带到16层。

利用这个空当，罗则快速来到了17层。17层的技术人员忙着装箱、打包，根本不知道服务器在何处。

于是，罗则来到了18层。龙元柯已经不在1812号房间了，被宛兴凯带领的小分队带走了。

在19层，两位技术人员仍然在拆线和打包。

罗则回到 16 层时，展源已经被带到主楼 16 层的楼梯口了。

罗则直截了当地用刺鲤话问展源："服务器放在什么地方?"展源看了一眼罗则，直接说出了服务器的下落。展源戴着手铐，把罗则带到了主楼和裙楼的连接处，那儿有一个半封闭的空间。展源抬起手，指了指那个半封闭的空间，说："服务器就在里面……都在里面。"

技术人员破门而入，发现空调机还在运行，服务器"吱吱"作响。在这个半封闭的空间里，摆放着九台服务器。

罗则让彭菲茗通知各楼层的有关人员，服务器已经找到了。

龙腾洋在哪里呢?

罗则顺便问了一下展源。展源倒也爽快，说他认识龙腾洋。

罗则继续问展源："你平时与龙腾洋有没有来往?"

展源回答说："有一些来往。"

罗则又问："你知不知道龙腾洋在哪里?"

展源说："不知道在哪儿。"

要想知道龙腾洋的下落，还得去问龙元柯。

尤利迪斯带着移民局的人离开了。各楼层小分队的负责人和技术组的组长把抓获的犯罪嫌疑人和扣押物品的清单交给了罗则。

这次行动，总共抓获了 54 名犯罪嫌疑人。其中，在主楼的 16 层抓获了 21 个人，在裙楼的 16 层和附楼的 16 层抓获了 13 个人，在裙楼的 17 层抓获了九个人，在裙楼的 18 层抓获了四个人，在裙楼的 19 层抓获了三个人，在居住区的 16 层抓获了一个人，在 14 层的公寓抓获了三个人。在抓获的 54 个人当中，就有龙元柯。14 层公寓里的三个人，是南浩甫带队查到的。

根据扣押清单进行计算，总共扣押了九台服务器、244 台笔记本电脑、572 部手机、24 部电话机，还有 36 套网络通信工具、34 个摄像头、66 个路由器、21 个移动硬盘、215 个 U 盘、34 个不间断电源和一堆 ADSL 猫、光纤收发机、网关、文件、书等。

犯罪嫌疑人和扣押的物品被直接运到了机场。

他们费了好大的劲儿才把服务器装到车上，运到了“奕辉大厦”。

罗则看了看手表，离飞机起飞时间还有一个多小时。罗则心想，要是能搞清龙腾洋在马尼拉的具体位置，把他擒获，一并带回国内就好了。

吴辉奕给罗则准备了一辆中巴车。罗则带上彭菲茗和四名行动组的成员，将龙元柯带到了“奕辉大厦”。

路上，罗则用剌鲤语和龙元柯聊了聊。

“前几天，你到琅南塔干什么去了？”罗则问。

“去……”龙元柯欲言又止。

“不说也罢，我们都知道了。在那边，你们还有一个点……你去视察工作了。”说着，罗则拍了拍龙元柯的肩膀，“老乡啊，痛快点儿，配合一下！”

龙元柯沉默不语。

“在‘OCC’大楼，我问过你。龙腾洋在哪儿？”

龙元柯仍然没有吭声。

“元柯啊，有很多事情……我们都搞清楚了。龙腾洋才是真正的头儿，你只不过是个帮手。这一次，我们可是下了血本。即使你不说，龙腾洋也是要归案的。你说了，就是给自己一个机会……”罗则说。

正说着，车子到了“奕辉大厦”。

罗则继续说道："你和龙老板很亲密……你们都在虎邱镇感德村待过，是族亲。不过，事情到了这个地步，你不说，我们也很快就能找到他。你说了，就可以和他一起回国了。"

"我知道，这一天迟早会来……"龙元柯回答道。

"干脆一点儿！龙老板在哪儿？"罗则感觉龙元柯就要交代了，"走吧，咱们一起去找他吧！指个方向……"

龙元柯叹了一口气，点了点头。

中巴车向龙元柯指的方向驶去，没过多久就来到了一个院子前面。龙元柯用手指了指，说龙腾洋就在里面。

两名行动组的成员看住龙元柯，罗则带上彭菲茗和另外两名行动组的成员冲进院子，发现龙腾洋独自一人待在屋里。于是，罗则给龙腾洋戴上了手铐。龙腾洋并没有反抗，也没有说话。彭菲茗扣下了龙腾洋的手机，填写了一份清单，让龙腾洋签字。

然后，中巴车直接向机场驶去。罗则给南浩甫打了个电话，作了一些交代，并将"龙宅"的位置发给了南浩甫。

马尼拉行动队的成员和抓获的犯罪嫌疑人一起进入了机舱，扣押的物品被装入了行李舱。罗则、彭菲茗和四名行动队的队员押着龙腾洋、龙元柯步入了机舱。

南浩甫带领着"马尼拉行动善后处理小组"留在马尼拉，对帕西格阿拉亚街 59 号的"龙宅"进行搜查，并对"奕辉大厦"的服务器硬盘进行拆解。

第十一章　迟来的升级

一、窝点重现

夜半时分，高支队长接到了来自马尼拉尼诺伊·阿基诺国际机场的专机。在罗则的指挥下，押解人员和犯罪嫌疑人很快就被转移到了大巴车上。大巴车迅疾地驶向预先设定的目的地——越北公安分局“8·11”专案审理区。两辆运载扣押物品的货车紧随其后……

陈总队长在“8·11”专案审理区坐镇，而高支队长则留在机场迎接来自嘎洒的专机。

大巴车的司机坐在驾驶室里打盹儿。跟着高支队长来的三名民警进入大巴车，坐在座位上闭目养神。高支队长围着车辆走了几圈儿，然后上了车。他站在车窗跟前，看着正在降落的飞机。闽越初秋的深夜，一阵风吹来，竟有了一丝凉意。

此时，来自嘎洒的专机还在天上飞着。琅南塔行动组对窝点的清查工作结束得比马尼拉行动组要早，却比从马尼拉来的人晚一些到达乐平，因为从琅南塔到嘎洒机场要两个多小时的车程。

一架飞机降落了，却不是高支队长要接的飞机——来自嘎洒的专机一个小时以后才能落地。

接机后，他们要将人和物都运到越北公安分局“8·11”专案审理区。到了审理区，还有一大堆事情要做。看来，他们注定要度过一个不眠之夜。

凌晨两点钟的时候，又有一架飞机降落了，正是高支队长要等的那架飞机。机舱的门打开了，从琅南塔抓获的犯罪嫌疑人戴着手铐，被押解着走下舷梯，登上了大巴车。机场的行李车停在行李舱旁边，扣押的犯罪工具被装上行李车，运到了货车跟前。技术人员快速把货物从行李车上卸下来，装上了货车。

不到半个小时就装卸完了，车子按照预定的路线向“8·11”专案审理区驶去。

罗则从闽越市公安局第三看守所借来了监房，把这些犯罪嫌疑人关了进去。由郑海田副厅长进行协调，在省厅的督察、法治总队的监督和见证下，刑侦总队向闽越市公安局第三看守所借了25个房间，安顿了“8·11”案件的犯罪嫌疑人。这些犯罪嫌疑人尚未办理入所手续，仍然处于被拘留状态。办案人员可以将他们带到公安机关的办案中心进行讯问，再根据审理的情况陆续办理入所手续。

当然，这是一种程序上的变通，是为了应对特殊情况。

罗则让参与抓捕行动的一部分民警回家或到西湖宾馆休息，自己带着留下的民警和技术人员把从马尼拉带回来的物品搬到桌子和架子上。

按照构想，他们将让马尼拉“OCC”大楼的窝点“再现”。

从琅南塔押回来的犯罪嫌疑人也被送进了第三看守所的监室。从琅南塔回来的民警回家休息或住进了宾馆。

他们把闽越市公安局反诈中心作为“重现”窝点的地方，分成了两个相对独立的区域——马尼拉“OCC”大楼区和琅南塔沙湾拿院区。

反诈中心的东、西两侧都摆放着桌子、椅子和架子，是高支队长从F省公安厅和闽越市公安局的有关部门借来的。南浩甫说，东侧的九台服务器和西侧的三台服务器是从F省数源配侦公司借来的。

于是，参与琅南塔行动的技术人员便开始“重现”沙湾拿院窝点了。

“OCC”大楼在东面，沙湾拿院在西面。罗则说，马尼拉就在琅南塔的东边，这样布局，在空间上不容易搞错。

留下来的非技术人员在罗则和李宸熙的指挥下来回走动，不停地摆放电脑、手机、电源、路由器等物品。

陈语全总队长一边忙碌，一边笑着说道：“你们连续作战，我可不能袖手旁观。听从罗总的指挥，共同战斗……这是态度，也是给大伙儿具体的支持。”

窝点快速成型了，沙湾拿院的一楼、二楼被“重建”在了不同的地方，而“OCC”大楼主楼、裙楼、附楼的16层，裙楼的17层，还有裙楼18层的三个房间、裙楼19层的三个房间也被隔开了。

罗则说，“重建”是一项基础工作。有了这项工作，电子数据类证据的收集就有了依托。有了这项工作，证据体系的依法构建就有了一定的基础。

东边的“重建”有条不紊地推进着，模仿马尼拉环境的“网络重构”也进展顺利。罗则往西边瞧了瞧，李宸熙站在边上指挥着……

罗则向西边挪了挪，想和李宸熙商议一下案件审理的具体事宜。按理说，应该叫上高支队长，可是高支队长和彭菲茗一起忙着和第三看守所对接，一时无法抽身。

罗则预估了一下，再过三四个小时，窝点的“重建”就基本上完成了。不过，服务器的硬盘还在马尼拉和琅南塔。显然，缺少了服务器，“重建”就不完整了。按照计划，最迟第二天上午，南浩甫和周原梓就回来了。到了那个时候，让窝点“运转”起来是最合适的。

抓捕回来的人有点儿多，还得在预案的基础上考量一下。

于是，罗则来到了李宸熙跟前。李宸熙一如既往地脚步轻快、指挥若定，但罗则却看出了她的疲惫。她的笑容不像精神抖擞时那么灿烂，她的双眼似乎正被睡意包围。

罗则突然意识到，窝点的“重建”进行完以后，一定要让这些连续作战的专案组成员回家休息一下再投入审讯工作。

不过，此刻还是要商议一下案件审理的事。

李宸熙认为，有了《“8·11”专案动态并案图表》，就能把所涉案件、犯罪嫌疑人和时间、种类、所属城市、引流手法、涉案APP、投资平台、手机号码、转账银行卡号、资金流水账号、被骗人姓名、被骗人性别、被骗人身份证号、涉案金额等要素关联起来了。“再现”并激活了窝点之后，此案涉及的物理空间和网络空间就有了具体的依托。

李宸熙说，下一步首先要做的是把抓获的犯罪嫌疑人与“再现”的窝点及相关要素对应起来。一旦实现了对应，就可以进一步弄清犯罪事实、构建证据体系了。

罗则也认为，《“8·11”专案动态并案图表》是审理案件的基础和依据。当然，要通过审讯进一步细化个案的要素，再通过对个案要素的细化把整个案件的要素都弄清楚。

关于下一步如何进行审讯，他们俩商议之后，达成了共识。他们认为，调集很多人分头对犯罪嫌疑人进行讯问是不妥的。那样做的话，尽管效率很高，但是由于临时调来的人对整个案件缺乏了解，不利于全面获取真实的情况。比较妥当的做法是，成立适当数量的审讯小组。

至于成立多少个组、由谁来担任组长，他们的看法是，由专案组的成员负责，组建审讯小组。

起初，他们担心那样做会影响审理的进度。要审的犯罪嫌疑人将近90个，仅成立六个审讯小组是不够的。况且，专案组的成员还得一边审讯，一边指导技术人员对“重建”的窝点进行深度勘验。不过，李宸熙说，可以对犯罪嫌疑人进行分类，明确“重点”与“一般”，只问那些必须问的问题，工作量会大大减少。对大多数犯罪嫌疑人来说，必须问的问题是相同的。在这种情况下，只问少量必须问的问题就可以了。这样一来，由六个组进行审讯是可行的。

罗则觉得，李宸熙说的有道理。侦查工作进行到这个阶段，大多数犯罪事实已经清楚了。有证据证明，犯罪嫌疑人、案件和其他要素已经初步关联起来了。所以，并不是所有犯罪嫌疑人都需要讯问。通过讯问，可以进一步明确人、案件、犯罪行为、物之间的关联，还可以发现和挖掘一些“未知点”。一旦明确了人、案件、犯罪行为、物之间的关联，没有需要挖掘的“未知点”了，就没有必要对所有犯罪嫌疑人进行讯问了。

因此，由六位专案组成员组建审讯小组，让技术人员慢慢地对“重建”的窝点进行深度勘验就可以了。

陈总队长、高支队长不停地忙碌着。罗则、李宸熙、彭菲茗经过短暂的休息，重新回到了审理区。窝点已经“初建”和“重现”完毕，从琅南塔、马尼拉抓捕回来的犯罪嫌疑人正等着接受讯问。

罗则再次召集了高支队长、李宸熙和彭菲茗，商议犯罪嫌疑人的分组问题。李宸熙提议，可以根据犯罪嫌疑人所在的空间和扮演的角色进行分组。对此，大家表示赞同。

于是，就有了“沙湾拿院”和“OCC”两个“大组”。罗则决定，将龙腾洋归入“OCC 组”，将龙元柯归入“沙湾拿院组”。

通过对已知数据进行分析，罗则他们得知沙湾拿院主打的是冒充“公检法”诈骗，兼营“冒充领导诈”“恐吓诈”和“利用事件诈”。后期，他们还搞了“校园贷清理诈”和“裸聊诈”等诈骗活动。在“OCC”大楼，骗子们的主业是“杀猪盘诈”，覆盖了所有区域。主楼、裙楼、附楼的 16 层和裙楼的 17 层都设有“杀猪盘诈骗组”。“OCC”大楼的骗子们兼营的诈骗种类繁多，在主楼的 16 层搞“期货诈”“网购退款诈”“中奖诈”“虚拟币投资诈”和“股票投资诈”，在裙楼、附楼的 16 层搞“冒充领导诈”“虚拟币投资诈”和“博彩诈”，在裙楼的 17 层搞“贷款诈”和“理财诈”，后期还搞了“刷单诈”和“裸聊诈”。

骗子们大都身兼数职，擅长各种骗术。

根据窝点的具体位置、骗子在团伙中扮演的角色等，罗则把一些必问的有代表性的人物进行了分组。

他把冒充“公检法”诈骗的钟天楚分给了“周原梓小组”，

把“OCC”大楼的技术人员展源分给了“南浩甫小组”，还把雇用王明德架设 GOIP 工具的老马和欺骗娄月潇的“小肯月”分给了“南浩甫小组”。“彭菲茗小组”负责审讯搞“期货诈”的赵玲梦和化名“刘京东”搞“杀猪盘诈”的袁启山。那个何达乐由高安柏进行讯问，而讯问龙元柯和苏婷的任务则交给了李宸熙。另外，核心金主龙腾洋由罗则亲自搞定。

罗则说，这是第一阶段的安排，后续的工作要根据讯问的进展情况来定。

9 月 13 日中午，南浩甫、周原梓先后回到了越北公安分局“8・11”专案审理区。他们顺利地拆解了放在景洪市公安局、“奕辉大厦”的服务器硬盘，并将硬盘带回来，让技术人员把硬盘装入了相应的服务器。

周原梓和傅再胜一起把苏婷带了回来。因为信息被严密封锁了，所以苏婷并不知道窝点被端了。9 月 12 日，苏婷从万象返回沙湾拿院时，被在那里守株待兔的周原梓和傅再胜抓了个正着。

南浩甫向专案组汇报了在帕西格阿拉亚街 59 号的“龙宅”进行勘验的情况。南浩甫说，“龙宅”空间巨大，但是那里的东西并不直接涉案。所以，南浩甫只是依法扣押了“龙宅”的一台笔记本电脑。该笔记本电脑加了密，尚未破解。

南浩甫和周原梓都说不休息了，立刻投入了战斗。

他们来到了宽敞的闽越市公安局反诈中心。“重现”的窝点已经开始运转了，各区域的负责人正在指挥技术人员取证。

几个专案组的成员来到相关区域，再次进行复核，熟悉“重现”的窝点。过一会儿，他们将把各自的讯问对象带到窝点来，对号入座，真正实现人、案件、情节的关联。

专案组的成员们商议了一下审讯方案，认为“让犯罪嫌疑人如实交代”是核心问题。此时此刻，讯问对象的心理状态各不相同，对讯问的态度也不一样。作为犯罪嫌疑人，他们是不会轻易供出自己的罪行的。因此，面对不同的讯问对象，要使用不同的策略，比如“法律攻心”“使用证据”“施用策略”“搭建台阶”“制造囚徒困境”等，辅以必要的“辩诉交易”，这样才能促使他们主动、如实地供述……

在陈总队长的安排下，专案组抽调了反网诈支队的李河流、毕志杰和反侵财支队的牛心明、吕值，以及越北公安分局刑侦大队的尹佳、网安总队的傅再胜，分别与罗则、高支队长、李宸熙、彭菲茗、周原梓组成了审讯小组，分头行动。

罗则强调，各组要及时互换信息。

二、展源最先开口

罗则一下子把三名犯罪嫌疑人交给了“南浩甫小组”，南浩甫不是很明白他的意图。展源是搞技术的，老马是搞管理的，“小肯月”是在前台表演的……三者的身份不同，却交给了同一个小组。南浩甫犹豫了一下，还是没有去问罗则为什么这样安排。南浩甫想了想，这样安排大概是为了让一个小组从不同的角度对各种角色进行了解吧。

三个讯问对象，还得一个一个地突破。要是再找一个人，配合南浩甫和尹佳，分别对三名犯罪嫌疑人进行讯问，就违背了罗则的初衷。南浩甫和尹佳商量了一下，决定从展源入手。

根据已知的信息，展源是 F 省刺鲤市人，1990 年出生。他和

“8·11”案件的犯罪嫌疑人赵玲梦是同乡，很早就相识了，在厦门共事过一段时间。2018年3月15日之前，他们俩有在境内活动的轨迹。2018年3月15日之后，他们在境内活动的轨迹便消失了。在国内时，展源开过电脑维修店，卖过电脑。在“8·11”案件中，他的身份是网站搭建者、管理员和运维人员。

据罗则说，展源是一个比较爽快的人。在“OCC”大楼，罗则想从展源那里打探服务器的下落，展源没怎么推脱就说出了服务器所在的位置。

展源个子挺高，长相还算清秀。

南浩甫和尹佳把展源带到了“重现”的窝点。

从第三看守所到“重现”的窝点，步行只需三四分钟。尹佳在前面带路，南浩甫和展源并排走着。南浩甫问展源是哪里人，展源说他是刺鲤人。尹佳回过头来，用刺鲤话问展源，具体在刺鲤的哪个地方。展源说，在刺鲤市鲤泽区。

于是，南浩甫把展源带到了“重现”窝点的东北角。面对“重现”的“1912”，展源微微点了点头，嘟囔着：“厉害，厉害！”

“老兄，看一下，这个房间里有没有……缺了点儿什么？”南浩甫问。

“死的吗？”展源问。

“活的。”南浩甫动了动面前的电脑，“可以上网，继续骗人。”

“厉害，厉害！”展源再次点头称赞。

“聊一聊吧……聊一聊这几年都是怎么干的。”南浩甫把话题切换到了正题。

“唉，平安无事太久了，来不及升级就被发现了！”展源又叹了口气，“不过，你们连‘OCC’大楼都能搬过来……佩服！”

“你是哪一年出去的?”南浩甫问。

“出去一年多了。”

“具体是哪一年?”

“2018 年……年初吧!”

“没回来过?”

“是的，出去后就没回来过。”

“家人呢?”

“都是打工的，各干各的。”

“老婆呢?”

“哈哈……孤家寡人。”

他们一边说，一边往边上移动，然后坐了下来。尹佳把笔记本电脑放到桌面上，快速地记录着。

“你为什么能干上技术活儿?”

“看不起我?”

“有些好奇。看样子，你还是个头儿。怎么做到的？是啊，你仅仅是高中毕业……”

“没有人才吧……就干上了。不过，不是吹的，我也不差。我虽然没上过大学，但是卖过电脑，也修过电脑。学呗，摆弄摆弄就会了！搭个网站，开发个 APP……也不是太难的事。”

“自学成才?”

“成才不敢当，自学倒是真的。那些上过大学的……还不如我。”

“平时在公司都做些什么?”

“负责技术……当然，就是干技术活儿。”

“具体说一说!”

“最主要的是……运行维护、监控和操控。去年，自行研发APP、自行搭建网站的活儿比较多，近期少了……”

“为什么少了?”

“老板说，去租，去批发……效率更高，成本更低。”

“这话是什么意思?”

“网上有出租网站的，租来用便是。如果被发现了，就丢了——方便。小众通联APP，网上一大把，买来用就是了。”

“租赁的活儿，让你们干?”

“是啊!”

“洗钱的技术活儿，也让你们负责?”

“我们只提供门路……也是买的或者租的。”

“那些GOIP之类的网络通信工具，由技术组负责搭建吗?”

“当然。”

“是怎么搭的呢?”

“说实话，这事我让老邱负责……”

“邱伯友是什么人?”

“是我们技术组的，住在我边上的那个……”

南浩甫刚要继续发问，展源突然问道：“警察老弟，我这种情况……会怎么判呢? 我只是个打工的，这几年啊……也没有太多收入。”

南浩甫回答道：“你主动配合，我们会记录下来的。这些记录……会成为从轻处罚的依据。所以，重要的是如实回答。”

“真的，我只是来打工的……”

“技术人员都归你管，是吧?”

“说是这么说，其实也用不着管。”

“琅南塔那边的技术人员……也由你管吗？”

“老板是那样说的，可是我只去过一趟，管个‘毛线’……”

“‘OCC’大楼这边有几个技术人员？”

“这个还真不好说！”

“为什么？”

“技术人员……不是那么绝对的。其实，除了我们19层的三个人，各楼层都有技术人员。只不过，他们还得干别的活儿。”

“‘微奇’APP是你选用的吗？”

“是的。其实，老板也很内行……他也推荐使用的工具。”

“你说的老板是哪一位？”

“龙老大。”

“龙老大的姓名……”

“我全说了，你们可得记啊！”

“当然。”

“龙腾洋。”

“老乡吧？”

“是。”

“很早以前就认识了吧？”

“是。”

“你刚才说来不及升级，是什么意思啊？”

“为了长久地安全，有一些设想……对老板说了，可是老板没动。他也是懂技术的，水平比我还高，可就是没动。栽了吧！”

“龙老板很懂技术，在哪儿学的？”

“人家可是大学生，基础厚得很。”

“具体要怎样升级呢？”

“本来想弃用自己的服务器，直接租用美国和中国香港的服务器，这样不用断网就很难渗透。也想啊……升级网站框架版本，实施站、库分离，弃用大众化的交友工具，可还是用了微信、QQ、抖音，结果就栽了吧!”

“继续说说升级的事吧!”

“警察老弟啊，我真的是全说了啊!”

“听得出来。我们都记了……”

“老板还提出日租 QQ、微信，但也没有落实。有好长时间，这边风平浪静，所以懒得去动。麻痹大意啊!”

“后悔吗?”

“作为搞技术的，的确感到后悔……都说了要技术升级，可就是迟迟不动手。结果……唉!”

“老展啊，冥冥之中，人在做，天在看。你还是好好地继续说吧!”

“我们还试过 APP 防抓取技术……APK 真机检测、数据加密、代码混淆等加密技术，也试了 VCAM 虚拟摄像头技术。一旦用上这些技术，我们在对抗中就一定会占据主动。”

南浩甫觉察到，眼前的这个技术人员很牛。展源提到的升级技术，是很多侦查员从未遇到过的。

南浩甫问展源，还准备把什么技术升级。展源说：“VOIP、GOIP 有些过时了，会被追踪的。本想升级到跳转 IP、秒拨 IP，通过回国链路、物联网链路、软路由进行‘技术隐蔽’，可是还没来得及行动。那些物联网设备，比如智能音箱、机顶盒，还是好用的，可以进行隐蔽线路的 IP 跳转。”

展源介绍说，“OCC”大楼的九台服务器看似相同，其实区别很大，补丁的差异很大。

南浩甫顺便问了一下展源和赵玲梦的关系。展源说，他们是老乡，很多年前就开始跟着龙老板干活儿了。后来，他们一起到了马尼拉。他们只是老乡，没有其他关系。

南浩甫问展源："你是如何从F省前往马尼拉的?"

展源说，当时龙老板在境外和展源在微信上语音通话，让展源前往马尼拉，和他一起经营公司。对龙老板的邀请，展源心照不宣。按照龙老板规定的路线，他从刺鲤乘火车到了南宁，又从南宁坐汽车到了崇左。然后，他以"北亚五日游"为名，从崇左到了太原，又从太原到了芽庄，经海路抵达了马尼拉。

这是一条从F省到菲律宾的通道，专案组已经查清了，展源的供述证实了这一点。

问及展源与龙老板的关系时，展源说，2017年，他就和龙腾洋一起做虚拟货币投资生意了。那时，他也是给龙老板打工。问到两位老板是否加入菲律宾国籍时，展源回答说："加入了。"

把展源送回监室以后，南浩甫提审了"OCC"大楼1911室的邱伯友。

对南浩甫而言，"邱伯友"是一个陌生的名字。听展源把邱伯友称作"老邱"，南浩甫以为他是一位老者，其实他看起来比展源还小。展源说过，邱伯友上大学时读的就是通信工程专业。

邱伯友说，他是湖南岳阳人，通过朋友介绍来到了大柚子投资公司。问到他是如何从岳阳抵达马尼拉的，他说他是按照公司规定的路线出境的。当时，他们一伙人绕道广西，是以"五日游"为由出境的。

邱伯友也是绕道广西，出境的路线与展源完全相同。南浩甫问邱伯友是否知晓去马尼拉干什么，邱伯友的回答是：“只知道出去打工，没有细问。招工的人说，待遇挺高的。”

邱伯友说，他是2018年国庆节前去的马尼拉。问到是谁介绍的，邱伯友没有直接回答。问到是否认识袁启山，邱伯友点了点头。问到是不是袁启山介绍的，邱伯友又点了点头。

在问邱伯友这些问题之前，南浩甫已经让尹佳比对了邱伯友与袁启山的户籍地，发现他们俩都是湖南省岳阳市华容县新河乡六合村人。老乡介绍老乡加入网络诈骗队伍，是最为常见的……

问及技术问题时，邱伯友显得十分谦虚。他称展源“师父”，说展源比他懂的多。他知道的东西有限，只是负责通信而已。

聊到通信时，邱伯友的话多了起来。他叹了一口气，谈及了与师父一起研究通信技术升级的事。

“准备引进车载GOIP，与网络电话服务器对接。可是，还没来得及推行……”邱伯友苦笑道，“呵呵，就被抓了。国庆节前，还要搞网站裂变、云手机技术运用……说说而已。好平静！平静了，就没有紧张感了。”

问到由谁负责架设网络通信工具时，邱伯友回答说：“那是管理部的事，得问老马。”

老马就是那个雇用王明德架设GOIP工具的马得华。

问完邱伯友，南浩甫就赶紧去问老马了。老马十分健谈，说了好多话。

三、“偶遇”孟希

何达乐是“8·11”专案浮出水面的第一个犯罪嫌疑人。可以这么说：没有这个昵称“泊舟”的何达乐，就没有这起“8·11”案件。

何达乐的过往，已经查得比较清楚了。从犯罪的角度而言，何达乐的犯罪事实基本清楚，有适当的证据可以证明。不过，何达乐在犯罪团伙中的地位非同寻常。他似乎是犯罪团伙的“元老”，有相当强的反侦查能力，既管理团队又亲自上场表演。根据通常的定位，他应该既是业务骨干，又是组长以上级别的人物。因此，对何达乐的讯问不能只停留在揭露他的犯罪事实。更重要的是，要通过对他的审理，对整个犯罪团伙有进一步的认识。

尽管知道何达乐的声音很有男人味儿，但是面对眼前这个尖下巴的男人，高支队长还是不太相信他能发出如此有磁性的男中音。不过，当这个面部瘦削的男人开口说话时，高支队长终于相信了，他完全能够发出略带川味儿的迷人声音。

在审理案件之前，高安柏和牛心明把何达乐带到了“重现”窝点的现场。高支队长和牛心明虽然都没有参加具体的抓捕行动，也没有去过“OCC”大楼，但是他们已经把何达乐在“OCC”大楼的工位搞得清清楚楚了。他们向闽越市公安局反诈中心的东南角走去，靠近何达乐的工作区域时停了下来。高支队长让何达乐指认自己的工位，何达乐比较配合。他径直走到南边，在一把椅子上坐了下来。牛心明查看了一下电脑记录，确认那个位子是何达乐的。

高安柏决定，正式对何达乐进行讯问。于是，他们便把何达乐带到了讯问室。

“何达乐啊，你给自己起了多少个昵称？想得起来吗？”高安柏看了一眼穿着监服坐在审讯椅上的何达乐。

何达乐环顾了一下讯问室，没有回答。

“这个问题很难回答吗?”高支队长问。

何达乐仍然没有回答。

“何达乐，家住四川省达州市宣汉县新红乡麻碗村，身份证号为‘511722198903180×32’，身高 1.68 米，高中文化程度，未婚……这些信息没有差错吧?”高支队长拿起来一张纸，晃了晃。

何达乐摇了摇头，说：“不明白。”

“达乐，你的工位，我们搬回来了，你也认了……那里面都是你的活动记录。在‘OCC’大楼，你可是被当场抓住的……这叫作‘抓现行’。”高支队长站起来，走到了何达乐跟前，“你们被一窝端了，大老板、二老板、技术总监都被抓了。大家都会交代的，你也是逃不掉的。你呀，挺能干的！不过，再能干也只是个打工的。满打满算，也就是个组长……”

“是啊，我只是个打工的!”

“达乐啊，你跟了龙老板那么久，为什么只是个小组长？想过吗?”

何达乐白了高安柏一眼，反问道：“你知道?”

“因为你太能干了，所以他们一直让你搞业务，没让你去搞管理。”

“没有搞管理……有没有搞错？我也有搞管理……我是经理。”

看来，何达乐是爱说话的，并且好高骛远。

“为什么去骗人呢？不觉得这样做不好吗?”

“嗯，不好。好不好，问谁去?”

“你骗了人，把人家骗得倾家荡产，活不下去，这是很不好的。”

“哈哈，这世道，适者生存。这次我们被发现了，认倒霉。你知道还有多少人在骗吗？不但我们搞电诈的在骗……这世道啊，所有人都在骗。你骗我，我骗你……网上在骗，电视上在骗，嘴上说得好听，其实都在骗。”

“达乐经理啊，你竟然有这么高深的认识啊！难怪骗起人来理直气壮！”

“我们老板说的……我也是这样认为。哈哈，谁不在骗？骗人没什么可耻的！比起偷啊，抢啊，受贿啊……强多了。”

“达乐啊，你可以保留你的意见……可是，你的确把很多人骗得很惨。”

“是这样的……我的业务能力确实比别人强。”

“想一想，你成功地欺骗了多少人？”

“我为什么要回答这个问题呢？”

“注意态度！到了这个地步，还是要表示一下。态度好，积极配合……记下这些，对从轻处罚是有帮助的。”

“我只是个打工的，能怎么样？”

“我们知道，在大柚子投资公司，你是个能人……业务能力强，还是管理干部。你不是一般的小组长，你可是个大组长，是大柚子投资公司不可或缺的人物。作为这样的人物，你应该清楚，你骗的人呀，作的案呀，都是有数据记录的。不管你是否交代，做过的事都摆在那儿。你交代了，说明你很配合。你不交代，说明你不配合。配合了，就有机会从轻……不配合，就失去了从轻处罚的机会。你不需要这样的机会，也行……其他人可都是要争取机会的，展源、龙元柯、龙腾洋也会争取这种机会。达乐啊，在这个时候，没有必要逞能。正如你所说，你只不过是个打工的，说了能怎样……”

“我知道，既然你们能把那么多东西搬回来，要搞清楚我做过的事……也不是难事。只是，我觉得，我要是真的说了，对我也没有什么好处。态度好，能从轻处罚吗？哈哈，你也在骗人！”

“我不骗人。我们会客观地记录……这些记录可以作为从轻处罚的依据。你不在乎，逞能……只不过，别人是会争取这个机会的。你想想吧！”

“其实，这不是很重要的事。我只是个打工的，按照老板的意思做事……只是做得比别人好一些。”

“想一想，你大概骗了多少人？”

“说实在的，我骗过的人很多……我也记不清了。骗成功的不太多……不容易。我的成功率最高，40 个人中，能骗成一个就不错了。开始的时候，好骗……后来就越来越难搞了。”

“按理说，越骗水平越高。为什么越来越难搞了？”

“明知故问吧……你们一直在宣传啊！警惕性高了呗！自然就不好玩了……”

“你骗成功的……有多少人呢？”

“说就说吧！40 多个吧！”

“记不记得第一次成功是什么时候的事？”

“这还真不好说。”

“这话是什么意思？”

“要说真正的第一次……是 2016 年年底吧。不过，那时候小打小闹，只搞虚拟货币投资。”

“达乐啊，这种交代就很主动！2016 年的时候，你们就搞虚拟货币投资诈骗。第一次，骗了多少钱？”

“那时候，老板弄了个交易所，发行虚拟货币，让大伙儿投资理财。其实，都懂的……暗中操控的。我的任务就是做广告，让大伙儿来投资。我引进的第一笔资金有 50 万……这 50 万元，投资人后来就没有拿回去。这笔……算是我的第一次吧！”

“无本万利啊！为什么后来就不搞了呢？”

“被举报了。被盯上了，我们就撤了。”

“那时候，有些什么人参加啊？”

“不多，开始只有我啊，老大和老二……后来，老马也加入了，还来了个财务……再后来，说是关了。”

“老马是马得华吗？”

“是的。”

“财务人员是谁呢？”

“邓子青。”

“工位在哪儿？”

“18 层。”

又冒出来一个有名有姓的——邓子青！

“成功地骗了 40 多个人……哪一起数额最大？是多少？还记得吗？”

“400 多万吧！2017 年的时候骗的……一个女的吧，叫席晓艳。我叫她‘艳艳’，很多情的……”

在高支队长的记忆里，被骗的人当中并没有叫席晓艳的。看来，并案工作做得并非那么彻底。

高支队长让牛心明查了一下，在《“8·11”专案动态并案图表》中，的确没有发现席晓艳这个人。

“达乐啊，你算得上是行骗的高手了，不否认吧？”

“还好吧。不过，被逮住了，就不是了。”看样子，何达乐挺开心。

“达乐啊，骗人的时候……是一种什么样的心情呢？”

“进入状态了呀！”

“是不是有一种谈情说爱的感觉？”

“有时候是有的。”

“什么时候有？”

“她的确很温柔，又很漂亮的时候……”

“那个时候，你还忍心骗？”

“骗啊！这是我的职业啊！骗不下去了，能说水平高吗？”

“你还是很讲职业操守的嘛！”

“老二说过，不用心骗，就是不尊重对手。”

“龙元柯说的？”

“是啊！”

“一套一套的……”

“老二的套路多了去了。他说，这种通过情感且不接触的骗，是很高尚的！咱们不图她们的身体，只要她们的钱，这是很有档次的活儿。他还说，只有确立正确的理念，才能坚定、果敢地骗下去。有一次，他说，聪明的抢劫犯在抢银行时，只要喊一声‘钱是国家的，命是自己的’，那些银行职员就都会乖乖地配合，没有人会反抗。他说，这叫摸透对手的心思……搞诈骗的，得弄清对手在想些什么。”

“老二经常给你们上课？”

“一阵儿一阵儿的……会进行一些安全教育。有时一个月一次，有时两个月一次，不算经常吧。”

“达乐啊，你们用的剧本是从哪儿来的？”

“老板弄回来的。”

“剧本好用吗？”

“越来越不好用了。后来，我们还得改编，自己加一些东西进去。”

“使用剧本的时候，需不需要排练？”

“需要啊，特别是这种通过情感骗的……排练后，发现了问题，还得修改、补充。”

“还挺不容易……”

“要不然，老二会一直强调要坚定。”

“通常，你们是如何做广告的？”

“方法多了去了。利用抖音、微信、QQ、探探、陌陌等加好友，用电话推销，利用网络广告定向推广……分析抖音、QQ、微博等平台的用户数据，精确地锁定目标。利用搜索引擎进行推广，还有软文推送，也是可以的。做广告嘛，只是开始……用什么办法引流量大，就用什么办法引流。哪里热闹，就把广告做到哪里。当然，锁定目标之后，大众的通联工具，能不用就不用。私聊啊，用个小众的，给亲爱的她以神秘感……更重要的是，不容易暴露。”

何达乐说得头头是道。经过多年的磨炼，他俨然已经是个职业骗子了。

“达乐啊，你说得很到位，我记下来了。再问你一个问题，你们使用的卡证是从哪儿来的？”

“买的啊！囤的啊！”

“记不记得赖其昌这个人？”

“记得。”

“和你是老乡?”

“是啊!”

“你很早以前就收购了他的身份证，对吧?”

“几年前的事了。”

“记不记得是哪一年的事?”

“三年前吧!”

“当时，跟你一起去收购卡证的还有谁?”

“早期都是跟老二去，听他指挥。”

“那时候收购证件，干什么用呢?”

“老实说吧，大老板想搞诈骗，囤呗!”

“你们到哪些地方收购卡证?”

“主要是我的老家，还有老二的老家……给老乡们一点儿福利。”

“真是好心啊!”

“确实有这个意思。当时，我和老二聊过。”

“用身份证办手机卡、银行卡，再用手机卡、银行卡注册微信、支付宝、QQ和各类APP，还用身份证、银行卡、手机号去注册公司……有吗?”

“那是自然的……老大说了，要骗就要遮人耳目嘛！要想没有责任啊，就得准备得充分一点儿!”

“达乐啊，‘F省天交企业管理有限公司’是你去注册的吗?”

“有点儿印象。”

“法人是赖其昌。”

“想起来了，是有这事……很久以前的事了。”

“记得是哪一年的事吗?”

“大概是 2017 年的事吧！”

“达乐啊，你还记不记得当年你申请过一批虚拟号？”

“记得。中国电信虚拟运营商的号……具体的运营商，我倒是忘记了。”

“‘迪纬通’这个名称，还记得吗？”

“对，对，对……运营商就是‘迪纬通’。那时候好办，要求不严，编个身份证号就给办了……现在可不行。”

“这些号为什么过去一直没用，直到 2019 年才用？”

“以前是一边用，一边继续办。近几年不好收购证件了，就用过去囤的了。”

“大柚子投资公司囤了很多卡证吗？”

“这事我不太清楚。只不过，有些卡证还是可以盘活的。”

“你们使用了哪些小众 APP？”

“各组不一样。我们这个组只用一些交友的……”

“你们也开发网站、研发 APP 吗？”

“是的，后来不怎么搞了。”

“老板制定内部的规矩了吗？”

“有的。”

“具体有哪些，还记得吗？”

“记得，有十条。”

“说来听听！”

“不准回国；切断与国内的一切联系；割断与过去的一切关联；工作机与生活机严格分离；工作用的工具不得有其他用途；保持单线联络；不该视频的不要视频；骗成大额即弃用相关网站、APP；按规矩办；违者严惩……”

“这些规矩是谁定的呢?”

“是老大定的啊!”

“只是说说而已，还是要严格执行?”

“我们要学，要记……违反规矩的，立即罚钱。再犯的，要重罚，还要拷打。”

“还记不记得你是什么时候注册的‘泊舟’?”

“今年年初吧!”

“王耀庆这个名字有什么来头?”

“随便用的嘛!”

“那个身份证号又有什么来头?”

“编的嘛！拿个厦门的身份证，编就是了！当然，是按规则编的……”

“为什么叫‘泊舟’呢?”

“瞎叫的吧。舟，就是船吧。泊，就是靠呗。‘泊舟’的意思就是，你可以靠在我身上。”

“挺有文化的！你是什么时候盯上孟希的?”

“在‘珍心’上注册后不久，就盯上了。”

“为什么选中了孟希呢?”

“很明显，她很悲伤……有需求，需要依靠。”

“你立马就看出来了?”

“我就是吃这碗饭的，经常到处走走看看。那些悲伤的、有需求的人，还是可以看出来的。当然，我们是有数据支撑的。”

“能说一说是怎样支撑的吗?”

“遇到重要的客户，对她的情况没有把握，就把情况报给老板，由老板来安排购买数据。没过多久，数据就来了，通常是可靠的。”

“为什么不该视频的就不要视频?”

“没有那么帅吧，会让对象失望的!”

“注册 APP 时，人脸识别是真的吗?”

“是真的。”

“没用上虚拟识别技术吗?”

“技术部的人说要推新技术，可就是一直没推出来。”

“骗成之后，如何弃用相关的网站、APP?”

“有流程，向技术部的人打个招呼就立马注销了。”

“这么多年来，你用过一些什么样的昵称，还记得吗?”

“小事。私订终身、化思念为星、以心换心、泊舟、抒情殇、无处安放的小情绪、怪我过分执着、让眼泪放纵、旧梦为谁逗留、谁念西风独自凉、那年夏天、言旧、此生不遇、南方客、梦回旧景、柠檬暖灿、深情与你、亲爱的别走……好多都是从网上抄的，但都用上了。”

“这么多年……得了多少钱?”

“打工的，给了一点点。”

“不是成功之后有分成吗?”

“大头儿是老板的，打工的只是分了一点儿。”

“老大、老二是不是都加入菲籍了?”

“是，加入了。”

“你加入了吗?”

“没有，我想回国。”

“大老板、二老板有家了吗?”

“有啊!”

“老大的老婆在哪儿?”

“以前在国内，后来转移到日本了。”

“老二的老婆呢?”

“也去日本了。”

“他们的孩子呢?”

“都在日本。”

“骗过的40多人，还记得吗?”

“大多数还记得。”

“把大概的情况说出来听听吧……”

于是，何达乐便滔滔不绝地说了起来。牛心明不停地记录着……

第十二章　业务能手

一、涉嫌洗钱的账号

那天，在琅南塔，周原梓和李宸熙又仔细看了一遍与“5·11”案件有关的视频，把钟天楚在银幕上的嘴脸记得很牢。周原梓见过钟天楚本人，在沙湾拿院的时候还和他“摆弄”了几下。

尽管还不知道钟天楚在犯罪团伙中的具体职务，但是从他与龙元柯在同一个办公室办公这个情况来看，除了龙元柯以外，他应该是琅南塔区域的最高领导了。根据从其电脑和手机中获取的数据进行分析，钟天楚好像特别活跃，在冒充“公检法”诈骗时是理所当然的策划者和指挥者。

钟天楚年龄不大，却老到得很。他有胆量、能说会道，又懂技术、会管理、善于组织协调，骗人的路数很多。他对警察办案十分了解，在视频里问田晓络的样子，俨然是一名老到的警察。尽管骗人的剧本有可能来自别处，但他们的演技的确很专业。

那天，在沙湾拿院，钟天楚是要拒捕的。这种拒捕，体现了一种对抗。因此，面对审讯，钟天楚自然就会不配合。周原梓并不担心钟天楚会沉默、粗暴，只担心他会糊弄、胡说。

周原梓细细地琢磨了一番。骗子都很瘦小，但钟天楚却长得五大三粗。从外观上看，他似乎并非工于心计之人。这种人除了精明，可能还会有爽直的一面，在沙湾拿院起冲突似乎就体现了这一点。

不过，周原梓还是想把钟天楚带到“重现”的窝点，让他亲眼看看从琅南塔、马尼拉“搬”回来的窝点，不再心存侥幸。

于是，他和傅再胜把钟天楚带到了闽越市公安局反诈中心的西北角。沙湾拿院的二楼被安排在最北边，钟天楚的工位在紧邻大厅东侧的那个区域。

钟天楚并没有拒绝认领他的工作区。他环视了一下四周，查看了一下自己桌上的电脑和手机，似乎对东区的窝点更为好奇。

见钟天楚左顾右盼，周原梓说：“马尼拉的东西也都搬回来了。一窝端了，大、小老板都到案了。”

在回讯问室的路上，周原梓问钟天楚：“钟老板啊，是谁提议在琅南塔建点的，还记得吗?”

钟天楚直接回答说：“老兄啊，我可不是老板!”

“那么，大家是怎样称呼你的呢?”周原梓问。

“随便啊，叫啥都行!”

“一般怎么叫?”

“头儿啊，钟啊，天啊，老板啊，都有……”

“不是也有叫你‘老板’的吗?”

“是随口叫的。”

“好吧，我叫你‘钟经理’吧。钟经理知道琅南塔的据点是什么时候建的吗?”

“这也不是什么秘密……到现在，一年多一点儿吧，是2018

年建的吧。”

“当时是谁提议的?”

“老板啊，大老板!”

他们回到讯问室，很自然地各就各位。经常扮演“公检法”，钟老板似乎明白自己该坐在哪里。

“你说的大老板是谁呀？是不是龙老板?”周原梓接着问。

“自然是龙老板了。”

“马尼拉已经有据点了，为什么还要在琅南塔建据点？不是多此一举吗?”

“这你就不懂了吧！琅南塔这边更方便……”

“怎么个方便法，说来听听!”

“网络方便，招人方便，进出方便……”

“什么叫进出方便?”

“当然指的是从国内出来方便了!”

“嗯，这样啊！直接从云南口岸出来，使用国内的网络，成本自然就低了。”

“老板说了，备着……一边不行了，还有一边。可是，没想到一下子两边都给端了。你们咋就把两处给联系起来了?”

“你可是老手了，能不知道这个？大数据时代，自然会把数据关联起来。数据一关联，不就知道了嘛!”

“也是。”

这位钟老板并没有抵触，不但回答了周原梓的问题，而且好奇地问了一些问题。

“在一年多的时间里，你成功地骗了多少人，还记得吗?”

“唉，这类业务越来越不好做了——环节太多。只要某个环节出了问题，就做不成了。”

“你成功地骗了多少人，记得吗？”

“这可是主业……不过，一年多也就骗成了四五十次吧。”

“收入不错吧……”

“什么收入？是营利……好多人一起完成的。”

“涉及了哪些人？”

“找目标的，编剧本的，打电话的，一个又一个……做笔录的，搭网站的，开发软件的，制作文书的，收钱的……不容易啊！”

“今年5月11日那个案件，还记得吗？”

“5月的案件？每个月都有很多案件，你说的是哪一个？”

“你自称李纪元警官，和田晓络视频……做笔录的那起案件。”

“这个啊，记得！那名女子，肝胆……让人感动。”

“还记得法务部的工作人员林方华是谁扮演的吗？”

钟天楚略加思索，说道：“是符有辰扮演的。”

“移动部经理陈文广呢？”

“庄新致。”

“英秀公安局的李纪元警官是你扮演的吗？”

“自然是。”

“还有英秀区公安分局经侦大队的大队长陈明良，是谁扮演的呢？”

“是周彬吧。还有呢，我干脆都说了吧！还有扮演F省最高检察院的高元主任的李彬……”

“这些人都听从你的指导和调度吗？”

“是的。”

“那些电话号码是怎么来的?”

“这是老掉牙的技术了，用 VOIP 技术改号呗!”

“案件中还出现了一位特派员，是谁联络的？还有，给特派员的文件是谁制作的?”

“没有什么好隐瞒的，这些活儿归本人……”

“海南省高级人民检察院的网页是谁制作的呢?”

“应该是技术员陈定做的吧!”

“沙湾拿院这边有几个技术员?”

“还真不好说！专职的有两个，兼职的就多了。每个小组都有技术员……”

“沙湾拿院这边有几个组呢?”

“大组就一个，小组有八九个。”

“都是些什么组呢?”

“吓唬组、网贷清理组、依托事件组、依靠关系组、特别行动组……”

“这才五个组，还有呢?”

“还有技术组、管理组和财务组。”

“那个叫苏婷的是干啥的?”

“还有一个组，是负责裸聊的。苏婷是裸聊组的……当然，她还是管理人员。”

“骗人的地点都在哪儿?”

“每个组都有自己的场所，与特殊对象有关的行动就在特别行动组的房间里进行。”

“我看，你那边的操作很复杂。你们自己编剧本?”

“我们哪有那本事啊！是老板给的，我们只不过是改编一下。”

“知道剧本是老板从哪儿弄来的吗?”

“老板有老板的门道，我们不便多问。”

“剧本写得很细吗?”

“很细。”

“剧本都放在哪儿了?”

“你们不是把文件都扣了吗？文件里就有……电子版的文件在电脑里。”

“把剧本拿到手之后，你们是怎么用的？说说看!”

“按照剧本里写的排练呗!”

“排练就得有导演，谁当导演?”

“自然是我了。”

这位钟老板一点儿也不避讳。

“演员由谁来挑?”

“就是组里的那些人。”

“骗田晓络的那些人都是一个组的?”

“是啊！就是特别行动组……”

“特别行动组是什么意思?”

“大目标。”

“具体是什么意思?”

“可能是能从那里获得大笔收入。”

“你是根据什么判断的?”

“数据分析啊!”

“你的这些本事是从哪儿学的?”

“老板教了一些，然后就自己琢磨……弄弄也就知道什么意思了。”

“你说的数据是从哪儿得到的呢?”

“老板会买一些资源，管理员平时也会打理打理数据。”

“你这边负责吓唬的有几个组呢?”

“我说过，我们这边的主业就是负责吓唬的。算起来，一共有四个小组。”

“包括那个特别行动组吧?”

“是。”

“排练之后呢?”

“让那几个搞管理的、搞技术的看一看可信不可信……如果不可信，假的，就得改……改了再练。”

“敬业啊!”

“不过，也不太难。他们也提不出太多的意见，主要还是我把关。”

“剧本拿到手后，我会改一改，让四个组的内容有些差异。如果四个组都一样乏味……乏味了，演起来就不够意思……不够意思，就会不真实。”

“高！真是高！还有这么高层次的考虑啊!”

“职业操守嘛！老板说了，要骗……就要骗到人家彻彻底底地相信，这才对得起自己的职业，这才能体现工匠精神。”

眼前的这个骗子竟然有如此强烈的职业荣誉感，多少有些出乎周原梓的意料。捧他几句，他居然得意起来了。周原梓想乘机问问他捞了多少钱……

“收入不错吧……”

“大头儿是老板的。”

“这一年，你分了多少?”

“百八十万吧。”

“还真是高收入……把钱放在哪儿了?”

“这个……”

“好，不急，不愿意说就先不说。钱啊，我们是会找到的!”

“我知道。”

“财务部门有你们的账号。”

周原梓知道，这些人只把一部分钱存在已知的账户里，主要收入已经转移到了隐蔽的体系中。这些放在隐蔽体系中的钱，他们是不会轻易说出来的，这是他们的底线。如果把钱换成虚拟货币存在链上，要想获取资金就得再好好动一动脑筋。

“一场空啊!”

“还是说说排练的事吧！排练后就演出……演出后呢?”

“不管有没有骗成……不妥的、过时的、不好用的，都会改。”

“改了以后再演，不妥的再改——是这样吗?”

“也没有改那么多次……顺了以后就不改了。”

“一个剧本能用多久啊?”

“不一定……不灵了就不用了。”

“买新剧本?”

“彻底改改，还可以用。”

“还挺会替老板省钱!”

“不是。改一改就不用重新排练了……新剧本还得从头再练。”

“骗的时候，碰到的难点是什么?”

“恐吓。以为他会怕，结果他不怕……他很内行，皮很厚……那我们也就没办法了，原因就是没能把对象的情况摸透。”

“事先不是搜集了他们的数据……分析过了吗?”

“有是有的，但也不是所有人都做得那么细。有时候，数据也会出错。特别是，有些人脾气古怪……这种问题，用数据是分析不出来的。”

“你领导的其他小组都干了些什么呢?”

“基本套路、流程都差不多，只是由头儿不同而已……我们会根据市场及时调整。网贷清理组……就是以‘网络贷款要清理了，不清理会影响就业、升迁’什么的为理由，让所谓的网贷者根据咱们提供的路径清理网贷。这么一清理，钱就转到我们这儿来了。依托事件组干的事情是，根据正在发生的众所周知的事件编故事，让对象转账、汇款。依靠关系组……就是扮成对象的领导、同事、亲戚什么的。对象碍于面子，就转账了。裸聊组最近才开张，成本很低……也没有真正地聊天，收入不错，所以就从别处学来了。其实，有点儿敲诈的意思……”

“你们那些修改电话号码的工具是谁采购的呢?”

“技术组的人!”

“龙元柯经常来琅南塔吗?”

“不经常……不过，他来的次数最多。”

“这话的确切意思是什么?”

“马尼拉那边的公司，人很多……龙老二来了几次，不算多……其他人来的次数就更少了。有好多人，根本就没来过……”

二、初涉裸聊

彭菲茗决定，先问袁启山。她和吕值从袁启山工位的电脑上调了一些数据，审阅了《“8·11”专案动态并案图表》。

吕值是反侵财支队的，以前很“热门”，光侦破抢劫案件就把他们累得够呛。后来，网诈案件多了，反侵财支队就更忙了。再后来，电信网络诈骗犯罪侦查支队被分出去了，反侵财支队的人只办抢劫、盗窃和传统的诈骗案。不知从何时开始，盗窃案件变少了，抢劫案件很少见了，传统的诈骗也没人干了，曾经“门庭若市”的反侵财支队变得“门可罗雀”了。这种变化弄得吕值有些不知所措，时不时地会感到失落。他还不到 40 岁，就这样退居二线了？他知道，过不了多久，总队就会进行人员调整。可是，他仍然会莫名地感到焦躁不安。总队长的安排，吕值是乐于接受的。可是，在一个年轻小姑娘的领导下工作，他还是觉得有些别扭。其实，看似单纯的小彭已经看出了吕值的心思。心直口快的小彭直接对老吕说，不要再别扭下去了，否则他们俩都会别扭。听小彭这么一说，老吕便敞开了心扉。他说，在办案的时候，接受小彭的领导是应该的，是正常的。只不过，真的有些别扭。这有可能是他最近比较失落和焦躁造成的，不关别人的事。和小彭这么一聊，他倒是轻松了不少，不再别扭了，打算和小彭好好合作。彭菲茗说，她的确是个新手，尤其是在审讯方面，需要老吕多多指教。

他们把袁启山的情况整理了一下。袁启山，1995 年出生，湖南省岳阳市华容县人，家住华容县新河乡六合村边庄 96 号，身份证号是“430623199511052×76”。他的父母健在，有一个弟弟。他的身份证于 2018 年 2 月 11 日 15 时 23 分被人使用过，是在一家位于广西崇左的名为“园语施舍”的旅馆进行登记。从那以后，这位老兄便在现实与虚拟的空间里销声匿迹了。后来，他又出现了。2019 年 3 月 14 日，他在“一心交友”平台上注册，暴露了身份。以前，彭菲茗通过视频与袁启山见过面。9 月 11 日下午，在“OCC”大楼抓捕犯罪嫌疑人的时候，彭菲茗也见到了袁启山。

袁启山已经是组长级的人物了，专门在网络上进行情感类诈骗。侦查人员将时间、种类、所属城市、引流手法、涉案 APP、投资平台、手机号码、转账银行卡号、资金流水账号、被骗人姓名、被骗人性别、被骗人身份证号、涉案金额、案件管辖、案件侦办状态与行骗人进行关联，确认并入的案件中与袁启山有关或由其主导行骗的案件达 27 起，涉案金额三千多万元。

袁启山口齿伶俐，个子比较矮，长着一张“大众脸”。

照例，彭菲茗和吕值把袁启山带到了闽越市公安局反诈中心。彭菲茗站在东区的中部，问袁启山：“袁经理，还认得我吗?”袁启山瞥了一眼彭菲茗，说：“哼，骗子……害得我被罚了一万元!”袁启山似乎回忆起了与彭菲茗视频通话的事。

“经理没被撸了就不错了！我还真想问你……为什么选择朴有天做头像呢?”彭菲茗老练地调侃道。

“跌到了三线，没什么人会认识吧……就你懂的多。”袁启山的心情一点儿也不差。

这正是彭菲茗需要的——轻松的气氛有利于犯罪嫌疑人回答问题。

“袁经理啊，看看能不能认出自己的位置?”彭菲茗指了指旁边。

“认得。”

“指一指吧!”

袁启山走到中间的位置，在桌前的椅子上坐了下来。

没错，那就是袁启山的工位，彭菲茗认得。

到了办案区，他们各就各位。

“袁经理啊，你是通过什么渠道知道马尼拉有活儿干的？”

“有广告啊！”

“广告发在哪儿呢？”

“网上啊！交友空间……好多平台都有啊！”

看来，犯罪团伙把引流的手法用来招人了。

“在哪里发现的？”

“在抖音的短视频里发现的……”

“广告里是怎么说的？”

“大概是说，马尼拉有一家博彩公司要招一批操盘手、管理员、广告员、营销员、技术员、客服，月薪一万元以上，有意者可以报名。里面还留了电话号码，特别标注了：可以私信联络。”

“你主动联系了？”

“是的。”

“联系了以后呢？”

“对方给我发了一些材料，主要是介绍出去的路线和需要办的手续……怎样办出境旅游手续。还说，到了崇左，会先发一笔经费，够吃、住、行用的……”

“在这个过程中，介绍人和你一直保持电话联系吗？”

“是啊！还通过短视频平台加了私信！”

“你们是分别去崇左的吗？”

“是啊！”

“去崇左的时间是谁定的？”

“是介绍人定的。”

“到了崇左，入住了哪家宾馆……还记得吗？”

“忘了。反正也是一家不太大的宾馆，位置挺偏的。”

“入住的酒店是介绍人定的吗?”

“当然了!”

“在崇左的时候，他们给你们钱了吗?”

“我们在那儿等的时候，来了一个男的。他核对了我的身份证，还看了一下出境游的签证……就发了钱。”

“发了多少钱?”

“500元，说是路费和伙食费。还说，出境后会有人把我们接走，那时就不用花钱了。”

“给钱的人是谁？后来有没有见过他?”

“没见过。”

“一共有多少人住了宾馆?”

“在前面核对的时候，我就注意了，我们这帮人一共有八个……在那儿聊了聊，就互相认识了。”

“还记得那八个人都是谁吗?”

“记得。”

“说来听听!”

说着说着，袁启山突然问：“警察大姐啊，我为什么要说呢?有什么好处呢?”

彭菲茗回答说：“很简单，对你的好处是……你说了，说明你态度好。你态度好，就可以争取从轻处罚。如果你不说，别人说了，机会就错过了。”

“是啊，说这些也无所谓啊！我们也是出去打工的……”袁启山说。

“是这样的。你们这样一说，我也就听出来了。你们是出去打工的，还是请你说一下那八个人吧。”

“好吧。胡向南、陈元益、张良博、刘华栋、游园、关明元、宋佳仕，还有我。到了马尼拉以后，我们也经常见面。”

“后来呢?”

“出了凭祥口岸，就来了一辆车……破车，把我们拉走了。”

“你们就不担心被骗?”

“嗯，光棍儿一条，有什么好骗的？人家还给我们钱呢!”

“再后来呢?”

“到了一个地方，后来才知道是太原……换了一辆车，又把我们拉走了。到了一个港口，后来才知道是芽庄……在那儿上了船。船慢悠悠地开啊，开啊……也不知道过了多久……到了。”

“还记得是哪一年的事吗?”

“不久前，也就是去年年初。”

“袁经理啊，你知道那个介绍人是谁吗?”

“老马啊！我也是后来才知道的……”

“‘老马’指的是哪一位?”

“马得华。”

“袁经理，你进步得还真是快啊！一年多的时间，就成了经理、组长。跟你同去的人有没有当上经理的?”

“有啊！有好几个!”

“有谁当上了经理、组长什么的?”

“经理和组长是有区别的。”

“有什么区别?”

“经理管的多，组长管的少。不过，分成的时候却不是这样……”

“管的多，自然就分的多呗!”

“不是。关键看业务……如果是经理加组长，再加业务骨干，那分成可就多了。如果只是经理，或者只是组长，可就分得不多了。还有经理加业务骨干，组长加业务骨干……居中。”

“袁经理属于哪一种呢?”

“我可是三加……”

“那一定做成了很多业务吧!”

“不多啦，也就三四十项……不过，数额大。”

“骗了多少钱?”

“几千万吧。不过，这可是小组的成绩。”

一直在埋头记录的吕值靠近彭菲茗，耳语道：“这个死骗子，实在是没有一点儿内疚，认为诈骗好光荣啊!”

“你们把人家骗得倾家荡产，就不觉得内疚吗?”

“老板说了，全天下都在骗，天下乌鸦一般黑。我们可比那些贪官和小偷小摸的人光明正大多了！我们干的可是技术活儿……没有强迫，愿者上钩。”

“袁经理，钱放在哪儿了?”

“分了呀!”

“你分到了多少?”

“百八十万吧!”

“你的钱呢?”

“你们不是都扣下了吗?”

彭菲茗仔细琢磨着这句话的意思。

“你们小组的骗子与16楼的骗子有什么不同呢?”

袁启山想了想，点了点头，说：“17楼还骗男生……剧本不一样。”

“剧本在哪儿呢?”

“不是被你们扣下了吗?”

在哪儿呢? 的确还没来得及看扣押的东西。是不是把他们的卡证也扣了呢?

“骗男人的时候，可得有女人帮啊！谁帮你呢?”

“卓琳琳。”

原来，在裙楼的 17 层抓到的那名女子叫卓琳琳。下一步，还得问问这个卓琳琳。

不过，还是得先问问赵玲梦。

赵玲梦的底细是比较清楚的：F 省刺鲤市江洛区人，身份证号是“350504199611211×27”。她早就和龙老板一起搞虚拟货币投资诈骗了。出国前，她和展源走得很近，估计他们俩是一起出境的。赵玲梦是在“微奇投资平台”上认识李普楷的。那时，她的化名是“王思雨”，使用的手机号码是“17023225×76”。

赵玲梦自称“搞原油期货的”，还教李普楷投资原油期货。她真的是原油期货投资的高手，还是以投资原油期货为噱头进行欺诈呢?

彭菲茗虽然研究了李普楷的被骗过程，但是李普楷说得并不十分清楚。彭菲茗很想知道赵玲梦究竟是怎样骗人的……

还是要把人带到“重建”的窝点！罗则说，让犯罪嫌疑人到窝点看看，可以更快地破除他们的侥幸心理。

赵玲梦长得颇有姿色，凌乱的长发难掩秀美的面容。吕值在前面引路，赵玲梦跟在他后面。她脚上穿了一双监所的便鞋，宽大的囚服遮不住修长的身材。

这个人只有23岁，却跟龙老板搞在一起两年多了。彭菲茗心想，这个小赵是怎么和龙老板扯上关系的呢？比较了一下他们身份证上的住址，彭菲茗猜测，大概因为他们是老乡，才扯上了关系。

彭菲茗和赵玲梦搭讪，赵玲梦随口附和了几句。

彭菲茗向前走了两步，问："小赵……老家在刺鲤，是吗？"

赵玲梦转过身来，小声应道："是啊！"

"认识展源吗？"

"认识啊！"

"你是跟他一起出境的吗？"

"是。"

"还记得是哪一年出去的吗？"

"2018年年初吧。"

"还记不记得……你从哪一年开始跟龙老板一起做生意？"

"前年吧。"

说着，他们来到了闽越市公安局反诈中心的东南角。照例，彭菲茗让赵玲梦指认工位，赵玲梦没怎么犹豫就把工位认出来了。

彭菲茗进入过赵玲梦的虚拟活动空间，大体上掌握了赵玲梦在虚拟空间的活动情况。

她看了看赵玲梦工位上的电脑记录，发现所谓的期货交易是在一个自编的"交易所"里进行的。她的欺骗手法与何达乐很相似，并不是真正基于期货交易系统。只不过，何达乐以博彩为噱头，而赵玲梦则以投资原油期货为由头儿。他们都是杀手，只不过何达乐杀的是母猪，赵玲梦杀的是公猪。是这样吗？彭菲茗仍然不敢确认。

照例，他们回到了讯问室。

彭菲茗负责提问，吕值负责记录。

“小赵啊，跟龙老板一起做生意的时候，你可小得很啊！”

“还没读大学……18岁就去打工了。”

“你是怎么认识龙老板的？”

“老乡介绍的。”

和彭菲茗的判断一致，果然是通过老乡认识的。

不过，彭菲茗还是想把一些疑问搞清楚。于是，她又问：“为什么选择‘微奇’这个平台呢？”

赵玲梦回答道：“为了安全呗……这也是老板的意思。”

“是哪位老板传达的这种精神？”

“是二老板传达的。他说，公安加大了查控力度……尽量用小众的APP。”

“你们不是也建了微信群吗？在这种情况下，再用‘微奇’是不是有点儿……多此一举？”

“利用微信，那只是大众化的广告。做广告，还是要用大众化的APP。小众的怎么做呀？没效果……到了具体目标，就不宜大张旗鼓了——容易暴露。”

这么考虑也对，何达乐也是这样做的。

“为什么不肯和客户视频通话呢？”

“这是规矩。”

“在什么情况下可以视频呢？”

“小组讨论……老板批。不过，这种情况很少。”

“这一年多……成功完成了多少单啊？”

“不太多。跟达乐他们比，我们差多了。”

“有他们的一半吗？”

“差不多。”

“最成功的是哪一例？”

“什么叫成功？”赵玲梦苦笑着说。

“按你的理解。”

“有一起博彩……比较成功。”

“还记得客户的名称吗？”

“记得。”

“叫什么？”

“商中王。”

彭菲茗记得，在《“8·11”专案动态并案图表》中有这个名字。商中王是个男的，被骗了210万元。

“小赵，你对期货很在行吗？”

赵玲梦笑了笑，说道：“知道一些。开户、下单、竞价、结算、交割，还有买进、卖出期货合约……这些还是知道的，但是没有实战过。”

“你不是能在‘微奇投资平台’上教李普楷操作吗？”

“那是按照剧本的内容教的……”

“为什么只选了原油期货，没选别的期货？”

“和性别有关。”

“这话是什么意思？”

“女性会搞期货，还会搞原油期货……对象一听就会感兴趣。”

“期货交易的知识是自学的吧？”

“大部分是自学的——老板下达的任务。不过，老板也教……”

“哪个老板？”

“二老板。”

“老板好像什么都会……”

“老板很刻苦，经常要我们努力学习。”

“期货交易可是需要在交易所进行的呀!”

“交易所是老板让技术员搭的，挂在当地的交易平台上。其实，只是虚拟交易……”

“这样啊！自己弄了一个交易系统，让投资人信以为真……是吧?”

“差不多吧!”

“按你说的……你既会博彩投资，又会期货投资，还会什么投资呢?”

“股票、虚拟货币……都会，大同小异。那些平台都是自己搭的，内部都有操控的……”

的确，赵玲梦是一名女杀手，杀的是公猪。

三、境内的跑腿者

窝点的电脑、手机几乎都没有设置密码，大概是为了方便共用。虽然诈骗分子都有相应的工位，但是工具并非完全由其支配。只要需要，一个骗子就可以去使用另一个骗子的电脑、手机。南浩甫特意问了一下勘验窝点的技术人员，得到了肯定的回答。

在过去的侦查中，与马得华有关的材料并不多。但是，在各小组的讯问中，会不时地提到马得华。根据从马得华的工位上起获的数据，结合各小组反馈的情况，马得华的职位应该很高。南浩甫估计了一下，按照座次，马得华大概可以排在第三位，是管家级的人物。

南浩甫还没有开始讯问，老马便自言自语道："什么'警官辛苦了'，住的条件太差了……"

老马坐到审讯椅里之后，南浩甫便将他手上的手铐取了下来。

南浩甫问："老马，公司里的人都这样称呼你……是吗?"

"年长几岁。"

"哪一年去的马尼拉?"

"有几年了。"

"还记不记得是哪一年去的?"

"2017 年吧。"

"在公司里的职位……挺好的吧?"

"打杂的。"

"谦虚了吧！在公司里，你的地位可高了。"

"真的是打杂的。"

"知道了。方方面面的事，你都做……该不会是总经理吧?"

"没有的事。"

"在公司里，你担任什么职务？不能说吗?"

"不是。我只是个副的……"

"这个，我们是知道的。你是副总经理，还是个管家……管的很多，是吧?"

"有些时候吧!"

"这话是什么意思?"

"一阵子，一阵子……有时候忙，有时候不忙。"

"什么时候忙呢?"

"开始的时候……开展新业务的时候。"

“顺便问一下，琅南塔也是你管的吗?”

老马停顿了一下，说：“自然是。”

“去过那边几次了?”

“也就三四次吧……”

“你通常都在忙些什么呢?”

“其实，就是去完成老总安排的任务。”

“哪个老总啊?”

“老二呗!”

“龙元柯是老二——总经理，老大是龙腾洋，是吧?”

“是。”

“老总给你安排了什么任务?”

“啥都得干。”

“说说看，都干了些什么?”

“可多了。真的想听?”

“说吧。”

“按照老总的意思……去找场地、招人，指导招的人出境，还要安排干部……搭平台、建网站、采购工具、开发工具、进行技术改造升级、买数据……”

“做的事可真不少啊！搭平台、建网站、开发工具、进行技术改造升级，不是由技术员负责吗？难道你连技术活儿都干?”

“这些具体的活儿可以让技术员干，但是我要安排，要落实，要检查……”

“你管钱吗?”

“我可以提分配建议，最后还是老板定。”

“人好招吗?”

“好招。只要发了广告，就会有人应聘。开始的时候，有些难……门路熟了，就容易了。”

“那么多人，都是从哪儿招的?”

“主要是从国内来的。”

“也招本地人?”

“是的。”

“国内的人是通过什么路线到的马尼拉?”

“不一样的……”

“具体说一下!”

“最早的时候，有境外的兄弟帮忙。后来，我们自己安排接头、运送。”

“你是说，一开始，你们几个人出境的时候，有境外的蛇头帮忙……后来，蛇头的活儿，你们自己干了……是吗?”

“可以这么说吧。”

“具体有几条路线?”

马得华挠了挠额头，显然是没有总结过这类问题。

“如果包括琅南塔……大概有三条路线吧。”

“哪三条?”

“一条是：在西双版纳聚集，从磨丁出境，到琅南塔。另一条是：在崇左聚集，从凭祥出境，经太原到马尼拉。还有一条是：从勐海出境，经孟洋、万象到马尼拉。”

从反馈的信息来看，马得华提供的从勐海出境的路径，其他人尚未提及。

“有从凭祥出境的路线了，为什么还要找从勐海出境的路线呢?”

“出去的人多了，会引起注意……分散一下有好处。从勐海出境的路线，是后来选定的。其实，这条路线更方便，成本更低。”

“很会管家啊!”

“这是老板提议的。”

“工具是怎样购置的？说来听听……”

“大多数是买的……挺好买的。在网上下单……就寄来了，很简单。”

“在国内搭个通信平台，也简单吗?”

“这个……要麻烦一些。”

“在国内设置GOIP系统，由你负责吗?”

“是我负责……有些麻烦。需要找代理，不过也算好找。刚开始，两眼一抹黑，有点儿乱。门路有了，就好办了。广告一发，就会有好多人来应聘。”

“代理人是从哪儿找的?”

“有专门干这种活儿的……广告一发，就有人应聘了。”

“在哪儿发广告?”

“淘宝、微信、QQ、闲鱼、抖音、陌陌、58同城、百度、快手、娅奇，还有各种理财平台，都是可以的。”

“在暗网上发过吗?”

“架设通信工具，不需要……”

“什么时候会在暗网上发广告呢?”

“有时候，需要一些数据，就可以在暗网上发……交易数据很方便，啥都有。”

“你自己操作?”

“很多时候是自己操作……不难，有时候也让技术员帮忙。”

“在暗网上，用什么工具交流呢?”

“大部分是用电报——Telegram。”

“在聘请代理人的过程中，有没有被敲诈……说要告发你?”

“你说的是黑吃黑吧，这种情况极少。碰到个别人要敲诈，几句话就能摆平。”

“说了哪几句话?”

“我在暗处，你在明处。我知道你，你可不一定知道我。你好好配合，讲信用，各得其所。你要是耍滑头，可没有好果子吃。我可以弄死你，可你却不知道我在哪儿……这么一说，对手倒是识相，便好好配合了。”

“这样操作，不怕暴露吗?”

“不容易暴露。用公司给的电话号码，隐藏身份……跟在前台操作是一样的。”

“以 GOIP 设备为例，说说你在哪些地方找代理架设过……”

“有十几个省市吧！要我都说出来吗?”

“说吧!”

“F 省闽越市、广东省广州市、浙江省杭州市、江苏省南京市、山东省青岛市、陕西省西安市，还有北京市……”

老马说出了一大串地名，有省会城市，也有非省会城市；有东部的，也有西部的。其中，东部城市占了大多数。

“除了 GOIP 工具，你还采购过哪些网络通信工具?”

“我还采购过 VOIP 工具、多卡宝、苹果皮、络漫宝……WhatsApp 也用过。”

“剧本是你采购的吗?”

“采购剧本不归我管，由老大负责——老大有门路。”

“‘门路’指的是什么?”

“他圈子里的人——能人。”

“老板跟哪些人有来往?”

“这个，我不清楚……老板都加入菲籍了。”

“什么时候的事?”

“不太清楚。”

“你不是很早就跟着老板干活儿了吗?”

“人家是老板啊!”

“公司开多久了?”

“2017 年开的……”

“哪一年开始跟着老板?”

“2016 年。”

“当时，你是如何出境的?”

“从广西边境出去，老板找人在口岸接应，然后绕道去了马尼拉。”

“你和老板交情很深吗?”

“邻村。他是感德村的，我是马头村的，我们打小就认识。”

“在公司，你还做些什么?”

“管后勤……吃喝拉撒都管。”

“你们在哪儿吃?”

“食堂……13 层有食堂。”

“在哪儿睡?”

“16 层有住处。”

“你住在哪儿？不全住在 16 层的公寓吧?”

“我住在 18 层……18 层、19 层的，就住在办公场所。”

“大老板、二老板住在哪儿？”

“大老板住在家里……二老板有时住在家里，有时住在18层。”

“你在马尼拉有住房吗？”

“没有……我是要回国的。”

“老板买房了吗？”

“那当然了！”

“去过老板家吗？”

“没有。”

“平时开会吗？都在哪儿开？”

“大会……开了两三次吧。小会，就算不清了。大会在16层开，小会到处都可以。”

“这几年的收入怎么样？”

“收入不错啊！不过，现在不是泡汤了吗？”

“你们是怎么分成的？”

“老大、老二是老板，我们都是打工的。副总经理、经理、组长、业务能手是有分成的，其他人就发个工资。”

“你的分成很高吧？”

“比经理高，和业务能手加组长加经理分的差不多。”

“老板的钱放在哪儿？”

“这我不知道。”

“你自己的钱呢？”

“不是被你们扣下了吗？”

“老马，为什么搞上了这种诈骗呢？”

“阴差阳错吧。”

“怎么说的来着？”

“为了致富吧。”

“有故事吗？”

“很多年以前……那时很穷。老大虽然读了大学，有不错的工作，但是不太满足。具体是哪年，我记不清了。大概是过年的时候，几个回乡探亲的台湾人给大家讲了一门致富的技术，说发发信息就会有人把钱送上门来。那次，我刚好在老大家玩，听到了。大家听了听，似信非信，可老大听进去了。有一天，他约我，想和我谈论这门致富的技术。老大说，可以变通一下，变成投资就不违法了。老大是学经济的，计算机也很好，我当然信他的、听他的了。后来，老大就弄了个投资系统，让大家来投资、博彩。热闹了一阵子，后来就不干了。又过了几年，有一天，老大又提出要做平台。他说，现在条件比较成熟，再一起搞搞看。这次搞的是数字货币投资……老大说，改造后，变成了投资，不是骗。可是，后来还是被举报了。公安要办，老大就跑了。”

“你当时没跑？”

“我只是个打工的，没有被盯上。不过，老大出去后不久，我也出去了。”

南浩甫马不停蹄地问了三个人，及时把讯问结果反馈给了其他小组，其他小组之间也把讯问情况进行了反馈。琅南塔的“钟天楚小组”专门实施冒充“公检法”诈骗，而何达乐和袁启山也是组长级的人物，搞的是俗称“杀猪盘”的诈骗。赵玲梦是个“女杀手”，专门杀公猪。李宸熙、罗则准备打个时间差，等各组的审讯有了眉目之后再动龙老大、龙老二。

根据犯罪嫌疑人的供述，犯罪的相关要素已经渐渐明朗。骗子们都有分成，但是骗到的钱绝大部分都“流”到了龙老大、龙老二的腰包里。所以，让龙老大、龙老二说出钱的下落是讯问的关键点。李宸熙、罗则想打个时间差，在了解其他情况的基础上对龙老大、龙老二进行包抄，这是一个不错的选择。

南浩甫、尹佳一起琢磨了一下游园。这个昵称为“小肯月”的骗子，骗了娄月潇，与袁启山同一批出境。他骗人的手法与何达乐如出一辙，只是由头儿不一样而已。何达乐主要以博彩为由头儿，而游园则把重点放在了投资虚拟货币和股票上。对比一下，何达乐骗孟希是从“珍心交友”平台到微信，而游园骗娄月潇则是从“世纪佳缘”平台到微信。他们物色目标时所用的 APP 不同，进行感情交流的工具是一样的。

他们把从工位上获取的数据进行了分析，发现游园骗了 30 多个人，骗到了 2000 多万元钱。他是组长加业务骨干，与何达乐相比，地位略低一些，成功骗到的人少了一些，骗到的钱也少了一些。

南浩甫心想，对游园进行讯问，主要是为了实现“小肯月”与游园的关联，同时确认一下数据的可靠性。游园，身份证号是“450121199602102×18”，家住广西壮族自治区南宁市武鸣区罗波镇仙湖村灵马 11 号。在调查“崇左八人”时，他们弄清了游园的基本情况。当时，顺着娄月潇案调查下去，并没有查清“小肯月”就是游园。把游园与“小肯月”关联起来，依据的是其他人的供述和游园工位上的数据。

“游老板啊，老家在哪儿?”南浩甫明知故问。

游园没有回答。

“哪一年到的马尼拉?”南浩甫继续问道。

游园仍然没有回答。

“游老板啊，想对抗吗？你可知道，何达乐组长、展源经理都是好好交代的……龙老板也都说了。你为什么不说话呢？游园，南宁市武鸣区罗波镇仙湖村灵马……你不说，也无关大局。你不说，我就只好记下来……你态度不好了。”

“说就说，你问吧！”

“老家在哪儿？”

“你不是都知道了吗？”

“我要的是你的回答。”

“南宁市武鸣区罗波镇仙湖村……”

“‘小肯月’这个昵称是怎么来的？”

“剧本里提供了好多昵称……从里面选的。”

“还记得今年年初骗了一个叫‘娄月潇’的吗？”

“记得。”

“这几年，你大概骗了多少人？”

“三四十个吧！”

“分了多少钱？”

“百八十万吧！”

南浩甫又问了一些问题，核实了一下。最终，游园如实回答了这些问题。

第十三章　交易

一、职业操守

龙元柯自然不会轻易交代，所以李宸熙想在其他犯罪嫌疑人有所交代的基础上，再次讯问龙元柯。在罗则确认的第一批审讯对象中，苏婷算是层次最低的人物了，所以她打算先问苏婷。按照大柚子投资公司的分配原则，在第一批审讯对象中，唯有苏婷是领工资的。

在过去的一个多月里，侦查工作没有涉及苏婷。苏婷之所以出现在侦查人员的视野中，是因为花名册里有她的姓名和银行卡号。这些人用的银行卡都是国内的，苏婷登记的是交通银行的卡号。办案人员用交通银行的卡号进行关联，搞清了苏婷的基本情况。苏婷，女，身份证号为“469024200001102×72”，住址为“海南省临高县波莲镇桐文村”，与庄新致同乡又同村。

李宸熙让毕世杰问苏婷。

苏婷天真烂漫，充满了朝气。

苏婷很愿意配合，有问必答。没过多长时间，他们就基本上把苏婷的情况搞清楚了。

苏婷是庄新致介绍到琅南塔的，到琅南塔才一个月。她第一个月就领了9700元的工资，挺高兴的。于是，她便请假到万象玩了一圈儿。苏婷是个实习生，这个月的主要任务是学习技艺、接打电话，同时协助庄新致、符有辰搞裸聊。苏婷说了，裸聊都是假的，不用脱衣服，连面都不用见。

“帮了几次，我总算搞明白了。”苏婷显得很轻松，“拍个漂亮的头像，放到交友平台上，和好色的男生交流，再把男生引到另一个地方聊天。聊着聊着，男生就迫不及待地想裸聊了……下载了裸聊的APP。其实，我们在APP上种了木马。男生一下载，通讯录就被调到我们的后台了。组长录了一小段视频……这种视频也可以从网上下载。只是，直接录更方便……所以就当场录了。组长把录的视频发给男生，男生看到后就来劲儿了，想互动。一互动，组长他们就录下了男生的裸聊过程。接下来，就变脸了，要求男生转账，不转就群发他的裸聊视频……还给男生发去了通讯录、裸体视频。把账户发给男生，他就老老实实地把钱转过来了。有的男生说没钱，组长他们会指导他去网贷平台借贷……有点儿狠！”

毕世杰问：“你脱了几次？”

苏婷看了李宸熙一眼，好像是在问她可不可以说。李宸熙点头示意，让苏婷回答。

苏婷有些羞涩地轻声说道：“没有直接裸聊。我只拍了一小段露上半身的视频，没有发给男生……发给男生的是从网上下载的。组长说了，遇到大鱼才脱。”

“什么是大鱼啊？这个月遇到大鱼了吗？”

“我也不知道什么是大鱼，只是听组长这么说。中间有过一次，组长让脱……在技术室脱了一次，只露了胸部。脱的时候，组长他们离得很远。”

她还说，组长没有给她安排工位，也没有给她安排办公室。组长给她的任务是，一边协助裸聊，一边当管理员。

苏婷很配合，把能说的、不能说的都说了。

当然，龙元柯才是审讯的重点。

综合各小组反馈的讯问情况，龙元柯在犯罪组织中的地位十分明确，犯罪事实也基本清楚。同时，“8·11”案件赃款的流转路径大体上也是明朗的。在审讯龙元柯的时候，最重要的是让他交代赃款的最终下落，以便起获相关的款项。

在“8·11”案件中，被骗的钱先是流入了多个无支付业务许可的“全球付”第四方支付平台，然后从第四方支付平台流入了虚拟货币交易平台，实现了“转洗”。虚拟货币交易平台是依托“Golden Millennial Quickpay”网络交易平台而建的，服务器设在马尼拉的“OCC”大楼。虚拟货币交易平台是犯罪嫌疑人在“GMQ”网络交易平台上自行搭建的私链，用于在内部进行资金的混杂、撮合、分拆、流转、汇总和汇聚。这是一种洗钱式的交易，虚拟货币的选择、放置、重叠、融合、交易、流转等，都由行骗者自行控制，目的是割断资金流之间的关联。

犯罪嫌疑人没有想到，有了“安链虚拟币追查系统”，李宸熙就可以把资金流连起来了。通过“安链虚拟币追查系统”进行关联之后，她发现，资金不管流入哪一个交易平台，最终都汇聚到了龙元柯的账户上。经过初步核实，融合、汇聚到龙元柯账户上的资金总数已达 11300 万元。后来，这些赃款被再次分流了。2000 多万元钱流到了 18 个户头上，无法查到具体情况。60 多万元钱流到了菲律宾的银行账户上，而具体流向哪个账户却查不到。8000 多万元钱流到了地下钱庄，但是无法查到具体的流向。100 多万元钱通过“Mynt 交易系统”转到了菲律宾的数字交易系统，也无法查清具体情况。400 多万元钱仍然在龙元柯的支付宝系统内流动……

怎样才能让龙元柯开口说出这些资金的处置情况及具体去处呢?

直接问龙元柯，他凭什么开口呢?

一旦开口，判刑是少不了的，辛辛苦苦挣的钱也就没了。龙元柯是没有理由交代赃款下落的，单凭证据、策略不容易让龙元柯开口。

要想让龙元柯开口，必须进行一些谋划。同样，罗则那边审讯龙腾洋，也会遇到这样的问题。想到这些，李宸熙给罗则打了个电话。罗则回复说，他也有此想法，正想和她商议。

此时，罗则还在讯问室里研究其他小组发来的讯问记录，对龙老大的讯问尚未开始。关于如何让“二龙”交代赃款的去处，李宸熙认为，如果“二龙”将赃款转成虚拟货币存起来，那么只要他们不说出秘钥或助记词，起获赃款的难度是相当大的。即使下一步通过清查和深挖窝点、数据找到了“钱包应用”，或者在骗子使用的电脑里找到了私钥或助记词，也得花很多时间和精力才能破解。另一种情况就是，干脆破解不了。因此，较佳的选择是，让“二龙”说出赃款的下落。

罗则认同李宸熙的看法，认为“二龙”自愿交代赃款下落的可能性微乎其微，强迫“二龙”交代也不是好的选择。比较可行的做法是，进行诉辩交易。要让“二龙”相信，主动地如实交代有利于从轻处罚，一定可以保命。另外，要把“二龙”的家人拉进来。从已知的情况来看，“二龙”是需要保护家人的。他们有不少固定资产，家人在日本。对他们的家人，尤其是龙老大的妻子，可以追究，也可以不追究。他们的固定资产，可以没收，也可以不予理会。这种法律许可的自由裁量，为进行诉辩交易提供了条件。于是，李宸熙让“二龙”进行选择。交代了赃款的下落，交出了赃款，他们的家人就不会被追究责任，他们在马尼拉、日本和国内的房产就能保住了。不交代，情况就不一样了。对“二龙”来说，这的确是一种值得选择的交易。罗则说，这主要是基于“二龙”对家人的重视。如果“二龙”对家人不管不顾，也就做不成这种交易了。罗则强调，为了更好地交易，还得进行技术攻心。要让“二龙”明白，办案人员已经把“8·11”案件的事实——尤其是赃款的流向，弄得很清楚了。要让“二龙”知道，交代赃款的下落是给他们一次机会。即使他们不交代，办案人员也能查清赃款的下落，从而起获赃款。如果“二龙”不进行交易，就会失去从轻处罚的机会，家人也会受到追究，而他们在马尼拉、日本和国内的房产则会被没收。

罗则还提醒他们，追查赃款的下落不应该使用“囚徒困境博弈术”。款项是由个人存放的，私钥、助记词也是由个人保管的，自己不说，别人就无法知道。因此，不要担心“别人交代了，自己没交代，会吃亏”。

李宸熙对结果进行了预判：两个人都不交易；龙老大交易，龙老二不交易；龙老二交易，龙老大不交易；两个人都交易。只有“两个人都不交易”不太好，其他的都可以接受。李宸熙又说，重要的是如何取得他们的信任。“二龙”是搞诈骗的，本身就不讲信用。所以，他们会认为办案人员只是说说而已，取得了赃款之后就会对他们的家人下手，没收他们的房产。一旦有了这样的想法，他们就有可能不愿意交易。因此，罗则认为，取得他们的信任很重要。可以让第三方到场，以中间人的身份作证，或者让“二龙”写下交易的内容，交给他们的律师保存。

与罗则碰头后，李宸熙从马得华那里了解到了龙元柯家人的一些情况。据马得华交代，龙元柯的老婆叫“周茜”，是菲籍华人。到了马尼拉之后，龙元柯才和周茜相识，并且结了婚。婚后不久，周茜就带着年龄尚小的儿子移居到了日本东京。龙元柯在东京买了一处房产，供妻儿居住。

另外，李宸熙讯问了邓子青。邓子青，29岁，大学时学的财务。2017年，他就开始跟随龙腾洋了。讯问的时候，邓子青比较配合。他说，他的日常工作就是做好收入的分配，帮助老板选择和升级“支付体系”，协助老板进行资金流转，为老板的资金安全出谋划策。问他资金的下落时，他说资金具体是怎样流转的，他不知道，得问老板。邓子青估算了一下，这几年大柚子投资公司也就骗了两三个亿的资金。邓子青还交代，龙大老板在马尼拉有三处房产。

两三个亿——这与已知赃款的数据有比较大的出入。也就是说，迄今为止，通过资金溯源，仅仅查到了一部分涉案金额。邓子青的交代让李宸熙进一步认识到了交易的价值……

明白了交易的道理之后，李宸熙觉得审讯龙元柯不再是难事了。可以先自由地聊，关键时刻抛出交易条件，让龙元柯选择。

二、龙老二的选择

把犯罪嫌疑人带到“再现”的犯罪窝点去走一走，有利于审讯。尤其是龙元柯这样的角色，带他到“再现”的犯罪窝点去看一看，与罗则所说的“技术攻心”十分契合。

毕世杰走在前头，龙元柯跟在后面，李宸熙紧跟着他们俩。

龙元柯中等个头，囚服穿在身上倒也合体。他的长相很有特点，宽额、浓眉、小眼、短鼻、薄唇、尖下巴，双颊略陷，三庭五眼的比例并不是那么协调。不过，配上平头，倒也给人一种精明干练的感觉。

走到闽越市公安局反诈中心的东区时，李宸熙问龙元柯：“熟悉吗，龙老板?”

龙老板直愣愣地站在那儿，点了点头，“嗯嗯”地表示肯定。

“龙老板啊，你这两头跑，可是很辛苦呀！隔多长时间去一趟琅南塔?”

龙元柯看了一眼李宸熙，并没有直接回答。

“龙元柯啊，你们都干了些什么，我们很清楚。我们是如何找到窝点的……当然，我们不是凭空找到窝点的。数据啊，数据关联啊！数据关联多了，就找到了。你们做了些什么，你的手下都交代了。即使他们不交代，我们也能通过对窝点的勘验搞清楚。龙老板，问你一下，就是走个流程。龙老板是不是要等律师到场才肯开口呀?”李宸熙问道。

“也不是……”龙元柯小声说道。

“那是什么道理……问你多久去一趟琅南塔，那么难回答吗?”

“只有一场空的感觉……”龙元柯叹了一口气。

“龙老板，那天可是你带我们去抓大老板的……那天，你可是配合的。”

“那天，我觉得那个老乡很亲切，就说了。后来，觉得不妥，对不住老大……内疚。”

“元柯老板啊，说出龙腾洋，其实没什么可内疚的。我们罗总说了，你不说，我们也是可以抓到龙大老板的。说了，早回去……早了事，未必是坏事。事情到了这个地步，最好的选择应该是配合——好好配合。或许，结果会好一些。”

“律师不律师的，倒也不重要。你们都出国了，还能把这么一大堆东西搬回来，一定是有依据的，也是批准了的。”

“当然。不过，你加入了菲律宾国籍，算是菲籍华人了。我们必须遵循国际法……需要律师的话，我们会安排的。你也可以自己通知律师到场……”

“这真的不是很重要！我并没有把自己当成菲律宾人……没有你的提醒，我还真没去想那件事。”

“好吧，还是聊聊吧！”

“只是，心情有些郁闷。”

“那是自然的。聊聊吧，也许心情会好一些。还是那个问题：多久去一趟琅南塔？”

“不一定。有时一个月去两三次，有时两个月才去一次。”

“在什么情况下到那边去？”

“那边遇到麻烦的时候。”

“都有些什么麻烦？”

“电啊，网络啊，分配啊，新业务啊，技术升级啊，违规啊，有人要离开啊……说起来都是小事。”

“2016年，你们几位在国内弄了一家虚拟货币投资公司，后来被举报了，立案了，龙老大就跑出去了。问一下，你是什么时候出去的?”

“2017年。”

“2017年4月份吧? 在那之前，你们还做了不少准备工作。收购卡证、注册手机、登记公司、申请账号，忙忙碌碌。那时候，在一起干活儿的都有谁呢?”

“自然有大老板了，还有……”龙元柯并没有直接把其他人说出来。

李宸熙故意拿起几张纸，看了一眼，说：“2016年，在一起办虚拟货币投资公司的还有老马——马得华，以及何达乐、邓子青……当然，还有你，是吧?”

龙元柯点了点头，说：“你们不是都知道了吗?”

“是的。你们干的很多事，我们都知道。不过，还是要核实。龙老大出去以后，想要搞个诈骗公司，就通知你在境内筹卡注册登记，是吧?”

“没错，是这样。”

“一开始，你们就想好了，要把骗到的资金通过‘聚合支付’流转吗?”

“这都是老大想到的……”

“那个搭在‘OCC’大楼‘GMQ’上进行虚拟货币交易的平台是谁建的呢?”

“技术员啊!”

“哪个技术员?”

“展源。”

“把资金流转弄得那么复杂，是谁的主意？”

“当然是老大了。”

“也是，老大对虚拟货币交易内行得很，是吧？”

“那当然，老大是国内最早搞虚拟货币投资的。”

“资金分了又合，合了又分，你就认为我们查不清了吗？”

“应该不好查吧！”

“这你就判断错了吧！你们懂得用新技术，我们也有新手段。”

“不太明白。”

“你是怎样出境的？”

“自己出的。”

“从哪儿出的？怎样出的？”

“走崇左，从凭祥出的……老大派人接应。”

“到了马尼拉以后，有没有回来过？”

“没有。回来不是找死吗？”

“也不让手下的人回国吧？”

“这是纪律。”

“很会管理啊！听说你把手下管得服服帖帖，是怎么做到的？打吗？用水刑吗？”

“有用水刑的，也有拷打的，但是我不用。”

“知道哪家拷打……用水刑了？”

“行内都知道。”

“为什么你们可以不用体罚，别家就要体罚？”

“管理方式、管理能力不一样吧。”

“采取体罚的管理方式，是因为管理能力差，是这样吧？”

“还有一些老板黑心……黑心老板才那样。”

“听说，你对手下的管理很有套路，员工很卖力……”

“说实在的，跟办公司一样——把他们的主观能动性调动起来才是硬道理。”

“龙老板都用了哪些招儿？”

“要让他们把这事当事业。这个世道，骗人才是王道。有机会就得骗，没机会要创造条件骗。谁不骗呢？要让他们明白，全天下的人都在骗。不是吗？”

“你就是这么认为的吧……让员工相信骗人是正当的。然后呢？”

“是的。既然来了，就没有别的选择了。既然是事业，就得好好干。不用心骗，就是不尊重对手。当然，要是聪明、肯干，取得了好的成绩，自然就有好的收益。要制定规则，激励、刺激……”

“你平时都做了些什么具体工作？”

“我只是上传下达，根据大老板的意思……让马副总去部署、落实就是了。”

“涉及一些什么事呢？”

“想一想，办一家公司，办一家咱们这样的公司……让公司运转起来，能营利，要做些什么事呢？”

“的确要做好多事啊！说一下……”

“与当地的官员、老板打交道，打通移民局、警察局……租场地、办证照、招人、任命干部、买数据、搞分成、弄平台、购卡证、买工具、建网站、开发 APP、进行技术改造升级、搞协调……事情还真不少。”

“剧本是在哪儿买的?”

“剧本是老大亲自买的。”

“数据呢?”

“这事自然是老马办的。”

“除了从崇左出境以外，还有什么出境路线?招了那么多人，不会都是从凭祥出去的吧……”

龙元柯想了想，说：“自然不止一条。到琅南塔去工作的人，是从磨丁出去的。到马尼拉去工作的人，有的从凭祥出境，有的到了缅甸北部之后再绕道马尼拉……”

“为什么要绕道呢?直接从崇左出境不就得了?”

“零星地出境，都从凭祥出去是没有问题的。可是，大批量地出境，从凭祥出去会有麻烦的。所以，就从缅北出去，再绕道……”

“从缅北出去就不麻烦了?”

“从缅北出去，太方便了。到了边境，雇个当地的‘摩的’，就直接出境了……出去多少人都没人管。说实话，那样可以节省花销。”

“还得请蛇头帮助吧?”

“吃这碗饭的人多了去了。境内有‘摆渡’的，有开‘摩的’的，有开‘出租’的，有搞导游的……其实，这些人都可以叫‘摆渡客’，能把人摆渡出境。境外也有蛇头，在那边接……有时，我们自己当蛇头，自己安排人接……”

龙老板说的与马得华交代的是一致的。

对提出的问题，龙元柯大都能爽快地回答。诈骗的过程、手法，龙元柯也没有什么保留。他似乎在想，自己已经被抓了，把手法告诉警察，也许可以帮助警察把别的骗子也抓了。

“骗到的钱都到哪儿去了?”李宸熙终于提出了赃款的去向问题。

“分了。”

“老板啊，我刚才说了，你们的资金流转是很巧妙的。但是，资金的流路，我们是很清楚的。那些部门经理啊，组长啊，分了一些……员工的工资也不低。不过，大头儿呢，可是在龙老大和你的腰包里。说说你自个儿的钱都放在哪儿了吧!”

龙元柯沉思着，没有直接回答。

“骗的钱，有的分红、发工资了，有的转到菲律宾的银行账户上了，有的通过‘Mynt 交易系统’转到菲律宾的数字交易系统中了，有的流到了地下钱庄，有的还在龙老板你的支付宝账户里。龙老板，除了支付宝账户里的钱，你的钱是怎样存放的呢?”

“你们不是都查清楚了吗?”

“是可以查清楚……但是，我告诉你，到现在为止，我们的确还没有彻底查清楚。现在，我们想让你说出来。愿意说吗?”

“我为什么要说呢?”

“主动说出来，是可以从轻处罚的。”

“能吗?”

“当然能!我们的确还不知道钱的下落。你说出来，就算主动交代。这种情节，自然有利于从轻处罚……”

“我这种情况……会判多久呢?”

“十年以上，但是不会判死刑。”

“我说出来，能减多少年呢?”

“一至二年。”

“不说出钱的下落，你们能怎样?”

“最终，我们是可以找到钱的……”

“说了，只减轻一至二年?”

“龙二老板啊，为大老板考虑考虑吧！如果你不交代，我们下一步就会到日本去把老大的老婆孟小君抓回来，一起给办了……还要没收你们在马尼拉、日本和国内的房产。”

“交代呢?”

“主动交代钱的下落，而且取到了，我们就不会查老大的老婆了，也不会动你们的房产。”

“这话当真?”

“我们的领导也料到了，你鬼得很，说出钱的下落会心疼，所以开出了这个条件。愿意接受吗?”

“你说话算数吗?”

“算数。这是我们专案组依法确定的。如果你信不过，可以让你的律师到场作证。”

“我担心，我说了……要是你们说话不算数，到时候还是办了孟嫂，没收了房产，怎么办?”

“你可以给你的律师打电话，让你的律师到场作证。”

“有用吗？还是让你们领导过来给我说说吧!”

“我们不是骗子，你可以相信……”

罗则还没开始审讯龙老大……接到李宸熙的电话就过去了。

他向龙元柯作了进一步说明。龙元柯点了点头，觉得这位老同志是可信的。

龙元柯说：“我只能交代我自己的……龙老大的，我不知道。这个，要先说清楚。”

龙元柯还说，他把钱转成了虚拟货币，地址、助记词就藏在

1812 号房间的电脑里。因此，龙元柯来到了窝点。在大容量的硬盘里，密密麻麻地放置着加密文件夹。在加密文件夹里，放置了大量的加密文件。在加密文件中，他找到了资金存放的地址和助记词。李宸熙问龙元柯："密钥在哪儿?"龙元柯回答说："一时想不起来了。"充币的地址找到了，是"USDT----TRC20 TK6Et Ju2 WNF3Yv4bLKm……"。龙元柯说，那是个人地址，助记词有 18 个。看着眼前这个隐藏秘密的地方，李宸熙心想，没有龙元柯的交代，还真不好找啊!

李宸熙进入相关的"钱包应用"，导入了助记词，成功地将龙元柯个人地址上的"USDT 币"提到了"F 省公安钱包"的地址。龙元柯个人地址上的泰达币可以兑换成人民币 2200 万元左右，这个数额比李宸熙预计的高出了几百万元。

三、龙老大放弃抵抗

几年前，罗则就见过龙腾洋。那天，在马尼拉的"龙宅"抓捕龙老大时，罗则见到了龙腾洋本人。龙老大戴着眼镜，眼神闪烁而飘忽。观其外貌，罗则判断，龙老大是不会轻易开口的。

罗则故意错开了讯问时间，想等其他小组有了进展再问龙老大。罗则到各个小组去看了看，发现都进展得比较顺利。犯罪团伙中的犯罪嫌疑人大都为了一己之利，不自觉地选择了如实供述。

对龙腾洋的审讯，无疑是极为重要的，其重要性在于赃款。大量的赃款都在龙腾洋名下，他似乎已经安全放置了这些资金。根据龙老板对虚拟货币的认知程度，资金被转为虚拟货币存放起来的可能性极大。因此，如果龙老板不交代资金的下落，不交出私钥或助记词，是很难起获这些资金的。

罗则认为，应该尽可能地从其他人那儿获取有用的信息，以便更好地与龙老板进行诉辩交易。其他人把该说的都说了，龙老板也就成了孤家寡人。到时候，与其谈判，不愁他不配合。

想到这里，罗则自然想到了龙老二。审讯龙老二的时候，将面临同样的问题。罗则想联系李宸熙的时候，恰巧接到了李宸熙打来的电话。

两个小组的成员们商议了一下，确定了进行诉辩交易时的审讯策略。

他们勘验了从马尼拉的“龙宅”起获的笔记本电脑，发现里面安装的软件不是太多。主软件是一些交易平台，如虚拟货币交易平台、证券交易平台、房产交易平台，还有“messenger”“WHATSAPP”“VIBER”“钉钉”“微信”“QQ”等聊天工具。“8·11”案件的犯罪嫌疑人通常是将生活机与工作机分离，这是犯罪团伙的纪律，是要严格贯彻落实的。从龙腾洋身上搜到的手机属于生活机，里面并没有与虚拟货币交易有关的“钱包应用”等软件。他们没有在手机里找到私钥，也没能找到与虚拟货币交易有关的助记词。不过，他们倒是在手机记录里找到了龙腾洋与其妻儿保持密切联系的依据。

龙腾洋身高一米七出头儿，身板硬朗，步态沉稳。除了那飘忽的眼神以外，他给人留下的印象是“很坚定”。他的眼神一如既往地阴郁，眼镜片后面的眼圈儿有点儿发黑。

罗则作了自我介绍，和龙腾洋打了个招呼，龙腾洋默默地点了点头。

“龙老板啊，加入菲律宾籍了吧……需要律师到场吗?”罗则问。

“是的，加入了。你们是不能把我从马尼拉带到这里的……”龙腾洋回答道。

“龙老板，2016 年的时候，你就被通缉了。还记得当时犯下的虚拟货币投资诈骗案吗？对你的通缉并未撤销。通缉在前，你加入菲律宾籍在后。所以，菲律宾籍无法保护你。而且，你侵犯了中国公民的财产权，我们自然是有管辖权的。不过，如果你需要律师到场……当然是可以的。”

龙老板看了一眼坐在对面的审讯人员，环顾了一下审讯室，没有回话。

“妻子叫孟小君吧？”罗则的脑海中闪现出了龙腾洋妻子的名字。

提及孟小君，龙腾洋把目光收了回来。他点了点头，说：“是的。”

“妻儿都在日本东京吗？”

“是。”

“在马尼拉，房产不止一处吧？”

“这已经没有什么意义了。”

“龙老板啊，你的好兄弟都交代了！你在马尼拉有三处房产，在东京和老家也有房产。是吧？”

“唉！”龙腾洋摇了摇头。

“顺便问一下，当年你不是要跑到澳大利亚去吗，为什么最后留在了菲律宾？”

“唉，遇到了点儿麻烦……后来觉得菲律宾也不错，就留下来了。”

"当年遇到了什么麻烦?"

"关系人出了点儿意外……"

"龙老板啊，事情都到这种地步了……现在，你有什么想法啊?"

"有些后悔。"

"后悔什么?"

"没有听展源的……麻痹大意，行动慢了。"

"是准备进行技术升级，却没有及时行动吗?"

"是啊!"

"需要进行一些什么样的技术升级呢?"

"准备用全新的香港……非洲……海事卫星……号码，在线上开卡，远程激活。让招聘的人在当地搭建GOIP工具，免去收证、贩卡、开卡的麻烦……"

"这次是因为继续用老卡才暴露的吧?"

"当然了。除了这些电话卡招来的麻烦……自然还有别的原因。"

"资金流转方面，准备怎么升级呢?"

"我自设了虚拟货币交易所，你们是不容易查到资金的。"

"龙老大啊，为了流转资金，你的确是费尽了心思！不过，资金的流向，我们可是查得很清楚了。骗来的钱最先流入多个无支付业务许可的第四方支付平台，进入第四方支付平台后再流入自设的虚拟货币交易所，进行资金的混杂、撮合、分拆、流转、汇总和汇聚。骗来的钱，相继汇聚到了龙元柯的账户上。后来，这些钱再次被分流……有的用于分成、发工资了，有的流到了菲律宾的银行账户上，有的流到了地下钱庄，有的通过'Mynt交易系统’转到了菲律宾的数字交易系统，有的还在龙元柯的支付宝系统里，是这样吗？”

龙腾洋又摇了摇头，叹了一口气。

“龙大老板，实话告诉你吧，这些赃款的下落，我们不是很清楚，有待龙老板指点一二。”

龙腾洋没有回答。

“龙老板，赃款的下落，一会儿再问你。咱们还是再聊聊别的吧！都说剧本是你亲自购买的……是从哪儿买的呢？”

“网购的呗！”

“在什么网上买的？”

“明的、暗的都有。”

其实，罗则也清楚，所有涉诈工具都是很容易购买的。明网、暗网上都有专卖工具的市场，不管是账号、卡号、域名、“idc”、“cdn”、源码、渗透工具，还是其他黑灰产业的工具，在此类市场上都可以买到。当然，市场上销售的东西有优有劣，要想买到好东西，就要懂行。

正在讯问的时候，又从李宸熙那边传来了消息：龙元柯已经交代了，还提供了个人地址和助记词。根据助记词，李宸熙在个人地址上找到了虚拟货币，并已将其提到了“公安钱包”的地址。

于是，罗则把龙腾洋也带到了“再现”的窝点。龙腾洋自然认得窝点的物件……

罗则问龙腾洋，除了“OCC”大楼和琅南塔的窝点以外，还有没有其他的窝点。龙老板回答说，只有这两个窝点。他还说，像他这样跨国建窝点是不多见的。

回到审讯室，罗则继续问龙老板，他和“OCC”大楼的老板是什么关系。龙老板说，他们见过几面。他租用了“OCC”大楼的16层、17层、18层、19层。问到“为什么租了那么多层，却不集中在同一层”时，龙老板回答说，分开是有必要的，而且“OCC”大楼四个地方的房间是分两次租的。问到“OCC”大楼的老板是否知道龙老板租房是要搞诈骗时，龙老板回答说，“OCC”大楼的老板应该知道。

罗则又和龙老板聊了聊搞诈骗的原因。龙老板说，这和当年那位回乡过年的台湾人有关。那个台湾人的描述让龙腾洋很想去试一下，这一试就上瘾了。后来，出事了，他就破罐子破摔，搞起了职业诈骗。

罗则向龙老板提起了交易的事。

“龙老板啊，前面我说了，这些赃款的下落，我们还是不清楚……龙老板可否指点一二?”

“其他人不是都交代了吗?”

“他们只交代了他们自己的……你的放在哪儿了，他们是不知道的。可否说一下你的放在哪儿了?”

“我能说吗？这可是我这几年的劳动报酬，说了不就前功尽弃了吗?”

“我知道，你是轻易不愿意说的。所以，我有交易条件……”

“还能交易?”

“当然……在法律许可的范围内。”

“怎么交易？说来听听!”

“在你潜逃期间，你的妻子帮过你。那时，她按照你教的，给你付过钱。因此，我们是可以办她的。尽管她在日本，我们也是可以设法办她的。只要把你的房产与犯罪关联，我们就可以把你在马尼拉的三个别院和东京的住宅，还有溪可县的房产一并收了……”

“这话是什么意思?”

“现在，给你一个选择的机会，说出存放赃款的个人地址、私钥或助记词……要是按照你提供的信息取到了赃款，我们就不去动你的妻儿了，也不去动你的房产。同时，你还可以因为主动交代而获得从轻处罚……”

龙腾洋沉默了一会儿，问:“你的话可信吗?”

“这是符合法律规定的，是专案组定的，我们也报告了领导。当然了，前面说过，你可以让你的律师到场作证，也可以请一个第三者立字为证。”

“罢了，罢了。我还是相信你的，罗先生。”

“钱放在哪儿了?”

“不动我的妻儿……不动我的房产，包括马尼拉的房产、东京的房产和溪可县的房产。是吗?”

“是。”

“还能从轻处罚……”

“是的。”

“就是怕你们不可信!”

“我告诉你，这是专案组定下的……报告了领导，说得上话的领导。你要是不信，还可以让第三者到场作证。”

“罢了。如果你们不可信，来了第三者，又能怎样?信吧，给个机会!”

“请问龙老板，你得到的赃款放在哪儿了?”

“唉，我的私钥才是真的‘密’，其他人的‘密’都是假的……钱放在这儿。”龙老板用手指了指自己的脑袋。

“你都记住了?”

“地址、私钥、助记词都在这儿。把纸笔拿来吧!”

龙腾洋写下了币种，还有用28个数字、字母连接成的个人虚拟货币存储地址和18个助记词。

罗则把李宸熙喊了过来。李宸熙动手，进入了相关的“钱包应用”，导入了助记词，成功地将龙腾洋个人地址上的“USDT币”提到了“F省公安钱包”的地址。龙腾洋个人地址上的泰达币可以兑换成1.2亿元人民币。

犯罪嫌疑人相继办理了正式的入所手续。

罗则、李宸熙、高支队长、南浩甫、周原梓、彭菲茗又审了审那些从马尼拉和琅南塔带回来的尚未审讯的犯罪嫌疑人。除了龙老大和龙老二这两位老板，其他犯罪嫌疑人的犯罪所得大都存放在已被缴获的银行卡内。大多数银行卡都是与支付宝关联的，也有一些犯罪嫌疑人将犯罪所得换成了虚拟货币，存放在“个人钱包”里。经过审讯，一些犯罪嫌疑人交出了存放虚拟货币的地址、私钥或助记词。根据犯罪嫌疑人的供述，他们将虚拟货币转到了“公安钱包”里。他们算了一下，“8·11”案件中缴获的赃款折合成人民币，总共有1.46亿元。

他们把“再现”窝点的勘验数据汇集在了一起。罗则又让李宸熙把《“8·11”专案动态并案图表》调了出来，将犯罪嫌疑人的供述、“再现”窝点的勘验数据融合到了这个图表中。

他们在搜缴的资料中找到了几个剧本，在电脑里也发现了电子版的剧本。

从“再现”窝点提取的“APK文件”特别多，技术人员还来不及消化。南浩甫、周原梓投入其中，对“APK 文件”进行解析。他们将“APK 文件”直接传到“Android 模拟器”或“Android 手机”中进行安装。通过安装调试，他们又搞清了一些个案的诈骗时间、诈骗手法、诈骗过程等。

李宸熙再次对赃款的流转情况仔细地进行了梳理。她用“资金分析工具”绘制了资金流转导图，使“8·11”案件的资金流转情况一目了然。

彭菲茗将《“8·11”案件犯罪组织动态结构图》进行了升级。龙腾洋是头目，是一号金主。龙元柯是副头目，是二号金主。马得华、展源、何达乐、钟天楚、袁启山、游园、邓子青是犯罪团伙的核心人物。他们有的负责后勤，有的负责财务，有的是部门经理，有的是经理加组长加业务骨干，有的是经理加业务骨干，有的是组长加业务骨干。这些核心人物都参与分红。犯罪团伙中还有一些单纯的业务骨干，这类人也参与分红。通过对已知数据、讯问结果和分红情况进行分析，他们发现“8·11”案件的犯罪团伙中，单纯的业务骨干占比较低。业务骨干大多兼任组长或经理，有些则是一岗三责。彭菲茗心想，犯罪嫌疑人还是很会管理的。他们注意到了用人成本，做到了一专多能、一人多用。位于底层的人物占比近 80%，这些人员听从经理、组长的安排，承担了建点、管理、财务、表演、技术支撑、后勤、洗钱等业务。不过，这些底层人物是打工的，不参与分红，只领取工资。

南浩甫把“8·11”案件的电子证据分门别类，制作了《“8·11”专案电子数据证据导图》。接着，他又将电子数据类证据与其他证据进行融合，制作了《“8·11”专案证据导图》，并在此基础上制作了证据册。

高支队长负责梳理“8·11”案件的犯罪事实。提及犯罪事实，犯罪嫌疑人、犯罪时间、诈骗种类、所属城市、引流手法、涉案 APP、投资平台、手机号码、转账银行卡号、资金流水账号、被骗人姓名、被骗人性别、被骗人身份证号、涉案金额等要素又被摆到了桌面上。在口供、“再现”窝点数据的进一步印证下，犯罪事实日渐清晰。随后，《犯罪事实导图》被制作了出来。

罗则看着面前的一大摞卷宗和附件，心中想到的是办理刑事案件的变化。触及的空间变了，侦查的方式也变了。要把犯罪事实搞清楚，变得很不容易。犯罪的证据不再是少量的实物、言词证据，离开了电子证据，恐怕很难完成刑事诉讼。同时，证据的展示形式也变了。变化太大了！罗则把卷宗旁边的移动硬盘拿起来，掂量了一下，感觉有一定的分量。当然，这不是因为里面存储了 300 多 G 的数据。不过，里面存储的数据也是罗则觉得移动硬盘沉甸甸的重要原因。在“8·11”案件的移送起诉材料中，随案移送的移动硬盘就有三个。

“哪天，一不留神就真的跟不上了。”罗则自言自语道。

尾声

专案组的成员们快速高效地完善了卷宗资料，犯罪事实清楚，证据确实充分，相关的罪名也被认定了。2019 年 9 月 26 日，专案组对此案的犯罪嫌疑人正式提起了诉讼。10 月 28 日，案件在 F 省高级人民法院的“刑一庭”开庭审理。

大多数犯罪嫌疑人都不太需要律师，对聘请律师不太感兴趣。法院给他们安排律师，也只是走个过场。

检察院和法院的人都觉得这起案件办得漂亮，就连律师都很佩服。通过阅读卷宗，他们对犯罪事实和犯罪证据进行了审查。不难看出，侦查的过程十分艰难，工作量相当大。警方实现了“全链条打击”，十分难得，接近完美。

龙腾洋、龙元柯因犯了诈骗罪、组织偷越国（边）境罪和洗钱罪而获刑，数罪并罚。与“二龙”的诉辩交易被法官采信，判处龙腾洋有期徒刑 14 年六个月，判处龙元柯有期徒刑 13 年六个月。

除了龙腾洋和龙元柯，大部分被告人因犯了诈骗罪、偷越国（边）境罪而获刑。公司的高层领导，还有将经理、组长、核心业务员集于一身的被告人，大都被判处有期徒刑 12 年。同时担任经理、核心业务员的被告人，或者同时担任组长、核心业务员的被告人，被判处有期徒刑11年。只担任组长或核心业务员的被告人，被判处有期徒刑十年。剩下的被告人，根据犯罪事实，被判处有期徒刑一至八年不等。

郭顺天、王明德因犯了“帮助信息网络犯罪活动罪”，被判处有期徒刑一年。

池孟希、娄月潇和其他被害人拿回了被骗的钱财，想自杀的女子不会轻生了。

那一年的国庆节过后，“断卡行动”如火如荼地开展起来。随着反电信网络诈骗教育宣传的全面展开，那些龟缩在境外的电信网络诈骗分子被使用高压手段劝返。

F省公安厅与云南省公安厅联合行动，彻底清除了琅南塔的犯罪窝点。

接着，《反电信网络诈骗法》开始实施。

随着电信网络诈骗手段的不断升级，犯罪嫌疑人隐藏得更深了，寻找境外犯罪窝点的工作难上加难。

F省公安厅的“网侦专业队”不断招兵买马，提升侦破电信网络诈骗案件的能力。

2020年年初，疫情来袭，大部分进行电信网络诈骗的犯罪嫌疑人都躲到了境外。他们以疫情为掩护，更加肆无忌惮地实施诈骗。

此后，罗则又干了好几年。李宸熙、高安柏、南浩甫和周原梓成了侦破电信网络诈骗案件的高手，就连彭菲茗都可以说是样样精通了。

面对日益猖獗的电信网络诈骗犯罪，战斗在一线的刑警们任重而道远。

后记

本书视角独特，从专业的角度分析问题，详细地描述了电信网络诈骗案件的侦破过程，真实地再现了侦查人员与智能化犯罪的较量，揭露了“虚拟诱惑”的骗局。

本书的创作，获得了浙江通鹏智能科技有限公司的大力支持。浙江通鹏智能科技有限公司作为国内领先的数字化系统应用研发及解决方案提供商，长期致力于虚拟仿真、XR 仿真技术项目研发，研发出了一系列警务实战训练虚拟仿真项目，得到了广泛应用。该公司以本书为蓝本，进行虚拟仿真及 XR 技术项目研发，推出了国内首个电信网络诈骗犯罪侦查虚拟仿真训练平台。

感谢中国社会主义文艺学会法治文艺专业委员会将本书收入 2022 年“新时代中国法治文学精选”丛书，感谢群众出版社编辑的辛苦付出，感谢浙江通鹏智能科技有限公司及各方的大力支持！

附录

2022 年“新时代中国法治文学精选”丛书入选作品名单

长篇小说

《血案寻踪》 作者：易买生

《刑警一中队》 作者：李　阳

《刑警的诺言》 作者：赵　迅

《越过陷阱》 作者：裘永进

《虚拟诱惑》 作者：李双其

《刑侦女警》 作者：郭秀景

中篇小说

《诡异现场》 作者：洪顺利

《小镇警察》 作者：颜永江

《软肋》 作者：刘　兢

《唤醒者》 作者：穆继文

《搭档》 作者：贺建华

短篇小说

《又见梨花开》 作者：薛景川

《阳光法槌》 作者：黄卓童

《运气》 作者：魏世仪

《青梅青青》 作者：奚同发

《报案人》 作者：胡　广

《偷梁换柱》 作者：郭秀景

《水平》 作者：丁钟文

报告文学

《千万里我追寻着你》 作者：程　华

《责任在肩》 作者：邢根民

《户籍室女警手记》 作者：胡　杰

《塞北雄鹰》 作者：韩金凯

《预审“工匠”》 作者：张　明

《阿坝警察》 作者：罗瑜权

《难忘的那个夏夜》 作者：宋瑞让